KB072837

내 5급 연예인 2

고고33 현대 판타지 소설

초판 1쇄 찍은 날 § 2021년 10월 13일
초판 1쇄 펴낸 날 § 2021년 10월 20일

지은이 § 고고33
펴낸이 § 서경석

총괄팀장 § 노종아
편집책임 § 김우진
디자인 § 스튜디오 이너스

펴낸곳 § 도서출판 청어람
등록번호 § 제387-1999-000006호
등록일자 § 1999. 5. 31
어람번호 § 제1-3159호

주소 § 경기도 부천시 부일로 483번길 40 서경B/D 3F (우) 14640
전화 § 032-656-4452 팩스 § 032-656-4453
http://www.chungeoram.com
E-mail § chungeorambook@daum.net

내 S급

고고33 현대 판타지 소설

연예인 ②

도서출판 청어람

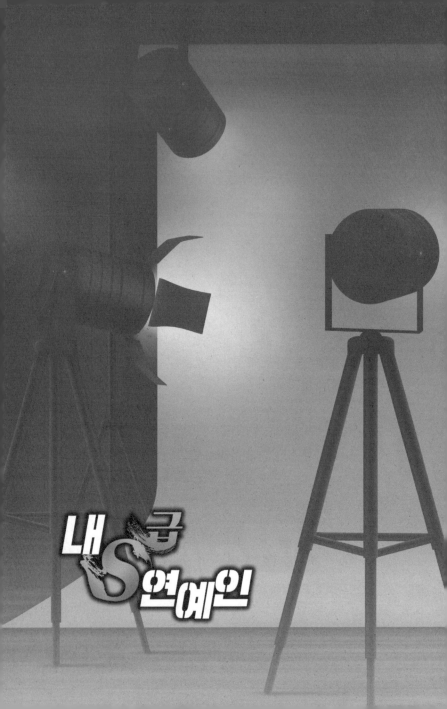

목차

제1장

—

최고의 남자

웃음소리가 회의실에 가득 찼다.

커피 한 잔, 따뜻한 봄 햇살, 수다 떨기에 딱 좋은 오후.

"자, 스캔들은 어떤가요? 연애 소식은 없어요? 얼마 전 신인배우 촬영장에 커피 차를 보냈다던데."

잠잠히 듣고 있던 D사 홍보 팀 직원이 물었다. 아무리 날고 기면 뭐하나. 연애질 한 번에 와르르 이탈하는 게 팬이거늘.

"취재해 봤는데, 연습생 생활을 같이해서 친하다고 하더라고요. 그리고 유유가 연애를 해도 오래가지 않는다고 하더라고요. 워낙 성격이 이상해야 말이지."

"걔 상또라이잖아요! 기사 마음에 안 들면 인스터에 박제 걸고, 또 팬들은 그거 가지고 기자들 고나리하고 테러하고!"

유유 팬들에게 된통 당한 잡지사 에디터가 분통을 터뜨린다.

"그럼 말 나온 김에 그 신인배우에 대해 얘기해 보죠. 소속사 퓨처엔터테인먼트. 윤소림, 올해 만 스물셋, 95년생, 열여섯 살 때부터 N탑 연습생 생활 시작. 현재까지는 '공서' 한 작품."

홍보 직원이 '주목할 신인배우'라는 제목이 붙은 보고서에 눈길을 두고 묻자 기다렸다는 듯 얘기들이 쏟아졌다.

"산소마스크 착용하고 촬영하는 배우는 전무후무하죠."

"그 덕에 지금 완전 상승세지. 단막극 하나로 이렇게 시선 집중시킨 것도 전무후무하고."

"세상이 좋아하는 스토리잖아요. 부상 투혼!"

"저희도 이번에 꼭지로 다뤘어요. 걸그룹 연습생에서 배우로 날아오르기까지. 제목 괜찮죠?"

누구에게나 사연은 있다. 단지 그 사연이 팔아먹을 사연이냐가 문제인데, 윤소림의 사연은 충분히 값어치가 있었다.

"연습생 기간이 길었다던데, 가수 쪽 재능은 없나 보죠?"

"N탑이에요. 썩어도 준치라는데 7년 동안 매달 월말 평가를 통과했을 정도면 재능은 충분히 있다는 소리죠. 다만 좀 안 좋은 일이 많았다고 하더라고요."

"무슨 일이요?"

홍보 팀 직원이 깍지 낀 제 손에 턱을 올렸다. 궁금증이 담긴 시선이다.

"1차 데뷔 직전에 무릎 인대를 다쳐서 하차했고, 2차 데뷔 앞두고는 합류 멤버가 사고 쳐서 퇴출당하는 바람에 팀이 어그러졌어요. 그러다가 콘셉트가 안 맞아서 뒤로 밀리다가 어느새 나이는 먹고… 뭐 그랬다고 하더라고요."

"천상 연기할 팔자였네요."

이렇게 한 방에 이목을 집중시켰으니 말이다.

"앞으로는 어떨 것 같아요? 향후 행보."

"흠… 배우로서의 자질은 보이는데, 연기를 제대로 배운 건 아니고, 물론 극단 출신도 아니고요. 한마디로 정석적인 코스를 탔다기보다는 지름길로 달려온 배우인데… 애매하네요. 차라리 가수라면 선택의 폭이 넓었을 텐데."

실검 1위도 찍었겠다, 호감도 날개 달았겠다, 이럴 때 행사만 돌려도 금세 집 한 채 뚝딱 떨어질 텐데.

"그렇지. 괜히 개나 소나 걸 그룹 키운다고 하는 게 아니지. 힘들다고 징징대도 일단 키워놓으면 뽑아낼 곳은 나오는 게 이 바닥이니까."

"아무튼 정석대로라면 이 기회에 CF로 돌릴 것 같은데? 작은 회사니까, 당장 수금해야지."

"그렇지. 이 기회에 약빨고 노 저어야지."

모두가 돈 얘기에 목에 핏대를 세울 때, 한 사람만은 피식 웃고 있었다.

"글쎄요. 난 그렇게 생각 안 하는데."

B사 연예부 소속인 황 기자였다. 지난달 남여울과 지남철의 비밀 연애를 터뜨린 장본인이기도 한 그녀에게 시선이 집중됐다.

"그럼, 황 기자님은 어떻게 생각하시는데요?"

"다들 한 가지를 간과하시는 것 같은데, 윤소림 소속사, 퓨처엔터 대표가 최고남입니다."

황 기자의 입에서 나온 이름 석 자에 눈빛들이 달라졌다.

최고남이 누구인가.

좀 전까지 거론했던 여섯소년들의 팀 기획부터 그의 손이 닿았을 만큼, N탑의 중심인물이었다. 그런 그가 독립해서 처음 시장에 내보낸 게 윤소림.

"잔푼깨나 얻으려고 제 배우 뺑뺑이 돌릴 사람은 아니죠."

"궁금하네요. 황 기자님이 보는 최고남은 어떤 사람인가요?"

홍보 팀 직원의 질문에 황 기자는 커피 한 모금을 마시고 잠시 고민했다.

머릿속에 숱하게 지나가는 최고남에 대한 기억들.

어떤 것은 놀랍고, 어떤 것은 설레며, 어떤 것은 두근거렸던 과거의 기억들, 그리고 기대되는 앞으로의 미래.

꿀꺽.

마침내 남은 커피 한 모금을 꿀꺽 마시고 황 기자가 눈을 떴다.

"최고남이죠."

이름이 수식어인 남자에게는 그 어떤 설명도 필요 없었다.

*　　　　　*　　　　　*

"선배님, 최고남이 누구예요?"

"까다로운 사람."

올해로 근속 5년 차인 태평기획 성유나 대리는 최고남에 대해 한마디로 일축했다.

"많이 까다로워요?"

"아주 많이."

3개 기획사 중에서도 단연코 넘버원인 N탑의 부문장이었다.

다른 회사는 임원급에게 적당히 찔러주면 A급 아이돌에 신인들 패키지로 묶어서 넘겨주는데, 최고남은 찌를 틈을 주질 않았다.

그래서 일하기가 여간 까다로운 게 아니었다.

"궁금하네. N탑에서 나왔으니 어떻게 변하셨으려나."

N탑에서는 이무기였을지 몰라도 퓨처엔터라는 서울 어느 변두리에 위치한 엔터 회사의 대표는 뱀의 꼬리만도 못한 존재다.

"N탑은 왜 나왔대요? 부문장급이면 결정권자인데."

"최고남이 N탑에서 나왔을 때 뒷말 진짜 많았지. 머리가 돌지 않은 이상 업계 최고 대우를 받고 있는 N탑에서 나올 리가 없으니까. 여섯소년들을 데리고 나오려고 했다든지, N탑에 지분을 요구했다든지, 연성만 대표한테 찍혔다든지 등등……."

성유나 대리도 궁금했다.

정말 왜 나왔을까. 부문장이면 움직이기 힘들 것도 없는데.

기획이며 마케팅이며 제 뜻대로 다 할 수 있는 자리인데.

"뭐, 당사자들만 알겠지."

이유야 어찌 됐든 무슨 상관이람.

중요한 건 그 껄끄러웠던 남자가 N탑에서 나왔다는 사실이다.

"너, 고개 빳빳이 들어. 우리가 갑이고, 퓨처엔터가 을이니까."

혹여 미팅 자리에서 실수할까 봐, 성유나 대리는 팀원들에게 주의를 단단히 줬다.

"그래도, 광고주 쪽에서 윤소림 원하고 있잖아요. 요즘 워낙 핫

하니까."

"핫해봤자야. 이런 분위기는 폭죽만도 못한 법이니까. 반짝 뜨면 뭐해? 이어갈 게 없는데. 저쪽 입장에서는 분위기 꺾이기 전에 CF랑 차기작 계약해야 하니 많이 급하지. 아니면, 예능 돌리든가."

"아, 그래서 일부러 여유 있게 가시는 거예요?"

시계는 이미 약속 시간을 오버했지만 사무실로 돌아가는 성유나 대리는 오는 동안 여기저기 바삐 움직였다.

카페도 들르고, 서점도 들르고, 문구점도 들러서 사무용품도 좀 구매했다.

최고남이 N탑에 있을 때라면 상상도 하지 못할 일이었다.

"과연, 어떤 표정이려나."

엘리베이터가 멈췄다.

고개를 빳빳이 든 성유나 대리는 팀원들을 이끌고 회의실로 향했다.

회의실은 유리여서 외부에 노출된다.

복도를 가로질러 파티션에 가려진 책상들을 지나자 회의실 안에 있는 최고남이 보였다.

외모는 여전했다. 슈트 차림도 여전하고.

보이는 모습은 여전히 N탑 부문장 그대로였다.

그래서 성유나 대리는 입술을 잘근 깨물 수밖에 없었다.

갑질 좀 해보려고 했는데, 벌써부터 저 남자에게 휘둘릴 것 같았으니까.

"황 기자가 좋아하는 에스프레소."

살포시 커피를 내려놓은 김나영 팀장은 마주 앉으며 머리카락을 쓸어 올렸다. 솜털까지 말끔히 넘긴 이마가 훤히 드러났다.

"잘 마시겠습니다."

황 기자는 핸드폰을 내려놓고 머그잔을 손에 쥐었다. 잔잔한음악이 가득 찬 아담한 공간, 보슬비가 유리 벽을 타고 흘러내리는 전경, 커피 향에 취하기 적당히 좋은 분위기였다.

"참 사람 일 모르는 거네요. QM 매거진 김나영 수석 에디터가퓨처엔터로 갈 거라고는 상상도 못 했는데."

"그러게. 매달 이맘때면 진 빠져서 쓰러지기 일보 직전이었는데말이야."

월간지는 한 달을 빼곡하게 채워 일정이 돌아가기 때문에 마감을 쳤어도 길어야 사나흘 휴식이 전부다. 곧바로 다음 호를 위해서 기획안을 준비해야 하고, 작업과 섭외가 이뤄져야 한다. 물론진행해 온 장기 프로젝트도 착착 헤쳐 나아가야 하고. 그러니 잡지사에 몸담고 있었다면 지금쯤 마감을 치고 찜질방에 쓰러져 있을 시기였다.

"QM에 8년 있었죠?"

"어시 3년에, 에디터 생활 5년."

김나영 팀장이 한숨 나오는 옛 얘기를 꺼내더니 미소를 짓는다.

"잡지사 들어갈 때만 해도 연예인들과 농담 따먹기 할 줄 알았지. 행사나 들락거리면서 손가락에 샴페인 잔 끼고 다닐 줄 알았는데 말이야."

10년 가까운 세월을 그 업계에서 구르니 낭만은 사라지고 현실만 남았던 그때. 그래서 뭐라도 새로운 도전이 필요했고, 그녀는 최고남의 손을 잡았다.

"아, 지난번에 고마웠어, 소림이 기사."

"나야 뭐 떡만 주워 먹은 건데요."

최고남이 상 차려줬고.

"그럼 이제 윤소림 어떻게 할 거예요?"

남들이 흔히 말하는 한 방만 터뜨리면 된다는, 그 한 방을 터뜨린 퓨처엔터.

"살짝 귀띔 좀 해줘요. 이럴 때 후속기사 나가야 현상 유지 되는 거 아시면서."

"하하."

기분 좋은 웃음을 터뜨리던 김나영 팀장. 그녀가 천천히 손을 들어 카페 유리문을 향해 손가락을 폈다.

뒤돌아보니 사람들의 시선이 몰려 있고, 여기저기서 웅성거리는 소리가 들린다. 카운터 남자 직원은 넋이 나가 있고.

"직접 물어봐, 당사자한테."

나비.

봄의 나비가 카페에 날아들어 왔다.

—인티들아, 나 카페 알바 중인데, 우리 카페 지금 윤소림 왔다? 막 엄청 예쁜 건 아닌데 얼굴 진짜 주먹만 해. 그 안에 눈, 코, 입이 다 있고. 어느 정도냐면… 신이 말년에 소두 인종 하나 만들려고

두 팔 걷어붙인 건가 싶을 정도? 근데 다른 거 다 떠나서, 분위기가 개쩔어. 역시 여배우는 여배우더라.

ㄴv1. 출몰 지역 좌표 찍어주라. 나도 보러 가게.

ㄴv2. 솔까말 귀엽고 예쁜 걸로 치면 아이돌이 더 예쁘겠다. 더구나 이제 첫 작 아님? 이러다 고꾸라지는 애들 수도 없이 봤음.

ㄴv3. v2 너 남여울이지?

ㄴv4. 22 딱 걸렸네!

"소림 씨, 고개 좀 살짝 들어주세요."

하얀 원피스를 입은 윤소림을 향해 카메라 플래시가 터진다. 〈공서〉가 끝난 이후 그녀의 하루는 인터뷰 또 인터뷰로 끝난다. 회사도 CF와 다음 작품을 조율 중에 있느라 매일매일이 바쁘게 돌아가고 있었다.

"자, 그럼 인터뷰 시작해 볼까요?"

황 기자가 수첩을 펼쳤다.

"소림 씨, 요즘 인기 실감해요?"

윤소림은 대답에 앞서 옅은 미소를 보였다.

"사실 요즘 정신이 없어요."

엊그제만 해도 데뷔를 하긴 하는 건가 싶을 만큼 위태로운 시간들이었는데, 지금은 CF에 돈에, 차기작 같은 얘기들만 매일 들리고 있으니까.

"불안하기도 하고요."

"음, 그럴 수 있겠다. 이해해요."

황 기자는 윤소림의 마음을 헤아리듯 고개를 끄덕였다. 오랜 연습생 생활 뒤에 찾아온 기회, 갑작스러운 관심들이 마냥 기쁠 수만은 없는 거니까.

"근데, 그래도 이거 다 소림 씨가 만든 거잖아요."

연기력이 형편없었다면, 또 그 긴 세월의 준비가 없었다면 막상 기회가 왔을 때 잡지 못했을 거다.

"제가 뭘요. 전 하란 대로 한 것밖에 없는걸요."

"그럼 이제 이렇게 좋은 상황인데, 다음은 뭘 하고 싶으세요? 드라마나 영화에 염두에 둔 배역이 있을까요?"

황 기자의 질문에 윤소림은 이번에도 신중하게 대답을 생각했다. 카메라, 특히 기자 앞에서는 말 한마디 한마디에 신중해야 한다. 때로는 녹음을 해둬야 하는 상황도 있었다.

아 다르고 어 다르단 말, 그거 한번 당해보면 확실히 체감되기 때문이다.

"뭐든 하고 싶어요. 또 뭐든 맡겨만 주시면 최선을 다할 거에요."

귀밑머리를 쓸어내리며 웃는 윤소림을 보며 황 기자 역시 눈웃음을 생긋 보였다.

'얘 봐라. 보통이 아닌데.'

연예부 기자 생활 3년이면 눈빛만 봐도 골 빈 애들 견적이 나온다. 그런 점에서 윤소림은 영특함이 엿보였다. 뭐 그 속에 여우가 몇 마리나 있는지는 모르겠지만. 아무튼 이런 애들은 정신을 쏙 빼놔야 한다.

"그럼 지금부터는 두 어절 대답이에요. 무슨 질문을 해도 두 어절로 빨리 답하시는 거예요. 생각도 2초! 자, 시작합니다!"

황 기자의 음흉한 시선에 윤소림이 옆을 살짝 곁눈질했다. 김나영 팀장의 보라색 스카프가 으쓱거린다.

"공서는 어떤 작품?"

"꿈의 시작."

"첫 작품이었는데, 어떤 각오였어요?"

"처음이자 마지막?"

"상대 배우는 어땠어요?"

"완벽한 파트너."

"현장의 분위기는?"

"늘 화창."

"연기란?"

"나의 길."

"평소에는 뭐 해요?"

"뒹굴뒹굴 잠."

후훗.

"남자 친구는?"

기습 질문.

"있으면 좋겠다."

"오우, 쉽게 넘어오지 않네? 질문 계속 들어갑니다."

"본인의 연애 스타일은?"

"모쏠이라서 잘."

"진짜? 솔직히, 우리 솔직히 말하기!"

"정말 진짜."

"헐… 그럼 좋아하는 사람은 있어요?"

"있었던 듯?"

"그건 뭐야. 과거형? 현재진행형?"

"과거 종결."

"그럼 이상형은?"

윤소림이 입술을 열려고 할 때, 김나영 팀장이 서둘러 두 팔을 들어 엑스자를 그렸다. 얘기하지 말라는 뜻이었는데, 윤소림의 입술은 성큼 대답을 꺼내 버렸다.

"최고의 남자요."

*   *   *

광고대행사와 미팅을 끝내기 무섭게 나는 또 다른 약속을 위해서 뛰기 시작했다.

저승이가 셔츠 자락을 휘날리며 쫓아온다.

[단막극 하나 잘됐다고 CF가 그렇게 많이 들어와요?]

"그만큼 광고주들이 신선한 얼굴에 목말라 있다는 반증이지."

[이참에 노 젓지 그래요? 돈도 없는데.]

태평기획 성 대리가 간추려서 보여준 것만 열 개가 넘었다. 공서 반응이 좋았기 때문이다. 물론 성 대리가 매칭을 잘해준 덕도 있고.

돈만 두고 본다면 들어오는 대로 하겠지만, 배우의 이미지가 최우선이기 때문에 그중에서 우선 하나를 골라서 추진하기로 했다.

"단가 천도 안 되는 광고 열 개 찍어서 뭐하냐. 톱스타 되면 한

편만 찍어도 억 소리 나는데. 아무거나 주워 먹다가는 탈난다."

[아저씨, 그럼 이제 윤소림은 이대로 내버려 두죠. 본래의 운명을 찾아가고 있으니까, 큰 문제 없을 것 같은데.]

물론 잘되고는 있지.

홍보하지 않아도 알아서 기자들이 기사를 쓰고, 술 먹이지 않아도 알아서 피디들이 전화해 오고, 절절히 부탁하지 않아도 알아서 대본이 들어오고.

먼지만 쌓여 있던 책상 모서리에 대본과 콘티가 산처럼 쌓였으니까. 하지만.

"이 분위기 오래가지 않아. 이슈는 이슈로 묻히는 법이니까."

나는 업보를 풀기 위해서 20년 전의 과거로 돌아왔다.

그말인즉, 앞으로 일어날 일들을 알고 있다는 거다.

그리고 내 기억이 맞다면 곧 새로운 스캔들이 터질 거다.

"시간이 없어. 윤소림 이름이 쏙 들어갈 만큼 대형 사건이 터질 거야.

내 말에 저승이가 묘한 미소를 보이며 말했다.

[앞으로의 일을 이용해서 뭔가를 바꾸실 모양인 것 같은데, 쉽지 않을걸요? 한번 난 길은 웬만해서는 바뀌지 않거든요.]

"글쎄. 윤소림의 운명이 S등급이라면 미래는 당연히 바뀌어야지. 길이 안 바뀌어? 아니, 내가 밟는 곳이 길이야!"

저승이의 경고를 무시하고 도착한 곳은 성북동 어느 작가의 집이었다.

"독립 축하해."

"고맙습니다."

"아, 우리 커피 좀 줄래?"

서브 작가가 부엌으로 후다닥 뛰어 들어가서 김이 모락모락 피어오르는 커피 잔을 가져왔다.

"단막극에, 신인 여배우… 다른 사람들은 몰라도 나는 알지. 이거 최고남이 아니면 만들어낼 수 없는 기적이라는 거."

"제가 한 게 있나요. 연출, 책, 연기 삼박자가 좋았지."

"듣자니까, 입봉 작가 작품이었다며? 중간에 작가 교체 얘기도 나왔다던데."

"이제 막 입봉한 작가지만, 나중에는 대작가가 될 겁니다."

"뭐야? 대작가면 나보다 더 대단해져?"

나는 그녀를 바라봤다. 잔잔한 미소가 옅은 팔자주름에 맞닿아 있었다.

머잖은 미래에 전유라가 갓유라로 불린다면, 현시대의 갓은 이 여자일 것이다.

'박세영 작가.'

[와, 이 여자도 S급이네요.]

저승이가 왼쪽 눈을 찌푸리고 감탄했다.

데뷔 10년 차에 시청률 20프로를 넘긴 작품만 일곱 작품, 회당 1억이라는 고료를 받는 작가, 2040 연령층이 가장 좋아하는 작가.

나니까 무작정 찾아왔지 웬만한 관계자는 그녀 앞에 이렇게 당당하게 앉아 있지 못할 정도로 일급수에서만 노는 여자다.

그런 그녀가 나를 잠시 보다 커피 잔을 내려놓았다.

탁, 하는 소리가 불길하게 울려 퍼졌다.

"미리 얘기하는데 나 윤소림 못 써. 자기 모르고 왔나 본데, 우리 드라마 한채희 복귀작이야. 걔 알지? 지 아역도 지가 고르는 거. 거기다 N탑 눈치를 안 볼 수도 없고."

나는 새삼 N탑의 힘을 깨닫는다.

방송계 전반에 영향이 안 닿는 곳이 없다.

하지만 상관없다. 나도 그만한 힘을 손에 쥐어봤던 남자니까.

"그런 마당에 내가 윤소림을 어떻게 써."

박세영 작가가 고개를 절레절레 흔드는 모습을 보며 나는 미소를 끄덕이고 눈썹을 올렸다.

"혹시, 은별나라 은별공주라고 들어보셨나요?"

*   *   *

"은별나라 은별공주? 그게 뭐야?"

갈색 눈동자에 호기심이 서린다.

"후… 자기야, 무슨 얘기 하려는 거야? 나 죄책감 느끼게 하려고 그래?"

그녀가 안경 줄을 축 늘어뜨리고 미간을 찌푸렸다.

밤새 대본을 썼는지 눈꺼풀이 무거워 보이지만 눈빛은 여전히 선명했다.

"소림이 때문에 온 거 아닙니다."

"그럼 뭐야?"

소파에 등을 기댄 그녀가 꽈배기처럼 다리를 꼬았다.

최고급 루왁 커피향을 맡으며 내 대답을 기다린다.

"아역 필요하시죠?"

"아역?"

준비해온 은별이의 프로필을 꺼내 들이밀었다. 보정 하나도 없이 가장 밝은 미소가 찍힌 사진에 박세영 작가의 눈썹이 다시 올라갔다.

[꼭 장사꾼 같네요.]

'매니저도 장사꾼이나 진배없어. 물건 대신 사람을 파는 것뿐이지.'

그러니 비싸게 팔아야 한다.

"고은별입니다. 열 살이고, N탑 소속입니다."

"N탑에 이런 애가 있다는 소리는 첨 듣는데? N탑 애를 자기가 왜 데리고 있어?"

"저희 회사가 이 녀석 매니지먼트 대행하고 있어요."

"전에 뭐 찍었는데?"

"유튜브요"

"뭐?"

백문이 불여일견.

나는 서둘러 그녀에게 핸드폰을 꺼내 보였다.

"무리한 부탁 안 하겠습니다. 기회 한 번만 주세요."

최근 올린 동영상 몇 편을 본 박 작가의 표정이 묘해졌다.

잠깐 고민하더니 한숨과 함께 나를 처다본다.

"후. 그 애 지금 어디 있어?"

*   *   *

"일단 소림 씨 CF 계속 가면서 걸 그룹 준비하는 겁니다. 누가 뭐래도 걸 그룹이 캐시카우 아닙니까. 얼굴 간판에, 노래 깡패로 그림 채워서 데뷔시킨 다음에 대학 행사만 돌려도 본전은 뽑지 않겠어요?"

은별이 삼촌의 걸 그룹 예찬에 유병재는 입맛만 다셨다.

언제부터인가 직원처럼 퓨처엔터 사무실을 들락거리는 것도 모자라서, 이제는 퓨처엔터의 로드맵까지 제시하고 있으니 말이다.

"걸 그룹 플랜도 있긴 합니다. 하지만 그 전에 새 배우부터 영입해야죠."

지금 퓨처엔터의 소속 아티스트는 윤소림 하나뿐.

은별이는 엄밀히 따지면 N탑이기 때문에 언제든 떠날 수가 있었다.

"새 배우요? 누구?"

유병재가 어깨를 으쓱하는데, 마침 스튜디오에서 은별이의 맑은 목소리가 울려 퍼졌다.

"언니 오빠 친구들, 다 함께 외치는 거예요! 은별나라 은별공주! 내일 또 봐용!"

여러 명의 어린이들 앞에서 은별이는 해맑은 미소와 함께 두 손을 흔들었다.

그 모습을 끝으로 카메라가 꺼지자 아이들이 우르르 스튜디오를 빠져나갔다.

그런데 은별이의 미소가 착 가라앉는다.

터벅터벅, 김승권 앞에 온 아이가 고개를 치켜들고 물었다.

"삼촌, 대표님은 언제 와요?"

"어? 글쎄다. 요즘 많이 바쁜 것 같던데."

요즘 만나는 사람이 부쩍 늘어난 탓에 몸이 두 개라도 모자른 사람이다. 스튜디오에 얼굴 비친 지도 일주일이 넘었고.

"치."

은별이가 팔짱을 낀 채로 콧바람을 씩씩 내뿜는다.

"나하고 매일 배드민턴 친다면서! 실기 평가가 코앞인데, 어떻게 이럴 수가 있어요? 이건 성실의무 위반 아닌가요?"

책망하듯 쏘아붙이는 바람에 김승권의 인중이 늘어졌다.

"요즘 회사가 많이 바빠."

"매일의 의미가 뭔데? 월화수목금토일! 일주일은 7일 아닌가요?"

"아… 그래 은별이 네 말이 맞는데… 그래도 하루 이틀 못 오시는 거는……."

"그만그만. 사실관계를 얘기하셔야지, 자꾸만 다른 얘기를 하시려거든 피고는……."

입술을 떼던 은별이가 입맛을 쩝 다신다. 그러더니 멍구와 함께 쫄랑쫄랑 할머니를 따라 나갔다.

"사투리는 한 일주일 갔나요?"

유병재의 질문에 김승권이 고개를 끄덕인다.

오늘 촬영은 직업 체험 콘텐츠.

'어린이 법정 드라마'의 검사 콘셉트였다.

그러니 당분간 검사님 한 명 태우고 다녀야겠구나 싶은 김승권인데, 유병재가 고민하는 표정으로 얘길 꺼냈다.

"당분간은 제가 자주 못 올 것 같습니다."

"왜요?"

"아까 말했듯 새 얼굴을 찾아야 해서요. 캐스팅 말입니다."

"누굴 캐스팅할 건데요?"

김승권이 눈을 크게 뜨고 물었다. 굳이 설명해 줄 필요는 없었지만, 유병재는 마지못해 얘기했다.

"쓸 만한 놈으로 물어 와야죠. 지금은 썩은 고기라도 당장 먹을 수 있는 거면 훌륭하니까."

현재 윤소림에게 퓨처엔터의 모든 역량이 투입되고 있다.

한 사람에게 올인한다는 점에서는 나쁘지 않지만, 다르게 보면 윤소림에게 문제가 생길 시 회사가 스톱한다는 얘기와도 같았다.

그러니 더 늦기 전에 부족한 부분을 보강해야 한다.

하지만 당장 톱스타감을 물어 올 수도 없고, 그렇다고 괜찮은 떡잎을 물어 온들 사실 키울 여력이 없다.

소규모 매니지먼트사가 N탑처럼 길게는 5년, 짧게는 2년 동안 연습생만 키우고 있다가는 빚에 허덕이게 뿐.

그래서 최고남과 유병재는 대형 기획사에서 나온 연습생을 영입할 계획이었다.

리스크가 있긴 해도, 법적인 문제만 해결된다면 사실상 투자 대비 엄청난 효율을 건질 수가 있기 때문이다.

"쓸 만한 놈이라."

김승권이 제 입술을 깨물며 고민하는 동안, 유병재는 주머니에 손을 넣어 핸드폰을 꺼냈다.

"예, 대표님."

　　　　*　　　　　*　　　　　*

[톱스타와 500살 마녀(가제)]

　시놉시스 : 부모님을 잃은 어린 진우는 재산에만 관심을 가지는 친척들 사이에서 소외된다. 졸지에 유배 신세가 된 진우는 넓은 대저택에서 쓸쓸하고 두려운 나날을 보낸다. 돌보는 이 하나 없게 되자 버려진 아이처럼 생활하게 되는 진우.

　밤만 되면 저택 안에는 진우의 울음소리가 울려 퍼진다.

　그러던 어느 날, 마녀 하나가 길을 잃고 지구로 건너오게 된다. 그녀가 살던 세계와 지구의 연결 통로인 진우의 대저택, 울보 꼬맹이와 투덜이 마녀의 첫 만남은 그렇게 시작된다. 진우의 대저택에 더부살이하게 된 마녀는 졸지에 식모 생활을 하게 되지만 걱정할 것이 없다.

　그녀에게는 마법이 있기 때문이다.

　마법으로 청소와 요리를 뚝딱 해내고, 마법으로 저택을 관리하고, 마법으로 진우와 관련된 문제들을 뚝딱 해치워 버리는 마녀.

　그렇게 세월이 흘러 진우는 대한민국 톱스타가 된다.

　각종 영화와 드라마에 출연하면서 무수한 염문설을 뿌리지만, 정작 그는 여자에게 관심이 없다. 왜냐하면 그는 이미 마녀를 사랑하기 때문이다.

　"어? 지금 대본이 저절로 넘어가지 않았어?"

　"그럴 리가요."

　뜨끔했지만, 저승이에게 인상 한번 쓰고 대본을 다시 살폈다.

나는 이 시놉시스를 두 번째 보는 거다.

이전 삶에서… 그리고 지금 삶에서.

그때나 지금이나 이 시놉시스를 본 내 느낌은 같다.

"재밌네요."

박세영 작가의 신작에 두문불출하던 한채희 캐스팅 소식이 더해졌으니 얼마나 떠들썩했겠는가.

거기에 남주 역은 한창 주가를 올리고 있던 박신후였기에 누구 하나 이 작품의 성공을 의심치 않았다.

"설정이 특히 재밌어요."

마녀는 마법을 사용할 수 있다.

하지만 지구에서 사용할 수 있는 힘은 극히 작고, 그마저도 많이 쓰게 되면 마녀의 신체가 변화한다. 어려지는 것이다. 그래서 아역이 필요할 수밖에 없었다.

"그렇지? 진우가 데이트 때문에 설레어 하는데, 갑자기 어려져서 나타나면 얼마나 황당하겠어? 같이 와인 한잔하려다가 어린이 런치 세트 먹게 생겼으니까."

박세영 작가의 눈이 큼지막해진다.

딱딱한 눈빛은 풀어지고, 머릿속 구상을 허공에 그린다.

대본 얘기에 그녀는 금세 어린아이가 되어버렸다.

"완전 로코니까, 밝게 갈 거야. 처음에 부모님 사고가 나는 과정도 빠르게 치고 가면서 BGM으로 오페라가 깔리는 거야. 점점 강해지는 선율 뒤에 교통사고가 쾅!"

그리고 재산에 눈독을 들인 친척들이 진우를 가지고 서로 다투는 과정까지 순식간에 흐른다.

대저택에 홀로 남은 진우.

밤이 찾아오면서 들리는 부엉이 울음소리, 올빼미 울음소리……

"늑대 울음소리도 넣어버릴까? 까짓것 넣지 뭐. 판타진데. 그래서 겁이 난 진우가 침대에 들어가 벌벌 떠는데, 아무도 없어야 할 저택에서 소리가 나는 거야. 부엌에서 프라이팬 떨어지는 소리 같은 거. 그래서 어린 진우가 덜컥 겁이 나서 침대에 파고들었다가 이내 소리가 나는 방향으로 가서… 마녀와 진우의 첫 만남이 이뤄지는 거지."

박세영 작가가 장면 하나하나에 한채희를 대입하며 상상의 나래에 빠졌을 때, 나 역시도 잠깐 상상을 했다.

풍성한 머리칼을 흔들며 밝게 미소 짓는 마녀 윤소림을.

얼마나 예쁠까? 얼마나 멋있을까?

또 얼마다 설렐까?

같은 대본을 두고 박 작가와 내가 동상이몽에 빠져 있을 때, 핸드폰 벨 소리가 울렸다.

"은별이 도착했나 보네요."

박 작가가 자리에서 일어났다.

성큼성큼 나간 그녀가 입구의 인터폰을 들여다봤다.

그리고 잠시 뒤, 은별이 삼촌 김승권과 은별이가 함께 들어왔다.

일부러 은별이 옷을 단색으로 갈아입혀 오라고 했는데, 하얀 원피스를 입고 왔다.

바비 인형 같지만 단정하고 차분해 보인다.

은별이가 맡을 역은 아역이지만 '어려진 마녀' 역할이다.

그러니까 생각이나 말투는 어른이란 얘기다. 마냥 어린아이로 비치면 안 된다.

"네가 은별이구나?"

박 작가가 고개 숙여 은별이를 눈에 담는다.

"안녕하세요, 고은별이라고 합니다! 잘 부탁드립니다!"

제2장

—

우리 은별이를 소개합니다

"아이고, 인사도 예쁘게 하네."

박 작가의 눈에는 아마도 은별이의 옆에 마녀로 변한 한채희가 서 있는 환영이 비칠지도 모르겠다.

"근데 너 되게 귀엽다."

은별이를 이모저모 뜯어보는 그녀의 입가에 미소가 번진다.

나 역시 아빠 미소가 절로 나올 정도로 오늘 은별이는 어느 때보다도 귀엽다.

"그럼 대사 한번 읽어볼래?"

"예!"

오면서 김승권이 잘 설명해 준 모양인지, 은별이는 떨리는 기색도 없이 작은 손으로 바로 대본을 받아 들었다. 그런데, 박 작가가 나한테도 대본을 건넨다.

"가만 보자, 어떤 걸 시켜볼까. Q&A 씬을 시켜볼까, 놀이동산 씬을 줄까… 오케이, 결정! 자기가 대사 받아줘."

나는 건네준 대본을 빠르게 눈으로 훑었다.

씬 #12 놀이동산 / 낮

지난번 마녀에게 고백한 진우. 대답을 아직까지 못 들었는데. 어려진 마녀의 꽁무니를 쫓아다니며 안달이 나서 묻는다.

진우 : 저기, 왜 답을 안 줘.

어려진 마녀 : 뭘? (잔뜩 귀찮은 투로)

진우 : 내가 좋아한다고 그랬잖아! (큰소리치고 서둘러 주위를 살핀다. 목도리와 모자로 얼굴을 감추고)

어려진 마녀 : 난 싫어.

진우 : 뭐? 싫어? (충격받아 놀란 얼굴) 왜? 내가 어때서?

어려진 마녀 : (걸음을 멈추고 진우를 올려다보며 혀를 찬다. 한심하다는 시선) 내가 너 팬티 빨아가며 키웠어. 너 5학년 때까지 오줌 싼 거 기억 안 나? 근데 내가 어떻게 너랑 사귀어? 징그럽다, 징그러워.

진우 : 5학년 아니고 4학년이거든? 그리고, 팬티를 네가 빨았어? 마법으로 했잖아! 거기다 지가 무슨 백설공주라고 한 달에 한 번 얼굴 볼까 말까였는데 무슨.

어려진 마녀 : 아우, 질척거려. 너 왜 이렇게 질척대니? 다른 여자들한테도 이래?

진우 : 뭐? 지, 지, 질척? 야, 나 톱스타 우진우야!

"푸흡!"

씬을 끝내기 무섭게 웃음이 터진 박 작가가 입을 부여잡았다.

김승권도 입을 꾹 다문 채 부푼 볼을 가라앉히고 있다.

"자기야, 둘이 진짜 잘 어울린다."

"은별이, 잘했어."

수고한 꼬맹이와 하이 파이브!

"이야, 둘이 너무 잘 어울려. 숨겨둔 딸 아니야?"

"작가님, 디스파스에 제보하시면 안 됩니다?"

"뭐어?"

박 작가의 깔깔거리는 웃음소리가 한참 동안 이어졌다.

그사이 은별이를 돌려보내고, 그녀와 마저 얘기를 나눴다.

"근데, 나는 설득됐다고 쳐. 다른 사람들은 어떻게 설득할 거야?"

"한채희 쪽에서 아역도 데려온대요?"

"그것까지는 아니고, 일단 우리 쪽에서 추리면 한채희가 고르기로 했어."

"그럼 됐네요."

"뭐가 돼?"

"작가님이 은별이 마음에 들어 했다는 건, 다른 아역들이 은별이보다 못하다는 얘기잖아요?"

"하여간 눈치 하나는."

커피를 마저 비우고, 그녀가 다시 말했다.

"민 대표는 어떻게 설득할 거야?"

500살 마녀의 제작을 맡은 〈화음〉의 민대용 대표.

"주연배우 들이민 것도 아니고 고작 아역입니다. 작가님이 좀 밀어주세요."

앓는 소리를 한번 내봤더니 박세영 작가가 뜨악한 표정을 짓고 나를 본다.

"밀어주는 게 문제야? 민 대표가 N탑 눈치 볼 게 뻔하니 그러지. 아니, N탑 눈치 안 보는 곳이 어디 있니?"

"그 점은 걱정 마세요. 은별이는 N탑 소속이니까."

"뭐어?"

나는 눈이 동그래진 박세영 작가에게 은별이의 계약에 얽힌 비화를 얘기해 줬다.

"그럼 은별이란 애, 족쇄 아니야?"

"맞죠, 족쇄."

나는 빙긋 웃고 다시 말했다.

"그런데 그 족쇄가, 너무 예쁘지 않아요?"

박 작가의 배웅을 받으며 나왔더니 밖은 해가 뉘엿뉘엿 저물고 있었다.

저승이가 제 입술을 훑으면서 중얼거린다.

[짜장면 먹기 좋은 날이네.]

문득, 나는 의아해서 저승이를 쳐다봤다.

"네가 짜장면 맛을 어떻게 알아?"

[저, 전생에 먹어봤겠죠!]

이상하다. 느낌이 싸하다.

가슴에 비수가 날아와 꽂히는 기분이랄까.

[그나저나!]

"왜 갑자기 소리를 질러? 수상하게."

[아니, 내 말은, 의외로 신사적이었다 이거죠. 난 또 박세영 작가를 협박하거나 그럴 줄 알았지. 그 정도로 악덕이었잖아요?]

"야, 내가 아무한테나 그러냐. 박세영 작가한테 나란 사람은 신사야, 신사."

나 젠틀한 사람이다.

＊　　　　　＊　　　　　＊

「스튜디오 화음(和音)」

"최고남이 다 죽었네."

민대용 대표는 얘기를 듣다 말고 실소하고 말았다.

최고남이 박세영 작가를 찾아갔다는 소리에 웃지 않을 수가 없었다.

N탑은 실장급 얼굴조차 보기 힘들 정도로 콧대가 높은 놈들이다.

계약서 찍을 때나 선심 쓰듯 얼굴 보지, 캐스팅이나 오디션 과정에서는 매니저만 달랑 오는 편이었다.

그런 잘난 회사의 부문장이었던 최고남이 지금은 손수 발로 뛰어서 캐스팅을 부탁하는 상황이니, 이거 원.

"듣자 하니, 백대식 본부장이 아주 이를 갈고 있다던데?"

"그거야 그쪽 싸움이고, 저는 이 아이 괜찮은 것 같아요."

박세영 작가는 이미 결정을 내린 것 같았다.

"연기는?"

"곧잘 해요. 그리고 시청자들도 아역 연기는 어느 정도 용인해 주는 편이니까. 캐릭터만 보고 가죠."

"굳이?"

민 대표는 고개를 갸웃했다. 최고남이 들고 온 애라는 것도 영 찜찜하고, 한채희 6년 만의 복귀작이란 점도 문제였다.

"박 작가, 우리 한채희 캐스팅하려고 얼마나 고생했어? 회당 8천에 엔딩까지 넘겨줬어. 그런 마당에 굳이 건들 필요 있냐고. 걔네 지금 신경 완전 곤두섰어?"

"건들 게 뭐가 있어요?"

박세영 작가가 눈을 동그랗게 뜨자, 민 대표는 고개를 절레절레 흔들었다.

"찌라시 못 봤어? 한채희가 유유한테 대시했다가 차였다는 얘기."

정확히는, 긴 휴식기를 갖고 있는 B여배우가 요즘 잘나가는 아이돌 그룹 리더에게 관심을 가져 친하게 지내자고 했으나 Y군이 바쁘다며 일언지하에 거절했다는 내용이었다.

"이 바닥 다 엮이고 엮이는 거야. 뱀 꼬리 물듯이 말이야. 요 꼬맹이, 최고남이 데리고 있는 애라고 하면 한채희 거품 물걸? 유유 키운 게 최고남이니 말이야."

"쌍팔년도예요? 그깟 말도 안 되는 찌라시를 가지고."

황당해하는 박세영 작가의 표정에 민 대표가 낄낄 웃었다.

"웃자고 한 얘기지. 내 말은, 지금 최고남 밑에 윤소림이 있다는 거지. 여배우들 병적으로 자존심 내세우는 거 특기잖아? 정말 최고남이 이 꼬맹이와 연관이 돼 있는 거 알면? 한채희 기분이 좋을까? 기자들은 또 어떨까?"

분명 한채희와 윤소림의 대결 구도를 만들 기레기 한 마리가 튀어나올 것이다.

신구 대결 같은 판에 박힌 단어들을 써가면서 말이다.

"대표님 너무 나갔다. 내가 입봉 작가도 아니고 아역 하나도 배우 눈치 보면서 캐스팅해야 해요?

"그럼 박 작가가 중국 가서 그렇게 얘기하고 오든가."

6년 전, 한채희가 출연한 드라마가 중국에서 폭발적인 인기를 얻으며 돈을 쓸어 모았다.

한채희를 위해 중국에서 전용기를 보내주고, 생수 광고 하나에 백억을 줬다나 뭐라나.

그렇기 때문에 이번에 한채희를 잡았고, 중국발 투자를 따냈다.

그러니까, 지금 갑은 어느 누구도 아닌 한채희라는 점.

물론 작가도 갑이기에 혹여 삐질까 싶어 민 대표는 다시 나긋나긋해진 목소리로 말했다.

"내 말은, 우리 기분 좋게 가자 이거야."

"그래요, 작가님. 고작 아역이잖아요. 그냥 예쁘장한 애 쓰면 되는데, 애가 얼마나 연기를 잘했다고. 한채희 걔 촬영 들어가서 꼬장 부리면 현장에서 우리 애들만 죽어나요."

30대 초입의 어린 감독도 눈치껏 끼어들었다.

재능은 있지만, 두 사람 앞에서 발언권을 행사할 수 있는 경력은 아니었다.

박세영 작가의 눈주름이 깊어졌다.

"지금 내가 은별이란 애가 아까워 죽을 것 같아서 이러는지 알아?"

"예?"

"최고남이 우리 작품 하겠다고 찍은 거라고. 그 또라이가."

박 작가는 순간 몸서리를 치고 말았다. 내내 평정심을 유지했는데, 울분을 토하는 순간 한기가 몰아치고 싸리비가 제 몸을 세차게 때리는 기분이다.

'최고남 그 자식이 얼마나 악질인데!'

지금이야 최고남이 인간 돼서 실실 웃지, 거절하면 다음에는 무슨 수를 꺼낼지 모른다.

N탑에 있을 때 수단과 방법을 가리지 않고 제 배우들, 제 가수들 꽂아 넣은 인간이 최고남이니까.

그 수단과 방법에 알게 모르게 이 바닥 뜬 인사들이 한둘이 아닌 것도 알 만한 사람들은 다 아는 비밀이었다.

한동안 잠잠하더니…….

그 인간이 웃는 낯으로 인터폰에 비쳤을때, 얼마나 놀랐던지.

'어후, 소름 돋아.'

거기다 은별인지 별똥별인지 하는 애가 N탑 소속이라고 또박또박 말하는 걸 보면, 제대로 이를 갈고 온 게 확실하다.

"에이, 언제 적 최고남이야. 봐, 지금도 윤소림 차기작 못 잡고 있잖아? 그러니 지금 은별인지 똥별인지 밀고 있는 거고."

"썩어도 준치라는 말이 괜히 있겠어요? MNC도 이번에 최고남한테 물 먹었다는 얘기가 있어요."

박 작가는 괜스레 민 대표를 원망스럽게 보며 다시 말했다.

"그나마 다행인 거예요. 윤소림을 들이밀었으면 골치 아팠을 텐데… 한채희 지랄할 거? 걔는 복귀작인 데다 투자까지 해서 아쉬울 것 천지라고요. 근데 최고남 그 개자식은, 지금 아쉬울 게 전혀 없는 놈이에요. 그런 둘이 붙으면 누가 이길까요?"

세상에는, 절대, 건드려선 안 될 게 존재하는 법이다.

결국 민 대표는 끙끙거리다 결론을 내렸다.

"그럼, 한채희가 결정하게 하자고. 오케이?"

뾰족한 턱이 마지못해 끄덕여진다.

*　　　　*　　　　*

"제가 살이 금방 찌는 타입이거든요. 그래서 물도 함부로 못 마신다니까요?"

"하하, 채희 씨가 뺄 데가 어디 있어요."

"맞아요, 나는 채희 씨 반만 따라가도 좋겠는데."

한채희의 배시시 미소에 스태프들의 얼굴에도 웃음꽃이 피었다.

"아무튼 채희 씨한테 기대가 커요."

회당 8천에 엔딩 광고까지 넘겨주면서 겨우 잡은 배우였기 때문에, 한채희를 향한 제작사의 기대는 클 수밖에 없었다.

"그렇게 말씀해 주시니 고마우면서도 걱정이네요. 6년 만의 복귀라서."

"걱정하실 게 뭐 있어요. 예나 지금이나 그대로인데."

"대한민국에 배우 많다는 말 다 거짓말이야. 채희 씨 같은 배우는 눈을 씻고 봐도 없어."

"맞아요. 괜히 톱스타가 아니라니까."

"외모에 연기에, 스타성까지 갖춘 배우가 쉽게 나오는 게 아니지."

마케팅 팀장, 제작부장, 캐스팅 디렉터 할 거 없이 한채희를 떠올렸다. 가만히 들으면서 싱긋 웃던 한채희가 넌지시 얘기했다.

"왜요? 요즘 데뷔한 배우 중에 눈에 띄는 친구들 많던데."

"아, 윤소림?"

"투혼 영상 걔 말하는 거지?"

"그 친구 눈여겨볼 만하죠. 외모 신선하지, 연기 받쳐주지, 이번에 시청자들 눈도장 확실히 찍었지."

"맞아요, 오랜만에 괜찮은 신인 나왔어요."

너도나도 라이징 스타의 등장에 대해 얘기할 때.

"큼."

민대용 대표가 헛기침을 했다.

눈치코치 하나 없는 애들 데리고 일을 하니 정신적, 육체적으로 연일 피로가 쌓이는 듯한 기분이었다.

그나마 기침 소리에 정신들이 돌아왔는지 다시 한채희의 비위를 맞추기 시작했다.

"에, 에이, 그래도 채희 씨 데뷔작이랑은 천지 차이지."

"맞아요, 그때 충무로 난리 났었잖아요?"

"충무로뿐이야? 방송국도 난리였지."

"연기, 외모, 스타성을 두루 갖춘 천재의 등장! 작품 준비를 위해서 강원랜드에서 살다시피 했다면서요?"

한채희의 데뷔작 '이대 나온 여자'.

"난 그 대사 아직도 기억나. 패를 섞을 때는 흐린 날의 구름처럼 유유히 섞어야 하지. 구름이 있는지도 모르게, 언제 흘러갔는지도 모르게… 캬!"

두서없이 쏟아지는 칭찬에 한채희가 흡족해할 즈음, 민 대표의 눈꼬리가 이번 작품 연출을 맡은 최한희 감독에게 향했다.

시선을 눈치챈 최 감독이 조감독의 옆구리를 쿡 찌른다.

그러자 벌떡 일어난 조감독이 한채희 앞에 준비된 아역배우들의 프로필을 펼쳤다.

"이 애는 대표님 픽이고요, 이 애는 감독님, 애는 작가님 픽입니다."

고르고 골라서 간추린 끝에 남은 세 명의 아역배우, 이제 한채희의 선택만이 남은 상황이었다.

*   *   *

「며칠 후, 인천공항.」

[단독] 박세영 작가 신작 〈톱스타와 500살 마녀〉 올 캐스팅 완료!

[단독] 한채희의 6년 만의 나들이, 진정 여름이 기대되는 또 다른 이유가 생겼다.

[단독] 마침내, 여배우 한채희와 작가 박세영이 손잡았다!

"봐봐, 기사에 다 네 이름이다."

6년 만의 복귀를 눈앞에 둔 대한민국 톱 여배우의 도톰한 입술은 공항에 도착할 때까지 불룩 나와 있었다.

"기분 풀어. 앞으로 석 달은 꼬박 볼 사람들인데."

어제 회의에서 눈치 없이 윤소림을 거론한 스태프들.

그 일 때문에 한채희의 심기가 불편해졌다.

"그러니까 더 짜증 나는 거지. 앞으로 석 달은 봐야 하는데. 눈치라고는 1원 반 푼어치도 없는 사람들이랑 일할 생각을 하면 골이 아파!"

"그러게, 톱스타를 앞에 두고 어디서 신인배우 얘기를 하고 난리들인지."

"내 말이 그거야. 그렇게 새 얼굴이 좋으면 걔 캐스팅해서 찍지, 왜 날 캐스팅했대?"

"그러게 말이다. 생각하니까 또 열받네. 내 실수네. 그 자리에서 확 엎었어야 하는데 말이야."

매니저는 일부러 더 분통을 터뜨렸다.

여배우라는 게 그렇다.

라이징스타의 등장이 마냥 반가울 수 없는 노릇이다.

특히 6년이나 쉬어서 불안불안해하는 여배우한테는 더.

"그 자리에 기자라도 있었어봐? 그거 그대로 기사 나가는 거야. 내 얼굴 옆에 윤소림인지 뭔 소림이지 하는 애 사진 붙여서 〈톱스타는 신인배우가 신경 쓰여〉 따위의 타이틀이나 붙였을 거 아니야?"

"안 되겠다. 내가 이번에 여행 갔다 오면 감독한테 단단히 얘기할게, 스태프들 입조심 좀 시키라고! 촬영 하루 이틀 해? 예의들이 없어?"

"후… 됐어. 뭘 감독한테까지 얘기해."

매니저가 편을 들어주자 선글라스가 삼킨 작은 얼굴의 찌푸림이 사그라든다.

"그러니까, 우리 이번에 필리핀 가서 스트레스 쫙 풀고 오자. 올여름은 입꼬리 저리도록 웃고 다녀야 할 텐데, 안 그래? 자자, 밖에 기자들 기다리고 있다. 한채희 공항 패션 포털에 쫙 걸라고 우리 새벽같이 샵 돌았는데, 얼굴 굳어 있으면 쓰나?"

쫙 달라붙은 청바지와 흰 티, 거기에 가죽 재킷으로 힘을 준 여배우를 어르고 달래는 매니저.

그러자 톱 여배우는 숨을 크게 들이쉬었다가 천천히 내쉬었다.

"근데 오빠, 아역 걔 괜찮지 않아? N탑 소속이라며?"

"그래, 귀엽더라. 물론 너 어렸을 때보다는 못하지만."

"내가 유유… 그 쓰레기 같은 놈 생각하면 안 뽑는 건데, 꼬맹이가 나랑 너무 잘 어울려서 뽑았어."

"그래그래, 그게 프로야. 너 프로잖아? 우리 채희, 잘했다!"

박수를 짝짝 치는 매니저의 모습에 한채희가 눈을 찌푸린다.

매니저는 얼른 박수 친 손을 뒤로 감췄지만, 아무튼 공항에 오는 내내 여름철 논바닥 같았던 한채희의 얼굴이 여름비 흠씬 머금은 것처럼 촉촉해졌다.

그 모습에 코디며 매니저며 한숨 돌리는 이때, 그녀가 선글라스 콧대를 올리며 속삭인다.

"나 내릴게."

"채희야, 기자들 있는 거 알지? 웃어, 웃어."

"걱정 마, 나 한채희야."

서둘러 내린 매니저가 뒷문을 연 순간, 기자들의 셔터가 바삐 움직이기 시작했다.

"한채희 씨! 여기 좀 봐 주세요!"

"손바닥 보이게 좀 흔들어주세요!

"너무 예쁘다!"

곧이어 아침 포털 사이트 메인에는 아름다운 미소가 트레이드 마크인 톱 여배우 한채희의 모습이 차지했다.

*   *   *

한채희의 공항 사진이 윤소림을 밀어내고 포털 메인을 차지했다.

그리고 저승이와 나는 왼쪽 눈을 가리고 모니터를 보고 있다.

『한채희 : 무진(戊辰)년 을축(乙丑)월 을미(乙未)일 출생』

『운명 : B』

『현생 : S』

『업보 : 220』

"오우, B등급으로 태어났는데 S네?"

[귀인을 만났거나, 엄청난 노력을 한 거죠.]

흥미진진하다.

『전생부(前生簿) 요약 : 참으로 박복했도다. 얼자로 태어나 뜻 한번 펼쳐보지 못하고 주야장천 책만 읽으며 세상을 원망했다. 생전 자식이 없었고 부인과는 사이가 좋지 않았다. 몰락한 양반집 규수였던 부인은 얼자인 그를 핍박했고 무시했다. 그리하여, 어느 날 그는 꿩 잡

는 데 쓰이는 약을 밥에 개어 부인과 나눠 먹었다. 복통이나 앓고 끝
날 줄 알았으나…….』

저승이와 나는 동시에 서로를 바라보며 입을 벌렸다.

"한채희랑 마주치면 안 되겠다."

저승이가 고개를 끄덕거린다.

[무서운 여자네요.]

"전생에 남자였다는 게 더 소름이다."

[아마 전생의 부인은 지금 아주 가까운 곳에 있을걸요?]

"왜?"

[쌓인 업보를 현생에서 풀라는 일종의 배려죠.]

"전생의 원수를 현생에 다시 붙여놓는 게 무슨 배려냐?"

[그래서 제약을 두는 거죠. 한채희가 여자로 태어났듯, 부인은
남자로 태어났을 수도 있고, 한채희가 당시에는 얼자였을지라도
지금은 스타잖아요?]

"그럼, 부인은 양반집 규수였지만 지금은 별 볼 일 없을 수도 있
겠네?"

[그것이 바로 업이라는 겁니다.]

저승학개론은 이쯤 듣고, 나는 아쉬움에 입맛을 다시며 핸드폰
만 만지작거렸다.

"그나저나 촬영이 시작되면 은별이 매니저를 어떻게 해야 할까."

유튜브 촬영이야 아무래도 가족이랑 함께 있는 게 좋을 것 같
아서 은별이 삼촌이 함께하고 있지만, 드라마 촬영이 시작되면 정
식으로 매니저가 붙어야 한다.

급한 대로 유병재를 붙인다고 해도 어쩌다 한두 번이지 계속 따라다닐 수는 없는 노릇이다.

그렇다고 내가 데리고 다닐 수도 없고.

이런저런 고민을 하고 있을 때, 노크 소리가 들렸다.

"들어와."

노란색 원피스 차림의 윤소림이 들어왔다.

요즘 인터뷰에 화보에 정신없을 텐데도 얼굴이 여름날처럼 밝다.

"CF 촬영 잘 끝냈다며?"

엊그제 윤소림의 첫 CF 촬영이 무사히 끝났다는 보고를 받았다.

"광고, 언제 방송 나가요?"

"너 차기작 결정됐을 때 내보낼 거야."

곧, 말이다.

"그나저나, 뭐 힘든 거는 없어?"

윤소림이 고개를 도리도리 젓는다. 그 모습이 마치 애 같아서 나도 모르게 피식 웃고 말았다.

'이 정도 했으면 이 녀석에게 진 빚을 갚은 걸까?'

[궁금하면 생의 계획을 보면 될 터인데.]

나중에, 나중에 볼 생각이다.

그냥 지금은 윤소림을 바라보는 이 순간이 좋다.

그리고 내일이 기다려진다. 또 그 다음 날도.

어쩌면 가까운 시일 내에 시상대에 올라가 있는 모습을 볼 수 있을지도 모르겠다. 그때는 차가희를 달달 볶아서라도 대한민국에서 가장 예쁘고 눈부신 드레스를 가져와야지.

툭.

드레스 생각에 한눈팔고 있던 내 옷깃에 작은 손이 스쳤다.

"머리카락이 묻어서."

윤소림이 엄지와 검지로 조심스럽게 머리카락을 떼면서 혜, 하고 웃었다.

"소림아."

"예, 말씀하세요."

"넌 뭐 하고 싶니?"

문득 궁금해져서 물었다.

"저야 회사에서 스케줄 잡아주면 뭐든 열심히 해야죠!"

똑 부러져서 좋긴 하지만 내 질문은 그게 아니다.

"내 말은, 네가 뭘 하고 싶냐는 거야. 예능을 하고 싶은 건지, 드라마를 하고 싶은 건지, 영화를 하고 싶은 건지, 그것도 아니면 돈을 벌고 싶은 건지 말이야. 정작 당사자인 네 의견은 들어본 적이 없잖아?"

"아."

쉽게 입술을 떼지 못하는 녀석을 보니 나도 모르게 짓궂은 미소가 새어 나온다.

"예능 몇 개 들어왔던데? 요리하는 것도 있고, 정글 가는 것도 있고."

"정글이요?"

"알잖아? 땡볕 아래에서 고생하고 물고기 사냥하고 먹방도 하고 말이야."

지금 상황에 예능 프로그램에 출연하는 것도 나쁘진 않을 거다.

예전이야 배우의 예능 출연을 터부시했을지 몰라도, 지금은 그렇지 않은 세상이니까.

하지만 윤소림은 어딘지 모르게 망설이는 얼굴이다.

"아니면 CF만 계속 갈까? 음료수 CF 하나 들어왔던데. 젖소 옷 입고 젖병 같은 거 물고 초원 달리는 거야."

"저, 젖병이요?"

윤소림은 이번에도 당황해서 큰 눈을 깜빡거렸다.

나는 조금 더 웃고 눈을 지그시 감았다가 떴다. 샛눈으로 그녀를 보며 물었다.

"연기하고 싶지?"

현장의 공기와, 카메라에 담길 때의 두근거림이 가슴에 각인된 신인배우에게 하기에는 너무도 뻔한 질문.

"촬영장에서 보니까 연기 맛을 제대로 알아버렸더라고. 내 배우가."

윤소림의 하얀 목이 붉게 상기된다.

떠오르는 것이다. 그때의 기억이.

"앞으로 나는 소림이 너한테 맞는 옷만 입힐 생각이야. 젖소 옷 입고 뛰어다니고 음료수병 들고 이상한 노래나 시키는 짓 안 할 거야. 몸 쓰는 예능도 피할 거야. 네가 예능에 나가 사람들 웃길 필요 없어. 넌 연기로만 사람들을 울리고 웃기면 되는 거니까."

그것은 오로지 배우의 길을 의미했다.

"다시 말해, CF와 예능을 안 하겠다는 게 아니라 너한테 맞는 거만 시킨다는 얘기야."

윤소림은 꾹 다문 입술을 끄덕였다.

이제는 그녀가 궁금한 것을 질문할 차례였지만 나는 이번에도 녀석의 마음을 꿰뚫었다.

"그래서 연기는 언제 하냐고? 걱정하지 마. 그것도 너한테 맞는 거 찾을 거니까. 내가 꼭 책임지고 가져온다. 그걸로 윤소림이라는 존재는……."

나는 얘길 멈추고 윤소림이 마시던 물잔 위에 내 커피를 부었다. 물이 검게 물든다.

"이렇게 진해질 거야."

순간 윤소림의 목에 힘이 들어갔다.

나는 한다면 하고 만든다면 만드는 사람이니까.

느껴진다. 내가 가져올 시나리오에 대한 생각으로 녀석의 심장이 두근거리는 것이.

*　　　　*　　　　*

「톱스타와 500살 마녀 대본 리딩 (10:30분까지 화음)」

'우와, 은별이 드라마 나오는 거야?'

'대박, 그럼 TV에서도 은별이 볼 수 있는 거야?'

'바보야, 당연하지. 드라마 나오면 은별이 TV에 나오는 거지.'

친구들의 반응은 유튜브 방송 때와는 차원이 달랐다.

원래부터 학교에서는 유명 인사였지만, 이번 드라마 출연 소식에는 선생님들까지 관심을 보였다.

누가 출연하니, 무슨 드라마니, 언제 방송되니…….

무엇보다 끝내주는 것은 학교도 빠질 수 있다는 사실!

듬직한 유병재와 껌을 짝짝 씹고 있는 스타일리스트 언니를 보면서 은별이는 카메라 앞에 섰다.

"자, 시작할게요! 은별나라 은별공주 식구들, 안녕!"

은별이가 슬레이트 대신 박수를 치고 힘찬 인사를 꺼냈다.

"여러분 저 은별이요, 오늘 드라마 대본 리딩에 참여합니다! 그래서 지금 매니저님하고 사장님하고 함께 출발하려고 대기 중이랍니다! 그럼 이제 출발할게요! 고고!"

껑충 차에 올라서 안전띠를 매자마자 다시 카메라를 향해 방긋.

"여러분 이게 제 대본입니다! 그런데 아쉽게도 제 역할은요, 아직은 공개할 수가 없어요. 그렇죠?"

대답 대신 VJ가 카메라를 위아래로 흔든다.

달리는 차 안에서 은별이는 쉼 없이 떠들었다.

학교 얘기, 토토 얘기, 멍구 얘기, 곧 있을 배드민턴 시합 얘기까지 일상 얘기를 실컷 하고 나서 문득 뭔가 생각난 듯 핸드폰을 꺼냈다.

"여러분, 제가 대본 연습하다가 저희 대표님이랑 Q&A 했거든요? 한번 보실래요?"

은별이는 VJ 카메라 앞에 핸드폰을 내민 다음 최고남과 찍은 영상을 틀었다.

"잘 나와요?"

─대표님, 제가 막간 코너를 하나 만들었거든요? 이름하여 퓨처엔터 식구들과의 Q&A!

당황하는 대표님.

─대답하기 전에 규칙 있습니다! 대답에 따라서 제가 점수를 드릴 거예요. 질문 총 열 개. 30점 못 넘으면 저랑 대표님 오늘 남남 됩니다! 참고로 솔직하게 대답하셔야 해요! 점수를 위한 가식적인 답변은 우리 은별나라 언니 오빠 삼촌들 무시하는 겁니다!

　─예!

　단단히 긴장한 대표님.

　─대표님에게 은별이는? 시간 갑니다. 5, 4, 3……

　─퓨처엔터 아티스트!

　핸드폰 액정 속 은별이가 손가락을 까딱까딱 흔든다.

　─2점.

　소금물보다 짠 점수.

　─퓨처엔터 식구들이 모두 물에 빠졌다! 그럼 누구부터 구할 건가요?

　─나 수영 못하는데?

　─1점!

　꽥 소리 지르더니, 세 번째 질문부터는 은별이의 목소리에 힘이 꽉꽉 들어갔다.

　─은별이와 퓨처엔터 배우 윤소림이 동시에 기다리고 있다. 대표님은 누구에게 먼저 갈 건가요?

　─그거야 스케줄 있는 쪽?

　─0점! 은별이가 좋아하는 음식은 뭘까요?

　─할머니가 해준 음식!

　─우리 할머니 요리 솜씨 꽝인데. 답은… 뷔페!

　─잠깐, 그건 특정한 종류의 음식이 아니지 않나요?

―한 종류라고 말한 적 없습니다!

정답은 은별이 마음 가는 대로.

대충 계산해 봐도 30점은 절대 못 넘긴 것 같은데 마지막 질문 차례다.

―현재 점수 14점. 대표님, 미리 인사드릴게요. 저 오늘 떠나요, 흑흑.

―은별이한테 너무하네, 대표님이 관심이 없는 것 같네, 은별이가 불쌍해요, 어딘지 은별이 데려가는 곳은 땡잡았네…….

―승권 씨, 댓글 반응은 안 읽어줘도 되거든?

―마지막 질문입니다! 은별이가 혼자 있다, 그곳에는 괴물도, 사냥개도, 지뢰도 있다. 대표님의 판단은?

마지막 열 번째 질문이 혹 들어갔고, 영상 속 은별이는 대표님의 답을 들으려고 귀를 쫑긋 세웠다.

제3장

—

재방송

대본 리딩 현장은 사람들로 북적거렸다.

기자에 메이킹팀까지 합류했기 때문에 수많은 카메라와 배우들, 제작진이 좁은 복도에 바글바글했다.

"와, 사람 엄청 많네."

김승권은 주위를 살피느라 눈을 한곳에 두지 못했다.

"삼촌, 너무 그렇게 티 내지 마세요."

유병재가 말렸지만 김승권의 흥분은 쉽게 가라앉질 않았다.

"신기하네요. TV에서만 보던 스타들이 손만 뻗으면 닿을 공간에 같이 있다니."

눈이 부셔서 제대로 쳐다볼 수도 없는 그들 앞에서, 김승권의 심장은 아찔하게 떨리고 있었다.

"정신 차려요, 삼촌!"

옆구리에 푹 들어온 팔꿈치는 스타일리스트 차가희의 것.

퓨처엔터에서 그를 유일하게 구박하는 여자.

"대표님도 없는데, 쪽팔리게."

최고남은 오늘 대본 리딩에 참석하지 않기로 결정했다. 이유는 얘기하지 않았다.

"오케이. 이제부터 정신 바짝 차릴게요. 다음부터는 나 혼자 은별이 데리고 와야 할지도 모르니까."

김승권은 저도 모르게 마른침을 꿀꺽 삼켰다.

은별이의 삼촌으로서 책임이 막중했다. 이참에 스태프들과 인사도 나눠야겠다. 앞으로 자주 볼 터이니.

'오! 미인!'

연예인 주위에서 일하는 사람들은 확실히 뭐가 달라도 달랐다. 옷차림도 화장법도 남달랐다.

'최고남 대표가 정장 한 벌 해주지 않았다면……'

개망신을 당할 뻔했네.

"이번 드라마 대본 잘 빠졌지?"

"세트만 10억이래."

"이러다 시청률 역대급 나오는 거 아녜요?"

은별이와 퓨처엔터 식구들은 호호 웃는 여자들을 지나쳐 대본 리딩이 있는 회의실에 들어갔다.

길쭉한 테이블에는 음료와 과자들이 놓여 있고, 벽을 따라서 철제 의자가 주르르 놓여 있었다.

벌써 도착해 앉아 있는 스태프들도 있었지만 대부분은 메인에 앉아 있는 박세영 작가와 감독 주변에 비둘기 떼처럼 모여 있었다.

"안녕하세요, 작가님!"

"감독님, 어제 좋은 꿈 꾸셨어요?"

속속 도착한 배우들을 보던 김승권의 눈이 크게 덜썩였다.

'오! 박신후!'

키 187㎝의 장신, 남자주인공 우진우 역에 캐스팅된 박신후.

〈부잣집 형제들〉로 일약 스타덤에 오른 그가 눈이 파묻힐 정도로 짙게 웃으며 인사를 하고 있었다.

"진짜 잘생겼네."

남자가 남자에게 반한다는 게 이런 건가.

입을 헤벌쭉 벌리다가, 김승권의 머릿속에 최고남의 목소리가 스쳤다.

'매니저는 허리 숙이는 거 부끄러워하면 안 됩니다. 내 배우를 위해서라면 그건 너무도 당연한 거니까요.'

내 배우.

김승권의 시선이 은별이에게 닿은 순간.

"안녕하십니까! 퓨처엔터테인먼트 고은별 매니접니다!"

*　　　　*　　　　*

"쟤가 한채희 아역이야?"

"N탑이래."

"고은별이라고?"

복작거리고 시끄러운 이곳에서 너무도 많은 사람들이 은별이의 눈에 들어왔다.

VJ 언니는 잘생긴 오빠들을 보고 있고, 스타일리스트 언니는 비슷한 머리색의 언니들과 수다 중.

삼촌은 전에 본 작가 이모에게 인사를 하느라 떨어져 있었고, 매니저 삼촌도 사람들한테 인사하느라 정신이 없어 보였다.

"애가 예쁘네."

"근데 쟤 어디서 본 것 같은데? 낯이 익어."

사람들의 속삭임이 여지없이 머리 위로 내려온다.

사람의 시선이 닿는 것은, 마치 비가 내리는 기분이었다.

하지만 비를 피할 길이 없었다. 우산이 없으니까.

이럴 때 대표님이 있었으면.

이럴 때 할머니가 있었으면.

하지만 대표님은 일이 있어 오지 못한다고 했고, 할머니는 몸이 편찮으셔서 병원에 가야 했다. 삼촌은 왜 이렇게 오버하는지 모르겠고.

"안녕."

낯선 목소리에 뒤를 돌아보니 같은 눈높이의 남자애가 서 있었다.

"너구나, 은별이가."

"넌 누구야?"

"나는 저 형 아역."

남자애가 가리킨 손은 삼촌이 아까 잘생겼다고 말한 배우였다.

대표님보다는 못생겼지만.

오히려 앞에 있는 남자애가 더 잘생겨 보였다.

꼬마 주제에 머리에 힘도 잔뜩 줬고.

"엄마가 그러는데, 앞으로 너랑 자주 볼 거래. 그래서… 친하게
지내자고."

남자애가 손을 내밀었다.

보조개가 쏙 들어간 미소가 꽤 괜찮아 보이는 애였다.

"그래."

뭐, 싫은 건 아니라서, 은별이는 손을 내밀었다.

남자애는 배시시 웃으며 악수를 하고 말했다.

"난 엄마랑 왔는데. 넌 누구랑 왔어?"

"삼……."

창피하니 빼고.

"매니저 삼촌하고 스타일리스트 언니. 카메라 언니도."

"와, 부럽다!"

그게 뭐가 부러운지는 모르겠지만 남자애는 진심인 것 같았다.
그래서 내심 뿌듯해하는데, 예쁜 아줌마가 남자애를 불렀다.

"형주야!"

"어, 엄마."

남자애가 손을 흔들더니 말했다.

"오늘 잘해."

"응."

남자애가 엄마에게 달려간다.

그 모습을 보며 은별이는 속삭였다.

"부럽다."

매니저 삼촌이 없어도, 스타일리스트가 없어도, 카메라 언니가
없어도… 남자애 곁에는 엄마가 있으니까.

왠지 기운이 빠져서 은별이는 고개를 두리번거려 봤지만 달라진 것은 없었다.

그래서 은별이는 혼자가 된 기분이었다.

겁이 나는 건 아니었지만, 왠지 외로운.

미운 오리 새끼처럼 외톨이가 된 것 같은…….

"안녕!"

고개를 든 은별이의 눈에 예쁜 이모가 비쳤다.

아까 은별이를 보며 속삭이던 이모와 언니들 중 한 사람이었다.

"네가 은별이지?"

"고은별입니다."

"나는 강주희라고 해. 너희 대표 친구야."

"대표님 친구요?"

이모가 고개를 끄덕이고 미소 짓는다.

"응."

"어머 은별아! 나 누군지 알아?"

이번에는 예쁜 언니가 무릎을 굽혀 눈을 마주했다. 갈색 머리카락에 뽀얀 어깨를 가진 언니였다. 그녀가 빙긋 웃고 은별이의 볼을 살짝 어루만진다. 부드러운 손길에 눈을 깜빡이니 또 다른 언니가 다가왔다.

"최 대표 금방 부자 되겠다. 이렇게 예쁜 배우를 데리고 있으니."

"아, 질투 난다. 나한테는 계약하자는 말 1도 안 꺼내더니."

"너보다 은별이가 백배 나은가 보지."

"그러게. 나 어렸을 때는 선머슴이었으니까."

어느새 은별이의 주위에 사람들이 많아졌다.

"여기 최고남 대표님이 애지중지하는 아역배우가 있다고 해서 왔습니다!"

이번에는 카메라를 들고 있는 안경 쓴 언니도.

"황 기자, 우리 사진 좀 찍어줘."

"그럴까요?"

다들 얼굴에 미소가 가득해서 은별이를 따뜻하게 바라본다.

"대표님, 친구 많아요?"

궁금해서 물었더니, 이모는 빙긋 웃더니 사람들을 가리켰다.

"여기 다, 너희 대표님 친구야."

이모는 대본 리딩실에 있는 모두가 대표님의 친구라고 했다.

은별이는 더 이상 외톨이가 아니었다.

그래서 배시시 웃는데, 볼을 만지던 이모가 고개를 뒤로 돌리더니 무릎을 펴고 일어난다.

뾰족한 구두가 옆으로 움직였을 때, 은별이는 볼 수 있었다.

"대표님!"

*   *   *

N탑이 요즘 심기가 안 좋은 것 같으니 대본 리딩에는 빠지자고, 유병재가 그렇게 만류했지만 결국 오고 말았다.

걱정돼서 안 올 수가 있어야지.

다행히 나를 아는 사람들이 은별이의 곁에 있었지만, 어수선한 분위기 틈에서 어른들 허리 언저리에 있는 모습이 감춰둔 도토리를 찾아 헤매는 다람쥐 같아서 안쓰럽다.

거기다 남자 아역배우는 같이 온 엄마 손을 꼭 잡고 있는데, 은별이는 혼자 방실방실 웃고만 있다. 그 웃음이 왠지 허전해 보여 눈살이 찌푸려졌다.

[아저씨의 팬으로서, 요즘 현타가 옵니다만.]

'그건 또 무슨 소리냐?'

[저는 악덕 매니저 최고남의 팬이었는데, 아저씨는 요즘 순정파 모드 같거든요. 싱겁다고요.]

악덕 타이틀 버린 지가 언젠데.

"작가님, 좋은 꿈 꾸셨어요?"

"어, 최 대표 왔어?"

박세영 작가에게 인사했더니, 뒤에 있던 민 대표가 못마땅한 표정으로 나를 쳐다본다.

"거 무슨 대표가 아역배우 대본 리딩까지 오고 그럽니까? 그냥 매니저나 보내지. 그 정도로 작은 회산가?"

"아무래도 걱정이 돼서요. 인사도 드릴 겸. 오랜만에 뵙습니다, 대표님."

나는 속없이 웃으며 민 대표에게 인사했다.

흑채 뿌린 머리에 유난히 반짝이는 금테 안경과 금목걸이가 눈에 들어온다. 멧돼지 같이 덩치만 큰 못된 자식 같으니라고.

"우리한테 인사하지 마시고, 나중에 한채희 매니저 오면 고맙다고 하세요."

아주 내 속을 제대로 긁어볼 모양인데, 그래도 오늘은 푼수처럼 미소만 지을 거다. 우리 은별이 앞에서 나는 좋은 대표님이니까.

[아니라고요, 이럴 때 한번 보여줘야죠! 악덕!]

'너 오늘 뭐 잘못 먹었냐? 업보 없애라며?'

[안 착해지고 업보 없애면 되죠?]

옆에서는 저승이가 헛소리를 하고 있고, 등 뒤에서는 민 대표가 툴툴거리는 소리가 들린다.

N탑 봐서 캐스팅했다는 둥, 작가한테 함부로 찾아가는 매니저가 어디 있냐는 둥.

"아직도 N탑 부문장인 줄 아나."

순간 발이 멈췄다.

곰탱이처럼 서 있던 유병재가 내 얼굴을 살피는 그때, 익숙한 얼굴이 다가와 내 등을 세차게 내려쳤다.

"여전히 잘생겼단 말이야."

찰랑찰랑 움직이는 단발머리와 목에 걸린 진주 목걸이가 눈에 들어왔다.

'배우 강주희.'

그녀는 이번 드라마에서 남주의 고모 역으로 나오는데, 우진우의 부모가 남긴 보험금을 빼돌리는 것도 모자라서 우진우의 저택을 팔아버리기 위해서 호시탐탐 기회를 노리는 캐릭터로 분한다.

"누님이야말로 여전히 눈부신데요?"

오래전, 강주희는 N탑 소속이었다.

지금이야 오십을 바라보지만 내 눈에는 그녀를 처음 봤던 30대의 모습이 여전히 남아 있다.

"우리 은별이 잘 부탁드립니다."

"잘 부탁하기는. 아역한테 내가 해줄 게 뭐 있어? 애 똑똑해서 잘하게 생겼네."

"나중에 소림이도 인사시키겠습니다."

"윤소림? 애 연기 잘하더라."

"누님 손 한번 거쳐야죠."

나는 은연중에 강주희에게 윤소림의 연기 지도를 부탁했다.

한번 데려오라는 말을 하고, 강주희는 자신의 자리를 찾아갔다.

이제 은별이 좀 제대로 볼까 했는데, 웅성거리는 사람들 틈에서 제 얼굴만 한 카메라를 들고 온 여자가 나를 붙잡았다.

"대표니임!"

"저리가."

"가긴 어딜 가요?"

황 기자가 징그럽게 내 팔에 달라붙었다.

"특종거리도 없는데 뭐하러 왔어?"

"한채희 6년 만에 복귀잖아요. 화음에서 첫 대본 리딩이라고 기자 몇 명 초대했어요. 저도 그중 하나고. 그래서 제가 우리 퓨처엔터 취재하려고 오늘 스케줄 다 뺐죠."

"이제 우리 윤소림 기사 안 나오더라? 특종을 주면 뭐해? 의리는 쥐똥만큼도 없는데. "

"아휴, 왜 이러실까. 나중에 다 나옵니다. 제가, 계획이 있어요."

황 기자가 빙긋 웃더니 카메라를 치켜들었다.

미소는 가라앉고, 옆 모습은 뷰파인더를 보기 위해 찡그려진다.

"여기 오기 전에 은별나라 유튜브 죽 훑고 왔는데, 재밌더라고요. 쟤는 금방 크겠어요."

카메라를 다시 내린 그녀가 음흉한 시선으로 나를 쳐다본다.

"대본 리딩 끝나고, 콜?"

글쎄, 그럴 시간이 있을까 모르겠다.

황 기자가 취재 거리를 좇아 사라지고서야, 나는 은별이의 손을 붙잡고 제대로 시선을 맞출 수 있었다.

"은별아."

작은 손가락이 내 손안에서 꼼지락거린다. 호수 같은 눈은 내 시원한 파란색 셔츠까지 비칠 정도로 크고 맑다.

"우리 전에 Q&A 한 거, 마지막 질문에 대한 답 기억나니?"

은별이가 고개를 끄덕인다.

나는 아이의 이맛머리를 정돈해 주며 다시 말했다.

"우리 은별이, 실수해도 되고 대사 틀려도 돼. 힘들면 언제든 나한테 도와달라고 해. 그럼 그때 마지막 질문에 답한 것처럼 해줄 거야. 내가 뭐라고 했지?"

은별이는 배시시 웃고 말했다.

"달려갈 거라고 했어요. 세상, 그 어디라도."

만점을 받은 답이었다.

"500살 마녀 대본 리딩 시작합니다."

조연출의 목소리에 다들 서둘러 자리에 앉았다.

*　　　　*　　　　*

"어떻게 된 거야?"

대본 리딩이 시작되기 전만 해도 분명 화기애애한 분위기였다.

그런데 지금은 싸늘한 것을 넘어서 험악하기까지 하다.

박세정 작가의 얼굴은 잔뜩 굳었고, 감독의 얼굴은 벌겋게 달아올랐다.

스태프와 배우들은 숨소리조차 내지 못하고 딱 한곳만 바라본다.

텅 빈 주연 자리.

한채희의 자리였다.

"주연 배우가, 왜 안 오냐고! 당장 다시 전화해 봐!"

"그게, 전화를 안 받습니다."

똥줄이 탄 조연출이 핸드폰만 만지작거리던 그때, 나는 눈을 돌리다가 구석에 앉아 있는 황 기자와 눈이 마주쳤다.

나도 모르게 미소를 옅게 흘렸다. 그녀의 모습이 답을 몰라서 망설이는 학생 같았기 때문이다.

결국 500살 마녀의 첫 대본 리딩은 역대 최악으로 끝이 났다.

여주인공의 빈자리는 스태프의 갈라진 목소리가 채웠고, 배우들은 대본 리딩이 끝나자마자 일찌감치 자리를 뜨기 바빴다. 우리라고 다르지 않았다.

"대표님, 뭐 아시는 거 있으세요?"

"병재야, 500살 여주인공, 우리 소림이가 하게 되면 어떨까?"

엘리베이터에 타며 넌지시 되물었더니 유병재의 눈이 커졌다.

"한채희한테 무슨 일 있는 겁니까?"

"그냥. 사람 일 모르는 거니까."

뭐 한채희가 필리핀에서 가서 도박을 했을 수도 있는 거고, 거기에서 도박 자금 빌렸다가 브로커한테 협박당해서 발이 묶였을 수도 있는 거고, 그 사실이 한인 사회 커뮤니티에 올라오고, 그렇게 드라마에서 하차하고. 뭐 그럴 수도 있는 일이니까.

"뭘 그렇게 쳐다봐. 그냥 해본 말이야."

미소 한번 짓고, 팔짱을 끼며 다시 슬쩍 화두를 던졌다.

"그래도 만약, 그렇게 되면 우리가 해야 할 일은 뭘까?"

패가 돌면 집중해야 한다.

아, 물론 한채희도 그런 마음이었겠지만 말이다.

아무튼 곧 스캔들은 터진다.

그리고 나는 이번 스캔들을 내 입맛에 맞춰볼 생각이다.

"대표님!"

엘리베이터에서 내리자마자 등 뒤에서 굉장한 목소리가 들렸다.

황 기자가 계단으로 뛰어 내려왔는지 헉헉 숨을 토하며 내 앞에 축 늘어졌다.

"아는 거 있죠? 귀띔 좀 해줘요!"

이대로는 황 기자가 숨이 넘어갈 것 같아서 유병재와 은별이를 먼저 차에 태우고 그녀를 마주 봤다.

"뭐가 알고 싶은데?"

"확실하네. 대표님 뭐 아는 거 있어요, 지금."

내 표정에 뭐가 써 있는지는 모르겠지만, 황 기자가 입꼬리를 올린다.

"글쎄."

"아까 봤거든요? 대표님 입가에 희미하게 미소가 붙어 있는 거."

하긴 내가 그랬지.

남들 다 당황할 때도 혼자만 세상 평온해 보였겠지.

"빨리 얘기해 주세요! 어서요! 현기증 난단 말이에요!"

황 기자가 아랫입술을 한 움큼 빨아들인 채 어서 답을 내놓으라고 재촉한다.

문득, 이 여자를 처음 만났을 때가 떠오른다.

여섯소년들 팬들에게 밀려서 넘어진 그녀에게 손을 내밀었던 그날을.

"황 기자는 한채희 데뷔작이 뭔지 알지?"

마지못한 듯, 운을 뗐더니 황 기자가 눈을 게슴츠레 뜨고 기억을 떠올린다.

"아, 이대 나온 여자죠? 그거 준비한다고 강원랜드에서 몇 달을 살았다는 일화, 유명하잖아요."

그랬지. 오늘의 한채희를 만든 문제의 데뷔작.

"그거랑 오늘 한채희가 오지 않은 거랑 무슨 상관이에요?"

"알려주면, 나랑 진짜 도박 한번 할래?"

황 기자의 속눈썹이 바스락거린다.

뭔지 모르겠지만 판돈이 장난 아니게 클 것 같으니 귀를 쫑긋 세운다.

나는 그녀의 오른쪽 귀에 두 손을 모으고 속삭였다.

"걔, 진짜 타짜야. 서둘러."

그 말을 하고 옆을 쳐다보니 저승이가 서늘한 미소를 짓고 있다.

[역시, 계획이 있었군요.]

'이제 만족하냐?'

한번 클라스는 영원한 클라스.

악덕 매니저, 잠깐 부활이다.

                    *   *   *

　최고남이 탄 카니발이 떠나고, 황 기자는 눈살을 찌푸렸다.

　"그러니까 한채희가 데뷔작 찍다가 진짜 타짜가 됐고, 지금 필리핀에서 안 돌아온 게……."

　말도 안 되는 것 같지만, 그 말도 안 되는 일이 벌어지는 곳이 연예계 아닌가.

　"아차차!"

　주머니에서 급하게 꺼낸 핸드폰을 떨구기 직전에 겨우 붙잡은 황 기자는 바로 데스크로 연락을 했다.

　"부장, 나 지금 당장 필리핀 가야 해요! 바로 비행기 예약해 주세요! 뻐스트 끌라스로다."

　혹 다른 기자가 듣고 특종을 가로챌까 싶어 속삭였더니, 돌아오는 것은 걸쭉한 욕뿐이다.

　―이게 미쳤나! 갑자기 전화해서 뭐? 뻐스트 끌라스? 엉덩이 꽉 구겨서 이코노미에 쑤셔 앉는다고 해도 보내줄까 말깐데. 뭐어? 뻐스트 끌라스?

　"지금 한채희 대본 리딩에 불참해서 난리 났어요."

　―너 까막눈이냐? 인터넷 켜봐! 한채희 소속사에서 벌써 입장 발표했거든? 한채희 뎅기열 걸려서 입원했다고! 이 자식이 이렇게 느려서, 너 거기 왜 갔냐?

　"뎅기열이요?"

　황 기자는 서둘러 방금 뜬 한채희 소속사의 보도 자료를 확인했다.

보도 자료에는 병원 베드에 누워 있는 한채희의 사진이 담겨 있었다.

"이거 아니에요."

—아니긴 뭐가 아니야? 너 뭐 들은 소스 있어? 있으면 어디서 나온 소슨지 말해. 말 안 하면 못 보내니까!

잔뜩 찌푸려 있을 편집부장의 눈주름이 눈에 보이는 것 같았다.

황 기자는 떠나는 카니발을 바라보면서 입술을 깨물고 대답했다.

"죄송합니다. 말씀 못 드립니다."

—젠장맞을 놈! 오케이, 내가 뻐스트 끌라스로 끊어준다. 가서 헤드라인 따와! 못 따오면 알지? 비행기표값 도로 토해내!

*　　　　　*　　　　　*

32인치 대형 모니터 앞에서 눈을 찌푸리고 있는 남자.

지난달 남여울과 지남철의 비밀 SNS 계정을 털어서 역대급 네티즌 수사대라고 불리게 된 그의 최근 관심사는 배우 윤소림이었다.

그런데 포털 사이트 기사에서 윤소림이 도통 보이질 않는다.

"이놈의 소속사는 뭐 하는 거야? 물 들어올 때 노 저을 생각은 안 하고 애를 꽁꽁 숨겨놓기만 하다가 타이밍 다 놓치고!"

기회.

윤소림의 소속사는 신인에게 온 황금 같은 기회를 날려 버리고 있다.

퉁퉁 부은 눈으로 앙탈을 부리는 15초짜리 영상 하나에 수십

억 CF를 몰아 찍은 어느 여자 아이돌 그룹의 멤버, 예능 촬영 중에 카메라 한 번 못 받다가 빵 터지는 멘트 하나로 제2의 전성기를 맞은 개그맨, 관객이 우연히 촬영한 영상 하나로 단숨에 인기가 급상승한 트로트 가수.

그들의 공통점은 누구도 예상하지 못한 일이었다는 것이고, 관심을 받은 이후로 쉬지 않고 달렸다는 것이다.

그런데 공서가 끝난 지도 시간이 제법 지나고 있건만 윤소림의 다음 행보가 없다.

한창 대중의 이목을 끌 때 죽이 되든 밥이 되든 나와서 얼굴을 노출시켜야 하는데 말이다.

아니, 요즘 배우들 예능 잘 나오잖아?

이름 석 자 각인시키는 것이 얼마나 어려운 일인지 알면서 그걸 배우가 해냈더니 정작 소속사는 놀고 있네?

남자의 송곳니가 입술을 파고든다.

아무래도 이놈의 회사, 대표가 감이 아주 많이 모자란 모양이다.

윤소림⌐/

엔터를 치기 무섭게 우후죽순 생겨나는 팬카페들 목록과 윤소림에 대한 검색 결과가 쭉 펼쳐졌다.

남자는 그중에서 회원 수가 가장 많은 카페에 들어갔다.

그곳에서는 자칭 국민 프로듀서들이 윤소림의 차기작을 기다리고 있었다.

─이래서 작은 데는 들어가는 게 아니라니까.

─그래도 거기는 우리 소림이밖에 없어서 푸시하기 수월하지 않아요?

└푸시도 능력이 돼야 하죠. 생각지도 못하게 우리 소림이가 빵 뜨니까 감당이 안 되는 거지.

└제 지인이 그러는데, 퓨처엔터 대표가 N탑 부문장 출신이래요. N탑에서 웬만한 애들은 다 그 대표 손 거쳤다는데요?

└에이, 그랬다면 N탑에서 남여울 일로 병크 짓 하지 않았겠죠.

└됐고, 윤소림 빨리 내보내라고 전화하죠!

─맞습니다. 이럴 때일수록 우리 삼촌들이 나서야죠!

─퓨처엔터야, 하다못해 사진이라도 풀어야 하는 거 아니냐? 윤소림은 학교 안 나왔니? 중딩 때 사진 플리즈!

└철컹철컹. 경찰 아저씨 여기요!

데뷔한 지 얼마 되지 않아서 인터넷에서 찾을 수 있는 윤소림에 대한 정보는 한정되어 있었다.

이맘쯤 되면 졸업 사진이나, 연습생 시절 사진도 올라올 법하건만 아직까지 찾아볼 수가 없었다.

─지인이 로체에 다니는데, 윤소림 CF 촬영했답니다. 콘티 나왔을 때부터 사내에서 대박 터질 것 같다는 얘기가 떠돈답니다.

└정말이요? 그런 얘기 없던데?

└└방영된답니다.

└대박이네, 로체면 무슨 CF지? 음료수? 과자?

└미안합니다. 그건 말씀드릴 수 없어요.

확인되지 않은 지인빨 소문들.

하지만 남자는 진짜 특급 정보를 알아냈다.

유튜버 은별이의 영상을 확인하는 도중 찰나의 순간 화면에 비친 컴퓨터 화면을 캐치한 것이다.

거기에는 트위트 계정이 보였는데, 확인 결과 그 계정이 퓨처엔터의 공식 계정이라는 것을 알아냈다. 그리고 며칠 전부터 은별이 사진이 띄엄띄엄 올라오고 있었다.

남자의 미간이 또 찌푸려진다.

"뭐 하는 거야? 윤소림 밀어야 할 때에 이 꼬맹이를 밀겠다는 거야?"

두둑한 볼에서 불만이 튀어나오는데, 남자는 늘 그렇듯 서브 모니터를 통해 틀어놓은 TV 화면에 고개를 돌리다가 멈칫했다.

"어?"

*　　　　　*　　　　　*

「압구정 순양백화점」

"저기, 혹시 윤소림 씨 아니세요?"

선글라스에 모자까지 눌러썼지만 점원의 예리한 눈은 윤소림을 한눈에 알아봤다.

"아, 예."

마지못해 고개를 끄덕이자 점원의 입이 함지박만 해졌다.

"저, 소림 씨 팬이에요, 공서 너무 잘 봤어요. 아, 이거 샘플인데 제가 챙겨 드릴게요."

점원은 큼직한 손으로 손에 잡히는 화장품 샘플을 닥치는 대로 챙겨 넣었다. 본품보다 샘플로 쇼핑백이 가득 찼을 정도였다.

"어머님이신가 봐요?"

"예, 엄마랑 오랜만에 외출하는 거예요."

"와, 어머니도 너무 예쁘시다. 아, 이거는 저희 지난달 행사 사은 품이었는데, 향이 괜찮아요."

결국 윤소림은 향수까지 챙겨준 팬과 셀카를 찍고 매장을 나왔다.

식당으로 향하는 길에 엄마를 힐끗 본 윤소림은 그녀의 입꼬리 가 계속 올라가 있는 걸 볼 수 있었다.

"우리 소림이가 정말 연예인 되긴 했나 보다."

"그럼, 엄마 딸 이제 배우야."

"그렇게 고생하더니… 결국 해내네, 우리 딸."

갑자기, 엄마의 눈주름에 물기가 스민다.

"왜 그래, 엄마."

"그냥, 엄마 아빠가 너무 반대했던 게 미안해서 그러지."

N탑을 나올 때만 해도 부모님은 안심했었다.

하지만 또 퓨처엔터인지 뭔지에 들어간다고 했을 때는 집을 나 가라고까지 했었다. 그럴 때마다 침대보를 눈물로 적셨던 윤소림 이었다.

"엄마, 내가 잘할게. 더 노력해서, 엄마 딸 좋은 배우 될게."

엄마의 얼굴에서 미소가 다시 새겨진다.

그리고 묻는다.

"그럼 이제 다음 작품은 언제 하는 거야?"

윤소림은 망설임 없이 대답했다.

"대표님이 때 되면 얘기해 주실 거야."

현장의 맛을 알아버린 몸은 매일이 따분하고 근질거리지만, 최고남이 큐 사인을 내리기 전까지 그녀는 스탠바이다.

"아, 소림아 저거 너 아니니?"

마침 식당 안의 대형 TV에는 자전거를 타고 가는 여학생의 모습이 나오고 있었다.

잔잔한 BGM과 함께 새벽 어스름한 푸른빛을 뚫고 달리는 자전거의 모습과 바람에 나부끼는 여학생의 머리카락 뒤로 싱그러운 미소가 이어졌다.

식당 안 손님들이 잠깐 그 장면에 넋을 잃은 사이 동네를 빠르게 가로지르던 자전거는 철도 앞에서 멈췄다.

―음음음음…….

여학생은 구두코로 바닥을 톡톡 치며 허밍을 하고, 기차는 힘차게 그 앞을 지나간다. 그때, 옆에서 수줍은 손이 내민 초콜릿.

여학생이 망설이며 초콜릿을 받는 동안 기차는 지나갔고, 남학생은 서둘러 먼저 출발한다.

남은 것은 여학생의 미소와 초콜릿뿐.

자신의 생애 첫 CF가 전파를 탄 것을 본 윤소림은 입술을 힘껏 깨물었다.

가슴이… 터질 것 같아서.

대표님이 그랬으니까. CF가 나오는 날이, 차기작의 신호탄이라고 했으니까.

그래서, 당장에라도 달리고 싶어졌다.

*   *   *

"김 피디야, 요즘 세상 참 좋아졌다. 핸드폰 화면 몇 번 두드리면 기보는 물론이요, 명인전도 맘껏 볼 수 있으니 말이야."

근래 들어 방 국장의 회사 생활 6할은 유튜브에서 세계명인전을 찾아보는 것이었다.

김 피디는 커피를 홀짝이다가 방 국장의 훤한 정수리를 보며 물었다.

"바둑이 그렇게 재밌습니까?"

"바둑판에 세상 이치가 다 담겨 있는 거야. 엎치락뒤치락하는 삶에서 한 수 앞을 내다보는 방법이 여기 담겨 있단 말이지."

"겨우 한 수 앞을 봐서 뭐 합니까. 알파고는 몇십 몇백 수 앞을 본다는데."

"인마, 우리가 기계 상대하냐? 사람 상대하며 사는 거지. 남들보다 딱 한 수만 더 봐도 앞서는 속도가 달라져."

"틀린 말은 아니나, 그게 어디 쉽습니까."

실실 쪼개며 커피를 완전히 비운 김 피디는 빈 종이컵을 내려놓았다. 방 국장이 눈썹을 추켰다.

"근데, 최고남한테서 연락 없냐?"

"글쎄요. 윤소림 차기작 마뜩잖은게 없는 모양인데요?"

"그럼 슬슬 낚싯줄 던져야겠구만."

"최고남이 할까요?"

"어차피 우리 말고 손 내밀 데 없어. 있어봐야 신인배우 옷갈이에 좆만 한 역일 테고. 최고남이 하겠냐?"

"에이, 윤소림 이번에 홈런 제대로 쳤습니다. 러브콜 오는 데 많을 거예요."

김 피디의 회의적인 반응에 방 국장은 눈살을 찌푸렸다.

"인마, N탑이 가만있겠냐? 백대식이 물 먹었다고 우스운 곳이 아니야. 걔들이 몸뚱이가 커지는 바람에 부서별로 각자 놀아 그렇지, 똘똘 뭉치면 눈에 뵈는 게 없는 놈들이야."

그 선봉이 최고남이었지만.

아무튼 지금까지 N탑이 해온 것을 봤을 때, 윤소림의 성장세를 가만히 지켜볼 리 없다.

방송국쯤은 돼야 부딪치지, 웬만한 프로덕션은 N탑과의 전쟁을 원치 않는다.

분명, 윤소림 차기작 선정 쉽지 않을 거다.

"조금 뒤에 예능 출연이랑 주말 드라마랑 패키지로 묶어서 던져봐라. 최고남 이 자식, 고맙습니다! 하고 외치면서 나 찾아와 절할 걸? 내가 언제 그놈한테 절을 받아보냐. 이참에 빚 잔뜩 얹혀놔야지."

어찌 됐든 방 국장은 윤소림을 KIS에 데려올 마음이었다.

그래서 아예 KIS의 딸로 만들 생각이다.

드라마 국장이 적극적으로 밀어서 키운 여배우는 가까운 미래

에 평생의 은인이며 존경해 마다하지 않는 인생의 선구자로 방 국
장을 언급하게 될 것이다.

"아, 또 광고 나오네. 5분짜리 동영상 하나 보는데 광고가 몇 번
이나 나오는 거야?"

방 국장은 핸드폰을 테이블에 툭 던져놓았다.

명인전을 잘 보고 있는데, 중간에 광고가 툭 튀어나온 탓이다.

"유튜브는 이게 문제야. 광고가 너무 많아."

"걔네는 뭐 땅 파서 장사하나요. 흠, 자전거 광고인가 본데요?"

김 피디가 눈을 흘기며 핸드폰 화면을 바라본다.

방 국장도 인중을 늘어뜨리고 어느새 광고에 집중했다.

"어째, 어디서 본 얼굴이다?"

"그러게요⋯ 어째 느낌이 싸한 게⋯⋯."

*　　　　*　　　　*

"색감 너무 잘빠졌다."

퓨처엔터 식구들 모두가 한자리에 모여서 윤소림의 첫 CF를 반
복해서 돌려 보는 중이었다.

"반응은 어때?"

나는 화면 속 교복 입은 윤소림에게서 눈을 떼고 직원들을 바
라봤다.

손 선풍기에서 나온 바람에 머리카락을 맡긴 여직원들은 기분
좋아 보이는 미소를 띠고 있었다.

"너무 좋아서 겁날 정도? 새벽에 잠깐 실검에 오르기도 했다니

까요. 어뷰징 기사 계속 붙고 있고."

실검은 생각지도 못했는데, 아무래도 퀄리티가 한몫한 것 같다.

나는 출연료를 줄여서라도 퀄리티를 높이자고 제안했다.

그래서 윤소림의 허밍이 섞인 씨엠송까지 넣었고, 촬영도 콘티 나오고 3일 만에 끝냈다.

말 그대로 속도전이었다.

"태평에서 그러는데, 광고주가 이번 거 너무 잘 나왔다고 시리 즈로 제작하자고 했다나 봐요. 거기다 우리가 좀 싸게 계약했어 요? 거의 거저 줬지."

그 결과는 모두에게 득이 됐다.

광고주는 싸게 좋은 모델을 잡았고, 우리는 필모에 올릴 좋은 광고 하나를 건졌다.

아이고, 우리 소림이 왜 이렇게 예쁘냐.

나도 모르게 눈물이 찔끔 새어 나온다.

"사장님, 지금 우시는 거예요?"

차가희가 노란 눈썹을 껑충 올린다.

"먼지가 뭐 이렇게 많냐. 공기청정기 하나 주문해라!"

나는 자리에서 일어나 애써 등을 돌리고 핸드폰을 손에 쥐었다.

[황 기자 얘, 취재가 아니라 휴가 간 거 아니에요?]

저승이의 우려대로 아직까지 스캔들 기사가 터지지 않았다.

황 기자 지금 뭐 하는 거야. 필리핀 안 날아갔나?

'응?'

손에 쥔 핸드폰이 부르르 떨린다. 낯선 번호였다.

"퓨처엔터 최고남입니다."

밖으로 나와 전화를 받았다.

여름 햇살이 미처 침범하지 못한 계단을 내려오며 귀를 기울였다.

―윤소림 배우 소속사 대표님 맞으시죠?

"예, 맞는데요."

어디라고 묻지는 않았다. 이런 전화 한두 번 받는 것도 아니니까. 말했잖아, 가만히 있어도 대본이 굴러 들어오는 상황이라고.

그러니 차라리 어떤 역이냐고 단도직입적으로 묻는 게 서로 시간 아끼고 좋다.

―보내주신 프로필과 클립 영상 잘 봤습니다. 그리고 CF도 너무 예쁘게 나왔더라고요.

내 발이 계단 끝에 내려와 밖에서 기다리는 햇빛으로 탈출하려는 찰나였다.

나는 다시 그림자 속으로 몸을 홱 돌려 핸드폰을 귀에 붙였다.

가만.

최근에 윤소림 프로필 영상을 보낸 곳은…….

―그래서 전화드렸어요. 저는 제작사 스카이플라워 캐스팅 디렉터고요…….

얘기를 다 듣기도 전에 나는 주먹을 꽉 쥐었다.

*　　　　*　　　　*

"깜짝 놀랐다니까."

"한채희 쪽도 식겁했겠어요. 6년 만의 복권데."

"병원에 며칠 입원하고 한국 들어온다니까 액땜한 셈 치자고. 단순히 열만 난 거라서 촬영에 문제없다고 하고."

민대용 대표는 말끔하게 면도한 턱을 매만지며 일부러 크게 미소 지었다.

그라고 불안하지 않은 건 아니었다.

하지만 한채희 쪽에서 아무 일 없다고 큰소리치는 데다가, 설마 하니 진짜 무슨 일이야 있겠나 싶어 애써 마음을 다독이는 중이었다.

다행히 세상은 한가로웠다.

커피숍 천장에 달린 TV에선 의미 없는 광고들만 줄기차게 흐르고, 천장 스피커에서는 때 지난 팝송이 흘러나오는 재미없는 카페지만 커피 맛은 일품이었다.

"만약에 말이에요."

"만약에 뭐?"

민대용 대표는 커피 잔에서 입술을 떼고 박 작가를 바라봤다. 그녀의 눈이 흔들린다.

"한채희한테 무슨 일 생긴 거면 어떻게 하죠, 우리?"

"그게 무슨 말이야?"

"한채희 대타가 마뜩지 않으니까."

"대타가 왜 없어? 대한민국에 널리고 널린 게 여배운데."

쌍끌이 어선으로 대학로를 훑으면 배가 고꾸라질 정도로 만선일 거다.

물론 제작비를 생각하면 검증되지 않은 배우를 쓰는 모험을 할 수는 없다. 그래서 TV에 자주 본 얼굴들만 나오는 거고.

그렇다고 해도 여배우가 없는 건 아니다.

"너무 걱정 마. 박 작가 우려하는 바 모르는 거 아닌데, 한채희 빠져도 우리 드라마 하고 싶어 하는 여배우는 많아. 대본 잘빠졌잖아?"

"한채희 문제 생기면 투자자도 빠지니까 그렇죠."

하나에 문제가 생기면 둘, 셋에도 문제가 생기는 것이 세상 이치.

"박 작가는 걱정이 많아서 탈이야."

애써 웃었지만 민 대표의 얼굴에도 불안이 스멀스멀 올라오고 있었다.

「필리핀」

"대표님은?"

병실 베드에 누워 있던 한채희가 고개를 치켜들었다.

통화를 끝내고 들어온 매니저가 한숨을 폭 내쉰다.

"지금 알아보고 있으니까 곧 해결될 거야."

"그게 언젠데?"

"그러게 적당히 하고 나왔어야지. 1억을 날리고도 모자라서 돈을 빌려? 자그마치 10억이다. 나한테 일언반구 없이 네 마음대로 행동하면 어떻게 하냐!"

매니저도 평소처럼 한채희라는 톱스타 비위나 맞춰줄 상황이 아니었다.

한채희에게 10억이야 못 쓸 돈도 아니지만 브로커가 한채희가 톱스타인 것을 약점 잡아서 10억에 플러스알파를 요구하고 있는 상황이고, 대표는 한채희를 케어하지 못한 매니저에게 욕을 사발로 퍼부었다.

지금도 브로커 측 경호원들이 병실 문밖을 지키고 있다.

"쟤들이 나한테 작업 친 거라니까! 그리고 10억 한 번에 빌렸냐? 천만, 오천만 원씩 찔러주니까 나도 모르게 그런 거지!"

한채희의 앙칼진 목소리에 매니저는 미안하다는 한마디를 기대한 자신이 바보같이 느껴졌다.

"그럼 기자한테 하소연하든가. 작업당했다고."

"오빠는 매니저가 그게 할 소리니?"

"너 지금 상황 파악이 안 되나 본데, 네가 여태 사고 친 거랑은 차원이 달라. 이번 건은 걸리면 너 연예인 생활 끝이라고."

대본 리딩을 앞둔 여배우가 원정 도박에 불법도박 자금까지 빌렸다. 세상이 진실을 알게 되면 물어뜯으려고 이를 드러낼 것이다.

그렇게 되면 한채희는 맨몸으로 그 앞에 서서 뜯어먹혀야 될 테고.

"오빠, 그냥 돈 얼마 더 주고 끝내면 안 돼?"

"너 바보냐. 걔들 한번 먹이 주면 계속 줘야 해. 그래서 대표님이 나선 거잖아. 깔끔하게 정리하려고. 으휴, 답답아!"

이제야 상황이 심각함을 깨달았는지 한채희가 고개를 푹 숙인다.

아무리 얄미워도 내 배우.

한채희의 풀 죽은 모습에 매니저는 한숨을 쉬었다. 그러자 한채희가 고개를 든다. 하여간 저 눈동자가 문제다. 대한민국 톱 여배우의 눈동자는 사람 마음을 제 마음껏 주무른다.

"오빠."

"후, 그래. 너무 걱정하지 마. 대표님이 이 정도 일 해결 못 할 분도 아니고. 작가님한테도 걱정하지 마시라고 전화드렸으니까. 그러니까 며칠만 참으면……."

"그게 아니라… 나 배고파."

"뭐?"

"쌀국수 먹자. 필리핀 하면 쌀국수지. 안 그래?"

황당해서, 매니저는 입술을 바르르 떨었다.

"야!"

"왜 소리를 질러?"

매니저는 말했다.

"…쌀국수는 베트남이야."

핀잔을 주고, 매니저는 지갑을 챙겼다. 쌀국수가 먹고 싶다니 어쩌겠나. 편의점이라도 가봐야지.

"대체 내가 전생에 너한테 무슨 잘못을 한 거냐. 하, 조금만 기다려."

구시렁거리던 매니저가 병실 문을 열고 나가자 한채희는 핸드폰을 다시 들었다.

소속사에서 뎅기열이라고 둘러댄 보도 자료 기사에 붙은 댓글을 보며 눈살을 찌푸릴 때, 병실 문이 다시 열렸다.

"뭐 놓고 갔어?"

그런데 매니저는 안 보이고 웬 여자가 불쑥 문을 밀어젖히고 병실로 들어오는 게 아닌가. 카메라를 들이밀면서.

"한채희 씨, 여기 좀 봐주세요!"

찰칵!

　　　　*　　　　　*　　　　　*

톡톡톡.

세러데이 서울 편집부장은 전화기를 주시하며 책상을 두드렸다.

황 기자가 필리핀으로 떠나고 여기저기 쑤셔본 바, 진짜 뭔가 있는 것 같았다.

한채희 소속사 대표가 필리핀으로 날아갔는데, 변호사하고 같이 갔다고 한다. 그 사실부터가 단순히 아파서 입원한 상황이 아니라는 반증이다.

그래서 이리저리 쑤셔봤더니 재밌는 얘기가 나온다.

'정말, 한채희가 도박에 빠진 걸까?'

배우가 캐릭터를 완성하는 방법은 다양하다.

자료 조사도 하고, 실습도 한다.

바이올리니스트 배역을 맡으면 바이올린을 배우고, 발레리나를 배역을 맡으면 발레를 배우는 것과 같은 이치다.

깊이 몰입할수록 카메라 앞에서 더 좋은 연기가 나온다.

하지만 단점도 있는데, 너무 깊이 몰입한 나머지 배우의 일상에 영향이 가는 경우다. 흔히 말해 슬럼프 같은 거.

"영화 찍다가 도박을 배웠다? 뭐 말이 안 되는 건 아닌데."

더구나 황 기자는 지남철 특종의 주역 아닌가.

편집부장은 자리에서 일어났다.

제비가 박씨를 물어 오면 당장 심을 텃자리를 준비해 둬야 하는 법이다. 그것도 가장 좋은 텃자리를 빼놓으려면 미리 데스크에 얘기해 둬야 했다.

　그때였다.

　수화기가 요란하게 울린다.

　10분 뒤, 포털 사이트에는 세러데이 서울의 기사가 단독 타이틀이 붙어 메인을 차지했고, 어뷰징 기사들이 쏟아지기 시작했다.

　[단독] 한채희, 불법도박 자금 갚지 못해 필리핀에 감금 상태!

제4장

신의 한수

[게임이 시작됐군.]

그래, 이제 진짜 게임이 시작됐다.

인터넷에 올라오는 기사마다 댓글이 붙는 속도가 어마어마하다.

―한채희가 배우는 배우네! 환자 코스프레 다시 봐도 쩐다!

―타국에서 아프다고 불쌍하다던 사람들 어디 갔나요?

―찌라시가 진짜였네. 겜순이 중에 겜순이라더니, 팩트였어.

―망했다고 봐야지. 한채희한테 10억이면 껌인데. 악질 브로커한테 재수 없게 걸려서리.

―역시 세러데이 서울! 지남철 건에 이어 한채희까지. 미친 정보력이다.

―국정원 산하라는 소문이 진짜였음!

공중파 3사 방송사도 연예 소식 프로그램과 저녁 뉴스에 한채희의 소식을 메인 꼭지로 다룰 만큼 이것은 사건 중의 사건이었다.

황 기자에게서도 계속해서 톡이 오고 있다.

감사하다고, 고맙다고, 퓨처엔터가 있는 방향으로 절하는 중이라고, 오늘부터 최 교주님이라고 부른다나 어쩌나.

하지만 나는 소스만 건넸을 뿐이다.

나머지는 황 기자가 발 빠르게 움직인 덕에 좀 더 이르게 터졌을 뿐이었다.

뭐, 그래 봤자 사나흘 차이였겠지만.

아무튼 제작사는 난리가 났고, 곧 한채희 대타를 찾기 위해서 분주해질 것이다.

하지만 재방송 내용은 바뀌지 않을 거다.

언론은 연일 한채희 소식과 드라마 소식을 전할 테고 그 내용은 점점 더 심각해진다. 그 바람에 캐스팅은 더 어려워지는 악순환이 반복된다.

악재가 괜히 악재인가.

지금 당장 방송국 편성에 맞춰 촬영 스케줄이 맞는 여배우들을 찾기도 힘들거니와 이미 시작부터 좌초 직전의 배에 타려는 미친 짓을 누가 할까.

심지어 확정된 배우들 중에 이탈자도 생길 것이다.

「500살 마녀 제작진 한채희 대타 찾기에 몰두!」

「A배우, 화음 제작사와 미팅은 단순한 왕래」

「여배우들 잡음은 싫어! 주인공을 찾지 못하고 좌초…….」

「배우 백유미 〈톱스타와 500살 마녀〉 최종 고사. 예정된 스케줄 소화조차 역부족인 탓!」

「설상가상! 중국발 투자까지 빠져나갔다! 한채희 사태 일파만파!」

「화음에 적신호가 켜졌다.」

「〈이기적인 변호사들〉, 〈형사의 촉〉에 이어 화음의 올해 세 번째 라인업인 〈톱스타와 500살 마녀〉(이하 500살 마녀)는 한채희의 스캔들로 적신호가 켜진 상태다.

제작비 100억 원 수준으로 알려진 500살 마녀는 국내 케이블 방송국 TVX와 중국 플랫폼에 1차 판매가 되어 제작비의 상당 부분을 조달했지만, 현재 중국 투자자가 투자 철회를 요청하면서 투자금을 반환해야 하는 처지다.

문제는 투자받은 제작비의 상당 부분을 이미 소모한 상태라서…….」

*   *   *

"김희주는 임신해서 못 한답니다."

대한민국 여배우들의 이름이 적힌 화이트보드에 또다시 밑줄이 그어졌다.

캐스팅 디렉터가 땀을 삐질삐질 흘리며 마커 펜을 쥐었다 썼다 반복하고 있을 때…….

쫙! 소리가 들렸다.

고개를 돌리니 박 작가가 제 뺨을 후려친 것도 모자라 볼을 꽉 붙들고 있었다. 그녀의 읊조림이 진짜 마녀의 음성처럼 들려왔다.

"정신 차리자, 박세영."

가방을 뒤적거려 꺼내 든 건 그녀의 노트.

"유소담……."

"걔는 드라마 들어간다니까……."

간 떨어질 정도로 음침하게 중얼거리면서 쳐다보길래 민 대표는 제 입술을 핥고 답했다.

"이주영… 은?"

"걔는 애매하다고 말했잖아… 전작이 개망했으니까."

"그럼 일단 후보에 두고… 맞아! 류시화 있잖아? 걔 연기도 잘하고 마침 쉬고 있고!"

박 작가의 두 눈에서 섬광이 쏟아진다.

"걔… 결혼한대. 순양 그룹 2세랑."

거기다 지금의 대화는 이미 엊그제 했던 대화다.

그건 결국 아무리 생각해도 박 작가의 머리에서 더는 튀어나올 여배우가 없다는 뜻이기도 했다.

"미치겠네. 배우가 이렇게 없어요?"

그동안 화음 프로덕션도 인맥풀을 이 잡듯이 뒤졌다.

하지만 톱 여배우들은 괜히 톱이 아니다.

그만큼 좋은 선구안으로 좋은 선택을 해왔기에 톱스타지.

그들을 만족시켜 주려면 한채희의 대타가 아닌 무결점 드라마의 초청장이어야만 했다.

반면 애매한 급은 박 작가가 원치 않았다.

자신의 인생작이라고 믿어 의심치 않는 작품, 엉덩이에 굳은살 박아가며 완성한 이야기를 완벽하게 만들고 싶은 고집이 꺾일 리가 없었다.

"박 작가, 어제 걔는 어때?"

민 대표는 아이돌 출신의 여배우를 거론했다.

하지만 돌아온 것은 박 작가의 충혈된 눈이었고, 사납게 찌푸려진 콧잔등이었다.

민 대표는 서둘러 말을 돌렸다.

"그지, 말도 안 되지. 우리 드라마 한채희로 시작해서 한채희로 완성되는 얘기였으니까. 그래서 일부러 남주도 한 급 낮춰서 박신후 캐스팅한 거고."

500살 마녀는 한채희로 시작해서 한채희로 완성되는 얘기였다.

그러니 남주가 너무 돋보여서도 안 됐다.

박신후는 〈부잣집 형제들〉로 일약 스타덤에 올랐으나 아직 쐐기를 박지는 못한 상태였고, 박신후 소속사 쪽은 이번이 S급으로 치고 올라갈 기회라고 여기고 있었다.

하지만 한채희가 사라진 지금, 캐스팅 기피 현상까지 더해지면서 오히려 박신후 급의 여배우를 찾기도 어려워졌다.

"배우가 왜 이렇게 없냐, 배우가!"

며칠 동안 들들 볶인 캐스팅 디렉터는 눈길을 슬그머니 피했다.

민 대표는 답답해서 가슴을 두드렸다.

아무리 똥물이 튀었다지만 여배우들이 해도 너무할 정도로 기피하고 있으니까.

상식적으로 이해하기 어려울 정도였다.

"일단 급 하나 낮추자고. A급 정도면 옷걸이로 충분해."

하지만 상황은 민 대표의 예상보다 훨씬 심각했다.

날이 갈수록 상황은 최악으로 치달았다.

기자들이 캐스팅 관련 기사를 발 빠르게 올리면, 한채희 골수팬들이 기사에 달라붙어 연기 비교와 댓글 테러를 남발하면서 A급들도 일찌감치 선을 그어버렸다.

급기야 B급 수준의 여배우까지 거론되자, 박 작가는 고개를 세차게 저었다.

"B급은 안 돼요. 화제성도 없고, 기대도 없어요. 그럴 바에는 차라리 신인배우가 낫지."

그때, 홍보팀 스태프가 나직이 속삭였다.

"윤소림은 어때요?"

"걔는 C급이잖아!"

민 대표가 소리를 버럭 질렀다.

그러자 홍보팀 스태프가 눈동자를 굴리며 중얼거렸다.

"C는 C인데… 비타민 C잖아요?"

상큼한 개소리였지만, 아무도 반박하지 못하고 주변이 조용해졌다.

쿵!

박 작가가 제 머리를 책상에 박았다.

"한채희!! 죽여 버릴 거야!!"

*　　　　*　　　　*

초상집이 된 화음을 다시 찾은 것은 한채희 사건이 터지고 정확히 일주일 후였다.

박세영 작가와 최한희 감독이 나를 회의실에서 맞이했다.

"최 대표, 우리가 많이 고민했는데… 한채희 자리에 폭을 넓혀 보자는 결론을 내렸어."

말이 떨어지기 무섭게 저승이가 입꼬리를 올린다.

[흐흐흐. 결국 여기까지 왔네요. 아저씨의 빅 피처에 머리를 조아립니다.]

빅 피처라기보다는 정해진 길을 답습한 것뿐이다.

많은 이슈를 낳았던 사건이니까.

"그래서 말인데, 윤소림 CF 반응이 좋더라? 윤소림 뭐 해? 예정된 거 있어? 한번 오디션 기회 줄게. 마침 아역도 최 대표 회사 아이고."

박 작가는 제 손등을 연신 쓸어내리며 불안한 미소를 지어 보였다. 푸석한 얼굴을 보니 지금까지 고민의 구렁텅이에서 발버둥 친 것이 눈에 훤하다.

아무리 찾아도 한다는 배우는 없지, 투자자까지 빠져나간 상황에서 이 침몰 직전의 배를 다시 수면에 띄우려면 그만큼 강력한 파도 한 방이 필요할 거다.

"이거 어쩌죠."

나는 곤란한 척 어두운 표정을 지었다. 옆에 있던 저승이가 고개를 갸웃한다.

[왜요? 이거 하려고 박 기자 필리핀까지 보낸 거 아니었어요?]

'상황이 바뀌었잖아. 우리는 지금 아쉬울 게 없으니까.'

아쉬운 쪽은 화음이지.

"소림이는 이번에 최종 오디션을 준비하고 있어서요. 그쪽에서는 거의 확정 상태라서 캐스팅도 무난할 것 같고요."

"무슨 작품인데? TVX는 아닐 테고, 공중파? 아니면 JBC?"

박 작가는 꽈배기처럼 다리를 꼰 자세로 속눈썹을 껌벅이며 말했다.

"아니요."

나는 고개를 가로저었다.

박 작가가 그럴 줄 알았다는 듯이 입꼬리를 올린다.

"그래? 그 셋 아니면 대한민국 사람 몇 명이나 보겠어? 다들 시청률 1프로도 못 넘기는 거 알잖아?"

"글쎄요. 이 작품은 해외에서도 보는 거라서."

"후훗, 웹 플랫폼이구나?"

박 작가가 오랜만에 웃는다. 최한희 감독도 피식 웃는다.

그저 나만 진지하게 다시 말할 뿐이다.

"넷플렉스."

휘어진 내 눈에 얼어붙은 두 사람의 얼굴이 비친다.

"쿨럭!"

최한희 감독은 사레가 들렸는지 한참을 콜록거리다가 다시 나를 바라봤다.

"지, 진짜요?"

"진짜죠. 제가 뭐하러 거짓말을 합니까."

유료 시청자 수가 전 세계에 1억 명이 넘으며, 제작비 규모도 웬만한 할리우드 영화급, 매주 깔짝깔짝 방송하는 한국 드라마 시스템과 달리 완성된 드라마를 통째로 풀어버리는 세계 최대의 엔터테인먼트 플랫폼……

넷플렉스.

500살 마녀는 정확히 말해서 기회가 아닌, 보험이었다.

"아, 촬영이 언제부턴데?"

박 작가가 정신이 번쩍 들었는지 눈이 동그래져 물었다.

"아직 확정은 안 났습니다. 여름 중에 들어갈 것 같습니다."

"영화야, 드라마야?"

질문이 계속 이어진다.

나는 미소 지으며 두 사람을 바라봤다. 건치도 스윽 보여주고.

"아휴, 죄송합니다. 일어나 봐야 해서요. 아시겠지만, 제가 몸이 열 개라도 부족해요. 아역배우도 쫓아다닐 정도로 작.은.회.사.라서 말이죠."

귀에 콕콕 박히게 또박또박 얘기해 주고 자리에서 일어났다.

"최 대표!"

"미안합니다, 제가 지금 빨리 가봐야 하거든요. 작가님, 촬영 날짜 나오면 알려주세요. 우리 은별이는 열심히 준비하고 있으니까!"

옷깃이 흩날릴 정도로 서둘러 화음 대표실을 빠져나왔다.

박 작가는 황망한 표정에 입을 다물 생각도 않고 눈만 껌뻑일 뿐이었고, 저승이의 웃음소리는 아주 활기찼다.

.

.

.

"뭐? 윤소림이 넷플렉스를 들어가?"

민 대표는 머리를 북북 긁고 있는 최한희 감독과 축 늘어져 있는 박 작가의 모습에 미간을 찌푸렸다.

"최종 오디션만 남았대요."

우는소리를 하는 최 감독의 모습에 민 대표가 콧방귀를 뀐다.

"지랄하네. 그 새끼 그거 뺑카야! 넷플렉스가 미쳤냐? 인지도 좆도 없는 애를 쓰게? 확정도 아니라며? 이 양아치 새끼가 지금 우리 간보고 있는 거라고! 됐어, 하지 말라고 해!"

기가 차다 못해 분노할 일이었다.

아무리 최고남에 핫하다는 신인의 조합이라고 해도, 그래도 이건 아니지!

신인이 감히 주연 자리 오디션 제안에 간을 봐?

"야, 퓨처엔터 다시 불러! 윤소림 오디션 안 보면 아역도 빼버린다고 해!"

* * *

민 대표가 입에 게거품 물고 있다는 소식이 전해질 즈음 한채희가 귀국했다.

─한채희 씨! 여기 좀 봐주세요! 한채희 씨!

─아, 고개 들라고!

마스크로 얼굴을 꽁꽁 가린 한채희가 출국 게이트에서 나오기 무섭게 플래시 세례가 터졌다.

새벽부터 나와 이 한순간을 기다린 기자들.

미리 약속한 포토 라인은 순식간에 무너졌고, 경호원들과의 몸싸움도 거리낌이 없었다.

현장에 나간 유튜버의 실시간 챗방에는 아비규환이 된 인천공항의 현장이 고스란히 중계되고 있었다.

"은별이가 왜 공항에 있는 거야?"

나는 눈을 가늘게 뜨고 모니터를 바라봤다.

인천공항에서 은별이가 한채희의 입국 현장을 실시간으로 중계 방송하고 있었다.

김나영이 당황스러운지 괜스레 목만 긁적인다.

"지난번에 얘기해 드렸던 직업 체험 콘텐츠요. 이번에는 스튜어 디스거든요. 대한항공에서 잡아준 날짜가 하필 오늘이라 어쩔 수 없었고요."

아니, 그래도 그렇지, 저 난장판에 아이를.

"아, 태평에서 등신대 촬영 컷 보내왔습니다. 전국 매장 앞에 쫙 세운다고 하네요."

태블릿 화면에는 아카시아꽃처럼 하얀색의 원피스를 입고 있는 윤소림이 있었다. 여름의 숲처럼 풍성한 머리칼을 가진 여배우는 환하게 웃고 있다.

"잘 나왔죠? B컷인데도 그 정도예요."

많은 신인들이 카메라 앞에서 제대로 활약도 못 하고 소리 소 문 없이 사라지지만, 단 한 방에 대중의 시선을 사로잡아 별이 되 기도 한다.

그건, 계산이나 기획으로 되는 것이 아니다.

체계적인 회사의 시스템으로 갓 데뷔한 아이돌 그룹을 대중에 게 인식시킬 수는 있어도, 대중이 스스로 원하고 찾게 만든다는 것은 결코 쉬운 일이 아니기 때문이다.

나 역시 살면서 많은 걸 경험하고 기가 막힌 일을 수없이 겪어

봤지만 〈공서〉의 반응은 충격적일 정도로 새로웠다.

물론 그럴 만한 요소는 곳곳에 있었다.

지남철과 남여울의 스캔들, 정 피디의 욕심, 우리의 반격, 그리고 윤소림의 투혼.

한채희의 스캔들까지⋯⋯.

어느 정도 의도하고 움직이긴 했지만 모든 과정에 차질 없이 내 의도대로 맞아떨어졌다는 것은 운빨이었다는 말 말고는 도저히 설명할 길이 없다.

한마디로 지금 우리에게 운이 달라붙었다는 얘기인데.

왠지, 이번 여름은 정신없이 바쁠 것 같다는 생각이 든다.

"우리 애들 여름 촬영 어떻게 하나? 모기떼도 엄청 많을 텐데."

"저도 그거 걱정했는데, 소림이는 쿨하더라고요. 피 좀 뜯긴다나 뭐라나."

"한번 해보면 알지."

아마 여름 촬영은 다신 하고 싶지 않다고 할 게 분명하다.

하긴, 겨울이라고 다른가. 근데 겨울은 껴입기라도 하지.

그렇다고 내 배우 더울까 봐 사무실에만 있으라고 할 수도 없고.

물론 촬영장에 따라다닐 직원들도 고생이지만 짬밥 어디 안 간다고 다들 알아서 필요한 것을 챙기느라 바쁘다.

차가희는 벌써부터 살충제와 모기 패치, 손 선풍기를 샀고, 유병재는 차량 에어컨 점검을, 김나영의 책상에는 전용 선풍기와 쿨 방석이 떡하니 자리 잡았다.

굼뜬 건 막내들뿐이다.

"화음이 소림이를 원할지는 정말 생각도 못 했네요."

"백억짜리 드라마가 침몰하게 생겼으니 눈에 뵈는 게 없겠지."

하지만 〈공서〉가 없었다면 윤소림은 물망에 오르지도 않았다.

떠오르는 별은 침몰하는 배의 선원들에게 아주 영롱하게 비쳤을 것이다.

"그래서, 어떻게 하실 거예요? 사실 우리한테는 좋은 기회잖아요."

"좀 더 지켜보자고."

김나영 팀장의 질문에 대답을 미뤘다.

가까이서 본 화음의 상황이 생각보다 더 최악이었기 때문이다.

[그래서, 500살 마녀는 흥행했어요?]

'당연히 망했지.'

캐스팅에 난항을 겪다가 결국 부국제(부산국제영화제)에서 신인상을 받은 신인을 한채희 대타로 채워 넣는다.

하지만 여기서 진짜 문제가 발생하는데, 드라마 방향을 여주에서 남주로 바꾸면서 이야기가 산으로 가버린 것이다.

제목부터 한채희에 한채희를 위한 드라마였으니 어쩌면 당연한 결과였다.

그날의 선택을 두고 박세영 작가는 언젠가 회고록에서 스스로를 맛이 갔었다고 표현했을 정도였고, 민 대표는 한채희 집 대문을 차로 들이박았다나 뭐라나.

아무튼 그런 소문을 끝으로 내 기억에서 사라진 것이 〈연상의 그녀는 500살 마녀〉였으니 뭐.

[만약 윤소림이 이번에 하게 되면 달라질까요?]

그건 내가 저승이에게 묻고 싶다. 달라질 것 같냐고.

[흠, 솔직히 말해서 500살 마녀는 아직 흐릿해요.]

저승이는 가늘게 뜬 눈으로 내 책상에 놓인 500살 마녀 대본을 보면서 중얼거렸다.

지난번 공서 때, 저승이는 대본에서 빛이 난다고 했었다.

전유라 작가가 대본을 수정하기로 마음을 먹으면서 공서의 운명이 달라졌기 때문이다.

[근데, 만약에 넷플렉스에서 까이면 어떻게 해요? 오디션만 본 거잖아요. 확정도 아니고.]

'재수 없는 소리 하지 마라. 그러지 않아도 그것 때문에 똥줄 타고 있으니까.'

나라고 뭐든 만능은 아니다.

일단 밑그림 그리고 붓칠을 했을 뿐이다.

[만약 진짜 되면, 내가 아저씨 팬클럽 만듭니다. 밖에 귀신들 집합 시킬게요!]

그건 좀 아닌 것 같은데…….

이때, 까똑 소리가 유병재의 주머니에서 들렸다.

녀석이 주섬주섬 핸드폰을 꺼내더니 흔치 않게 웃으며 김나영 팀장에게 핸드폰을 건넸다.

그녀가 대표실 문을 박차고 나간다. 직원들에게 큰소리로 외치면서.

"여러분, 넷플렉스 영화 '장산의 여인'에 우리 배우 윤소림이 캐스팅됐습니다!"

＊　　　　＊　　　　＊

[단독] 배우 윤소림! 차기작은 넷플렉스 영화!

[단독] 윤소림이 출연하는 〈장산의 여인〉은 어떤 영화?

[단독] 오디션에서 넷플렉스 관계자들을 놀라게 한 윤소림!

포털 사이트 연예면은 마스크로 얼굴을 꽁꽁 가린 채 인천공항에 입국하는 한채희의 사진에 이어서 밝은 미소로 손을 흔드는 윤소림의 사진이 끼어들었다.

소림공＊ 30분 전 [추천 152 비추 25]

누나 너무 예뻐요!

답글 21

그래서뭐＊＊ 40분 전 [추천 140 비추 132]

도대체 얘는 누가 이렇게 꽂아주는 걸까?

별것도 없던 것 같던데. 이런 거 보면 꼭 스폰이던데.

답글 닫기

ㄴ그러게. 나 얘 별로임.

ㄴ저기요, 님 인생이나 어디 꽂으세요.

ㄴ기사 읽고 댓글 남겨라. 최종 오디션까지 봤다잖아.

ㄴ넷플렉스가 어디 구멍가게인 줄 아세요? 꽂아주면 꽂히게? 투혼 영상 못 봤음?

환영과 비환영의 댓글들이 뒤섞여 기사 댓글창이 진흙탕이 됐을 때, 넷플렉스 SNS 계정에도 발 빠르게 소식이 올라왔다.

@넷플렉스 코리아에서 알려 드립니다. 한국의 신인배우 윤소림이 〈장산의 여인〉에 출연합니다. 그녀의 팬들을 위해 최종 오디션 영상을 공개합니다.

최종 오디션 영상은 자유 연기와 지정 연기로 진행됐다.

자유 연기에서 윤소림은 가족을 잃은 여자의 공허한 감정과 섬세한 표정을 훌륭히 선보였고, 지정 연기에서는 〈장산의 여인〉 속 한 씬을 완벽히 선보였다.

공개된 영상은 반나절도 채 지나지 않아 인터넷에 퍼졌다.

특히 지정 연기가 네티즌들에게 반응이 좋았다.

5분짜리 클립 영상에서 윤소림은 완벽하게 장산그룹의 안주인이 돼 있었다.

심근경색으로 사망한 그룹 회장이 남긴 혼외자들을 찾아 제거하는 것도 서슴지 않는 장산그룹 어린 안주인의 잔인함이 그 5분에 담겨 있었다.

벌써부터 영화가 기대된다는 네티즌 반응은 다시 고스란히 기사에 반영되면서 윤소림의 이름이 온종일 포털 사이트에서 내려가지 않았다.

「TVX 드라마국」

마우스에서 손을 뗀 강기영 CP는 한숨을 내리쉬었다.

제 발 저린 민대용 대표가 서둘러 부가 설명을 꺼내기 시작했다.

"중국 프로모션 대행하는 애들이 요즘 박신후만 찾는답니다. 현지에서 저희 드라마 관심도 높고요. 중국 팬들은 한채희보다 남자 배우 아닙니까?"

갑자기 달변가가 된 민 대표의 모습에 강 CP는 헛웃음을 흘리고 말했다.

"그거야 박신후 캐스팅 때 이미 고려한 사항 아닙니까. 지금 민 대표님 말은 박신후만 보고 가자는 것 같은데, 안방 포기하고 건넛방 차지하자는 거잖아요, 지금!"

답답해진 강기영 CP는 민 대표가 내민 여배우 프로필을 다시 살폈다.

어디서 이런 애를 캐스팅한다고 데려온 건지.

결국 강 CP는 머뭇대고 있는 민대용 대표에게 다시 물었다.

"그래서 안 되는 겁니까?"

민 대표가 제 입술을 연신 핥는다.

"못 잡는 거예요? 안 잡는 거예요?"

"예?"

"윤소림 말입니다!"

강 CP는 땀을 뻘뻘 흘리는 민대용 대표를 잠시 응시했다.

"메이킹 영상 보니까, 윤소림 소속사 대표한테 감정이 좀 있으신 것 같던데."

실제로 비아냥거리는 장면이 고스란히 담겨 있었다.

"아휴, 그럴 리가요. 그쪽에서 스케줄이 안 된다고 해서."

"그래서 이 여배우로 정말 된다고 생각하세요? 아니면 경황이 없으셔서 전체를 보지 못하시는 거예요?"

신랄한 비난에 민 대표는 부르튼 입술만 꿈틀거렸다.

'없다! 없어!'

세상에 톱스타가 밤하늘 별보다 많은 줄 알았는데, 막상 찾으려니 한채희 대체제가 없다.

남자 배우라면 의리든 뭐든 내세워 어떻게든 해보겠는데, 여배우들은 이미지 관리가 하도 지랄 맞아서 전화도 안 받고 있었다.

거기다 사건이 끝난 것도 아니고 아직 경찰 조사가 진행 중.

그래서 요즘 민 대표의 하루는 낮에는 투자자 빠진 자리 수습한다고 골머리를 앓고 저녁이면 술에 취해 대한민국 연예계 망하라고 외치며 곯아떨어지는 것으로 마무리되고 있었다.

"민 대표님, 이래서 촬영 가능하겠습니까?"

혹여 강 CP 입에서 편성 취소 얘기가 나올까 봐, 민 대표는 서둘러 대답했다.

"가능하죠, 가능해. 안 될 이유 있나요? 대본 좋지, 연출 좋지. 문제없습니다. 당장 한채희 자리만 차면……."

"후, 민 대표님, 원점으로 돌아가시죠. 이대로 안 돼요. 우리가 괜히 배우들 급 나눕니까? 어중간한 애들 안 쓰려고 하는 거 아닙니까. 한번 조연이 쉽사리 조연 딱지 못 떼는 건, 임팩트가 없어서고."

심지어 톱스타 쓰면서도 불안해서 방영 전에 밑 빠진 독에 물 붓듯이 홍보비 쏟아붓는다.

"좋아요, 이대로 간다고 쳐요. 촬영은 가능합니까? 중국 투자금 다시 원복해야 한다면서요?"

화음은 제작 전에 총 제작비를 산정해서 방송국과 해외 판매로 1차 투자금을 충당한다.

이후에 제작이 끝나면 방영 전 사전 판매를 통해 제작비를 전액 회수, VOD와 PPL(간접광고)로 부가 수익을 창출한다.

애초 한채희가 13억에 가까운 출연료를 받을 수 있는 것은, 방영 전 팔리는 광고로만 그 정도의 충당이 가능했기 때문이었다.

"바뀐 것은 하나도 없습니다. 대본은 그대로입니다. 한채희 출연료 회수할 거고, 투자금 빠진 자리는 저희 회사 보유 작품들에서 수혈할 수 있습니다."

민 대표 역시 이 바닥에서 굴러먹을 대로 굴러먹으며 화음을 키웠다.

대본은 이미 박세영 작가 이름값을 충족했다.

그러니 드라마 퀄만 제대로 뽑히면 어떻게든 판권 돌려서 부족한 제작비는 채울 수 있었다.

물론 멈추는 것도 불가능한 선택지는 아니지만, 지금 멈추면 무조건 손해다.

팀이 꾸려지고 캐스팅이 마무리됐다는 것은 이미 마이너스로 돌입했다는 뜻이니까.

'관두라니. 세트비만 해도 벌써 10억이 넘게 깨졌구만!'

무엇보다 이번 드라마에는 박 작가와 민 대표의 개인 돈도 상당 금액 엮인 상태.

될 거 뻔한 드라마인데 투자를 안 하는 게 이상한 거였다. 심지어 박 작가는 아파트 담보까지 걸었고.

"멈추시죠. 무리하게 가지 마시고. 편성은 나중에……."

"윤소림이면 되는 겁니까?"

민 대표의 큼지막해진 눈동자에 강 CP가 눈살을 찌푸린다.

"지금 걔만큼 핫한 애가 있어요?"

*   *   *

핸드폰이 고요하다.

꺼놨기 때문이다.

박 작가나 화음에서 오는 전화야 안 받으면 되는데, 방 국장 전화까지 무시할 수는 없어서 어쩔 수 없이 꺼놨다. 서브 폰 번호는 직원들밖에 모르고.

까똑! 까똑!

내 핸드폰은 꺼놨으니 소리의 주인은 한 사람밖에 없다.

나는 옆에 앉은 윤소림을 바라봤다.

녀석이 사과폰을 붙잡고 심각해진 눈을 모으고 있다. 미동도 없이 눈만 동그랗게 뜬 채로. 이 녀석, 숨은 쉬고 있나 모르겠네.

화면을 보니 아주 가관이다.

[소림아! 나 기억나? 진주! 유진주! 우리 중학교 때 같은 반이었는데, 되게 친했잖아? 그렇지?]

[소림이니? 나야, 양주 오빠. 너 잘됐다는 소식 들었어. 축하한다, 야. ㅎㅎ. 그래서 말이야, 내가 이번에 너한테 좋은 보험 하나 소개시켜 주려고 ^^. 스타들이 사건 사고가 워낙 많니? ㅜㅜ 내가 널 위해 플랜 제대로 짜서…….]

[야, 윤소림! 너 진짜 변했다. 까똑 보내도 답도 안 주고, 좀 떴

다 이거냐? 너 그렇게 살지 마라! 재수 없다!]

[야, 이 개같은 X야! 니가 감히 우리 남철 오빠를 음해해? 너 내가 죽여······.]

"점심 먹고 핸드폰 번호 바꾸러 가자."

이놈의 대한민국에서 개인정보는 엿 바꿔 먹는 용도라서 사생팬한테 핸드폰 번호 알아내는 일쯤은 누워서 떡 먹기보다 쉬운 난이도다.

"내내 꺼놨다가 오랜만에 켠 거예요."

윤소림이 엄지를 까딱여 핸드폰 화면을 껐다. 캄캄해진 액정에 녀석의 미소가 비친다.

"내내?"

"공서 촬영 때부터 꺼놨어요. 산만해서."

미련하긴.

하긴 저게 윤소림이지.

"고시생이냐? 집중한다고 핸드폰 꺼놓게. 그러다 친구들 다 떨어진다. 일하고 생활은 분리해야지."

항상 화려한 세계 한가운데 있을 수는 없다.

결국 잠은 집에서 자기 마련이다.

"N탑 애들하고는 연락하니?"

혹시나 했지만 윤소림은 콧잔등을 찌푸리고 어색하게 웃을 뿐이다.

저 핸드폰을 뺏을까 말까 고민하는 찰나에, 미닫이문이 드르륵 소리를 내며 열렸다.

만나기로 한 사람이 진주 귀걸이를 치렁치렁 흔들면서 들어온다.

그녀는 우리 둘을 보면서 싱긋 웃더니 윤소림을 향해 손을 뻗었다.

"핸드폰."

윤소림이 서둘러 핸드폰 잠금을 풀고 건네자, 그녀가 손가락을 두드려 자신의 이름과 전화번호를 적고 건넸다.

[강주희 010—xxx—xxxx]

"이렇게 직접 넣어줘야지, 안 그러면 나중에 못된 선배님이라고 저장한다니까?"

강주희가 호탕하게 웃는다. 윤소림이 절대 그럴 리 없다면서 손 사래 쳤지만, 깔깔 소리만 더 커질 뿐이다.

"이제 그만하고 민 대표 전화 좀 받아. 그쪽이 무슨 죄니, 한채 희가 잘못이지."

실컷 웃은 그녀가 날 향해 눈을 흘기고 혀를 찬다.

화음에서 강주희에게 부탁한 모양이다.

"작품이 커서 우리 소림이가 맡기에는 부담스러워요. 한채희 팬 들도 가만 안 있을 테고."

"크긴 뭐가 커? 그래 봐야 드라마고, 제작비도 세트비와 CG 때 문에 커 보이는 거지. 별거 없는 거 알면서!"

엄살 좀 피웠더니 강주희가 눈주름을 접으며 나를 쳐다본다.

"아니, 왜 그렇게 보세요? 기껏 횟집에 초대했으면 회나 노려보 시지."

"우리 최고남 선구안이야 내가 누구보다 잘 알지만……."

알지만?

"너 설마, 한채희 일까지 예상한 건 아니겠지?"

하도 쳐다보니 코가 뜯기는 기분이다.

나는 피식 웃고 말했다.

"누님, 낮술 드셨어요?"

*　　　　*　　　　*

편성만 아니었어도, 세트만 아니었어도, 한채희만 아니었어도.

세상에 말도 안 되는 일이다.

100억짜리 드라마 여주 자리에 신인을 앉히다니.

"지금에야 하는 말인데, 나 한채희 통장에 출연료 꽂을 때부터 느낌 더러웠어."

민대용 대표는 고해성사를 하듯 고백하며 창가를 바라봤다.

어느 때보다 짙고 파란 하늘이 지평선처럼 펼쳐져 있었다.

"솔직히 광고, 그만큼 팔리지도 않았거든. 중국 애들 때문에 한 거였지, 한채희가 어디 6년 전 그 한채희야?"

그나마도 이젠 어디 별나라로, 아니구나. 경찰서로 가버리셨다.

"한채희한테 출연료 주고 광고로 때우나, 윤소림 데려와서 출연료 확 내리나. 그렇게 따지면 어차피 또이또이야."

물론 완벽한 또이또이는 될 수가 없다.

신인과 기성은 광고와 협찬이 달라붙는 수준이 다르니까.

하지만 긍정적으로 생각하려면 하지 못할 것도 없었다.

일단 대중의 관심은 어찌 됐든 폭발한 상태고, 윤소림도 초콜릿 광고와 넷플렉스 캐스팅 소식으로 다시 주목받는 상황이니만큼 거기에 500살 마녀 캐스팅 소식까지 더해진다면 끝없는 침몰을 멈출 수 있었다.

엊그제 짐 싼 직원이 했던 말처럼, 윤소림은 비타민 C급이니 말이다.

"그리고, 박 작가는 입봉 때 말고 신인이랑 일한 적 없지?"

박 작가의 눈에 비친 민 대표는 꼬리를 올리고 있었다.

미친 건가 싶을 정도로 소름 끼치는 미소였다.

"신인배우와 신생 기획사, 그 둘이 만나면 뭐가 되는지 알아?"

"뭐가 되는데요?"

"을이 되는 거야."

"…을이요?"

"그 유명한 N탑 부문장?"

민 대표는 피식거리며 속삭였다.

"목줄 걸리는 거야. 우리가 오라면 오고, 가라면 가는."

박 작가는 제 쪽으로 힘껏 끌어당기는 시늉을 하는 민 대표의 모습을 말없이 한참 동안 바라봤다.

오늘따라 민 대표의 목에 걸린 금목걸이가 개목걸이처럼 보이는 것은 그녀만의 착각인 걸까.

제5장

—

숫사인을 기다리며

"아이고, 요즘 많이 바쁘죠?"

민 대표가 엘리베이터에서부터 나를 반겼다.

대본 리딩 때 개무시하며 쳐다보던 그 양반이 맞나 싶을 정도로 따뜻하게 바라보길래, 한발 물러서서 말했다.

"아닙니다. 넷플렉스 관계자 만나러 가는 길에 들렀습니다."

"아아, 넷플렉스, 하하."

어색한 웃음과 부담스러운 눈빛을 견디며 민 대표의 사무실에 들어갔더니, 마침 안에 있던 박세영 작가가 날 보자마자 눈을 흘겼다.

"최 대표, 이러기야? 전화 왜 안 받아?"

"전화가 많이 몰려서 못 받았나 보네요. 작.은.회.사라서요."

나는 힘주어 말하고 자리에 앉았다.

볼을 긁적이며 서 있던 민 대표가 이번엔 담판 짓겠다는 듯 두 눈에 힘을 주고 자리에 앉았다.

"알아봤어요, 장산의 여인. 그거 여름이 아니라 가을 문턱 다 넘어가서 촬영이라고 하던데… 우리 드라마는 지금 들어가면 7, 8, 9월 안에 끝나고! 혹 겹치게 되면 일정도 조정해 드리고! 나쁘지 않잖아요? 우리 드라마 종방쯤에 넷플렉스 촬영 들어갈 텐데, 그러면 흥행세 이어지는 거 아닙니까?"

쇼미더머니 출연하시려나.

"글쎄요. 사람 일이 어떻게 될지 모르는 건데."

민 대표와 박 작가가 눈빛을 교환한다. 나는 모르는 척 다시 말했다.

"아, 오해하지 마세요. 다른 뜻 있어서 이러는 거 아닙니다. 솔직히, 상황이 그렇잖습니까? 우리 소림이가 굳이……"

이 침몰하는 배에 올라탈 이유가 있느냐고.

말꼬리를 길게 늘어뜨리며 뉘앙스 좀 풍겼더니 두 사람의 볼이 동시에 꿈틀거렸다.

"출연료 잘 맞춰 드릴게. 윤소림 신인이지만, 등급 외로 맞춰준다니까요?"

쓸데없는 연기자 출연료 등급표 운운하는 민 대표를 바라보는 지금의 내 표정을 굳이 말하자면, 이 양반이 지금 장난 똥 때리나가 적당하지 않을까 싶다.

한채희는 회당 8천 줬으면서.

그나마도 억이 아닌 것은 한채희한테 PPL 상당 부분에 권한을 줬기 때문이다. 왜, 드라마 끝날 때쯤 화장품 찍어 바르는 인서트한 장면 넣는 거. 아니면 안마 의자일지도 모르고.

"소림이 말고는 없습니까?"

나는 정말 선심 쓰는 것처럼, 고민의 추를 넘길까 말까 한 표정으로 물었다.

"최 대표, 우리 쿨하게 가자. 원하는 게 뭐야? 빙빙 돌리지 말고 쉽게 가자고."

그나마 나를 잘 아는 박 작가가 먼저 협상을 제안했다.

뭐, 애초부터 길게 밀당할 생각은 없었다.

나는 손에 쥐고 온 대본을 옆에 말끔하게 내려놓았다.

그런 다음 대본에 손을 올려놓고 물었다.

"두 분, 정말 소림이가 이 드라마를 했으면 좋겠습니까?"

넌지시 묻고 저승이를 곁눈질했다. 저승이가 아직 빛이 안 난다며 고개를 가로젓는다.

"그럼, 진심이지!"

"자기야, 나 자꾸 두 번 말하게 할래?"

여전히 저승이는 고개를 가로젓고 있다.

흠, 아닌가.

이 드라마는 역시 하면 안 되는 건가.

"두 분의 선택이 틀렸을 수도 있습니다. 윤소림이 이 드라마에 안 어울릴 수도 있고요."

"자기야, 나 책상 머리맡에 윤소림 사진 붙여놨다? 머릿속에서 한채희는 싹 지웠어! 이제 500살 마녀는 무조건 윤소림이야!"

"최 대표, 나 공서 몇 번이나 돌려봤어요. 떠밀리듯 결정한 거 아닙니다. 윤소림이 가능성 있어요."

민 대표가 진지하게 가능성을 타진했지만, 저승이는 여전히 요지부동이다.

역시, 운명을 바꾸는 것은 쉬운 게 아닌 모양이다.

그래서 정중히 거절할 말을 찾을 때였다.

[빛이, 대본에서 빛이 나요.]

'정말?'

넋 나간 저승이를 잠깐 보다가 다시 박 작가에게 물었다.

"작가님, 확실합니까? 500살 마녀의 세계관에서 한채희가 사라진 게."

"몇 번을 얘기해. 맞다고."

박 작가가 제 가슴을 두드리며 말했다.

[오오! 빛이 진해진다!]

"민 대표님! 대표님도 확실합니까? 윤소림이 이 드라마 끌고 갈 수 있다고 믿으십니까?"

"믿는다니까. 기도라도 합니까?"

[아저씨 대본에서 빛이 쏟아지고 있어요!]

"그럼, 두 분만 믿고 가도 되는 겁니까?"

"그렇다니까!"

"제발 좀!"

[빛이, 빛이!]

"대표님 커피 가져왔⋯⋯."

커피를 가져오던 여직원이 입구에서 멈춰 섰다.

나는 시선을 찬찬히 돌렸다.

민 대표의 이마에 땀이 번들거린다. 박 작가는 거친 호흡을 내쉬고, 저승이는 옆에서 대체 어떤 빛을 봤는지 황홀경에 빠져 있었다.

탕, 나는 대본을 가볍게 두드리고 입을 열었다.

"좋습니다. 하겠습니다."

긴장이 탁 풀렸는지 박 작가와 민 대표는 모든 짐을 내려놓은 것처럼 홀가분한 표정이 됐다.

바람 빠진 풍선처럼 변한 두 사람 앞에 여직원이 커피를 내려놓고 얼른 빠져나간다.

하지만 협상은 아직 시작도 안 했다.

"출연료는 이 정도 생각하고 있습니다."

나는 결정한 금액을 메모지에 적어서 민 대표에게 넘겼다.

회당 칠백만 원.

윤소림이 공서로 받은 출연료가 우수리 떼고 회당 59만 원이었다.

배우 등급표 기준으로 8등급이었고, 그 등급도 김 피디가 신경 썼기 때문에 가능했다.

그러니 칠백만 원이 신인으로서는 큰 금액이지만, 지금 상황에서는 아마 천만 원을 불렀어도 받아들일 것이다.

예상대로 민 대표의 표정이 나쁘지 않았다.

"여기에 소림이가 출연한 광고 제품도 PPL 목록에 넣었으면 합니다. 제품은 두 종류고, 노출 시간은 극의 흐름에 맞춰서 최소한에서 만족하겠습니다."

"PPL까지?"

"무리한 요구 아닙니다. 아시잖아요?"

발등에 불 떨어진 것은 우리가 아니라고 다시 한번 상기시켰다.

민 대표가 소처럼 콧바람을 길게 내쉬다가 메모지를 챙기려고 손을 뻗었다.

하지만 내 손이 먼저 메모지에 올라갔다.

"근데, 정말 괜찮으시겠습니까?"

"또 뭐가요?"

"윤소림 촬영장에 제가 가끔 찾아갈지도 모르는데. 아무래도, 작.은.회.사.라서 말이죠."

[그렇지!]

저승이가 주먹을 불끈 쥔다.

차갑게 식은 공기 속에서 박 작가가 민 대표 옆구리를 쑤시자, 결국 민 대표가 한숨을 쉬고 말했다.

"거… 내가 미안했습니다. 실수했어요. 사과드릴게요."

"그러면 우리 소림이……."

나는 메모지에서 손을 떼고 빙긋 웃으며 말했다.

"잘 부탁드립니다."

*　　　　　*　　　　　*

「톱스타와 500살 마녀는 잊어라. 연상의 그녀는 500살 마녀!」

「배우 윤소림, 〈연상의 그녀는 500살 마녀〉 긴급 투입!」

「한채희의 빈자리를 차지한 윤소림은 누구?」

「500살 마녀 측, 신인이어도 상관없다. 오로지 이미지만.」

「배우 윤소림, 넷플렉스 영화 〈장산의 여인〉에 이어…….」

땀으로 샤워한 연습생들이 태블릿 앞에 모여 윤소림 기사를 눈에 담았다.

"단막극 드라마 찍고 나서 바로 주연이라니. 부럽다, 소림 언니."

바로 이 자리, 연습실에서 함께 땀 흘리며 일했던 동료가 지금은 라이징스타로 급부상하는 현실이 믿기지 않는 연습생들.

제 이름 석 자 적힌 기사 하나만 나와도 좋을 그들에게 윤소림의 지금 상황은 부러움을 넘어 입이 떡 벌어질 정도였다.

"소림이 누나가 포털 사이트 메인에 뜰 줄이야. 대박. 사진도 열라 잘 나왔어."

"역시 부문장님이다."

"맞아. 부문장님 인맥 쩐다며? 500살 마녀 작가랑도 아는 사이일걸? 그러니까 밀어 넣었지. 그러지 않고는 아무리 한채희가 난장판 만들었어도 신인이 어떻게 주연을 차지해."

"이것까지 홈런 치면 소림이 언니 진짜 스타 되는 거네."

부러움에 잠긴 아이들.

작년까지만 해도 자신들이 윤소림을 부러워할 거라고는 상상도 하지 못한 아이들이었다.

윤소림은 N탑의 장수생이었고, 장수생 곁에는 재수 옴 붙는다는 헛된 미신도 돌았기 때문이다.

회사의 결정이 없으면 아무것도 못 하는 무력한 연습생들은 헛된 미신에도 귀를 기울일 수밖에 없다.

"근데 난 좀 예상했어. 부문장님이랑 나갈 때 이런 날 올 줄."

큐빅 박힌 귀걸이를 찬 남자 연습생이 거울에 땀범벅이 된 제 모습을 비쳐 보며 허무하게 속삭였다.

"부문장님 유명하잖아. 불가능도 가능으로 바꾸는 사람으로."

최고남의 일화가 어디 그뿐인가.

N탑에서 유일하게 방송국 사장이랑 주머니에 손 넣고 맞담배 피우는 매니저라는 얘기부터 시작해서 최고남이 손대면 어떻게 해서든 스타로 만든다는 얘기까지, 셀 수 없이 많은 전설이 있었다.

"부문장님 매니저 시절 얘기는 못 들었는데."

"너, 그 얘기 못 들었어?"

포니테일로 머리카락을 묶어 올린 여자 연습생이 눈을 찌푸리며 말을 이었다.

"예전에 드라마 촬영 중에 촬영본 일부가 날아갔대. 그것도 방송 당일에 실수로."

새로운 이야기에 다들 눈이 반짝거린다.

"그래서 현장에서 다시 찍었는데, 시간이 촉박한 거야. 급하게 편집하고 송출 넘기려면 진짜 간당간당해진 거지. 그래서 퀵을 불렀는데, 하필 퀵이 사고가 났네?"

"그래서?"

"눈 때문에 도로에 차도 꽉 막힌 상황에서 퀵까지 사고가 났고, 남은 시간은 간당간당하고… 그런데 그때, 부문장님이 피디한테 테이프를 달라고 한 거야."

"왜?"

"자기가 가져간다고. 그것도 뛰어서."

연습생은 마치 그날 그 현장에 있었던 것처럼 눈살을 찌푸려가며 이야기를 계속했다.

"결국에는 뛰어가서 테이프 넘기고 방송 사고 막은 거지."

"와."

"그랬는데 더 놀라운 건 말이야."

연습생이 귀를 쫑긋하는 그때, 연습실 문이 열렸다.

눈에 익은 매니저의 모습에 연습생들은 재빨리 자리에서 일어났다.

"얘들아, 미안한데 아래층 연습실에 문제가 생겨서. 1시간만 자리 비워줄래? 유유 연습 금방 끝날 거야."

슈퍼스타 유유.

최고남 부문장이 N탑에서 빚어낸 마지막 스타.

연습생들이 부리나케 빠져나간 자리에는 태블릿만 덩그러니 남았다.

"자식들 칠칠치 못하게."

연습생들이 놓고 간 태블릿을 손에 쥔 매니저의 눈에 화면 속 윤소림의 모습이 비친다.

매니저는 픽 웃고 속삭였다.

"살아 있네, 우리 형님."

*　　　　*　　　　*

"화음도 어지간히 급했나 보네요."

장대비처럼 쏟아지는 기사에 황 기자가 혀를 내두른다.

500살 마녀의 시놉시스가 포털 사이트 방송 프로그램 정보에 등록되기 무섭게 그동안의 안 좋은 기사를 밀어내려는 듯이 드라마와 관련된 기사들이 쏟아지고 있었다.

물론 우리 쪽에서도 손을 썼지.

남주인공인 박신후 쪽 기사가 치고 올라오는데 우리라고 가만히 있을 수는 없으니까.

지금은 최대한 한채희를 밀어내는 게 우선이라서 화음에서도 배우들 캐스팅 기사에 제한을 두지 않겠다고 했다. 그래서 조연부터 단역배우 소속사들도 기사를 내는, 초유의 상황이 펼쳐지고 있었다.

"근데, 특종을 줬는데 이건 좀 아니지 않아?"

나는 손에 든 삼각김밥을 흔들며 황 기자를 흘겨봤다.

밥 산다는 게 이런 뜻인지 알았으면 콧방귀나 끼고 안 왔을 텐데.

"회사에서 퍼스트 클래스 비용 처리 안 해준다잖아요! 경지팀에 새로 들어온 애가 아주 깐깐하다니까? 특종까지 따서 왔건만, 내가 회사를 옮기든지 해야지!"

아니 뭐 긴 놈이 성낸다고. 왜 지가 난리야.

"보너스 나올 거 아니야?"

"그때까지 손가락만 빨아요?"

얼씨구, 이젠 적반하장까지.

"그래서 제보자 이에 김 조각이나 끼게 만들어?"

"에이, 그래서 제가 기사 많이 내줬잖아요."

그건 인정한다.

황 기자가 〈장산의 여인〉 캐스팅 단독 기사부터 시작해서 아는 기자들 동원해 우라까이 기사로 홍을 돋아줬다.

"콜라라도 좀 사 오든가."

투덜거렸더니 황 기자가 한쪽 눈을 찡긋하고 주머니에서 콜라를 내민다.

"퉁친 거예요?"

차마 웃는 낯에 침은 못 뱉겠고.

뭐, 우리도 황 기자 덕에 제때 타이밍 맞췄으니까.

그래도 빚은 장부에 잘 적어놔야 한다.

"이런 걸로 퉁칠 생각이면 딴 데다 거래 트는 수가 있어."

"치사하다, 치사해."

혀를 내두른 그녀가 김밥을 마저 먹고 물었다.

"근데, 캐스팅됐어도 분량 조절 들어가지 않겠어요? 아무래도 한채희랑 동일하게 주진 않을 것 같은데. 박신후가 지금 중국에서 반응 좋으니까, 남주 위주로 가지 않겠어요?"

"요즘 중국 가기 힘들다. 한한령 때문에."

"그래도 이렇게 여유 있게 있어도 돼요? 이러다가 곳간 거덜 나. 박신후 쪽에 분량 다 뺏길걸요?"

쥐가 곳간 구멍을 들락거리든 말든 상관없다.

쥐를 잡을 쥐덫만 가지고 있으면 길목에 서서 기다리면 될 일.

"김밥 잘 먹었어."

은박지를 구기는데, 황 기자가 피식 웃으며 속삭인다.

"이제 정신없겠네요."

"뭐 촬영 준비도 해야 하고, 광고도 선별해야 하고, 인터뷰에 이것저것 하다 보면 본격적인 여름 오는 거지."

나는 여름이 좋다.

달리며 맞는 바람에 뜨거워진 몸이 식는 순간이 좋다.

심지어 튼튼한 다리도 되찾았고.

그러니 달릴 때다.

＊　　　　＊　　　　＊

"화음에서 받은 건 이게 전부야?"

500살 마녀 제작진이 보내준 주인공의 스타일과 의상 시안, PPL 목록(간접광고), 홍보 일정 등을 살피면서 우리는 준비할 것들을 체크했다.

중간에 승차했기 때문에 더욱 실수 없이 준비를 해야 한다.

"예, 이게 다고요. PPL 목록은 여기 있습니다."

목록에는 브랜드 제품명, 드라마 노출 조건, 금액 등이 세부적으로 적혀 있었다.

제작비 회수를 위해 필수일 수밖에 없는 광고와 협찬.

현재 상황에서는 쏟아붓는 수준으로 넣어야 한다.

주인공이 마시는 음료수, 주인공이 똥 싸는 비데, 주인공이 즐겨 쓰는 립글로스까지 온통 제품들로 채워야 한다.

하지만 한채희가 빠져나간 상황에서 ppl 목록 여기저기에 밑줄이 그어졌다.

물량이 빠져나간 것이다.

당연한 일이다. 어떤 광고주가 망뻘 나는 드라마에 돈까지 쥐여주면서 광고를 넣고 싶을까.

"오케이. 태평기획에서는 뭐래?"

광고대행사 쪽은 김나영 팀장이 붙잡고 있다.

"지금 계속 문의가 들어오나 봐요. 일단 드라마 끝나기 전까지는 홀드하자고 했습니다."

이번에도 오케이.

"근데 일이 갑자기 잘 풀리는데요?"

"운이 좋았지."

나는 어깨를 으쓱했다. 그것 말고는 캐스팅 과정과 시종일관 태연하게 기다리던 내 모습을 직원들에게 설명할 길이 없었다. 안그러면 별 얘기 다 해야 하니까.

"다이어트는 어느 정도 해야 해?"

광고는 일단 뒤로 미루고, 캐릭터 준비에 필요한 것을 물었다.

사무실 창으로 들어온 햇살이 유병재의 덩치에 막혀 콘티 위에 그림자를 뿌린다.

"지금보다 5kg는 줄여야 할 것 같습니다. 소림이가 한채희보다 키가 큰 탓도 있지만, 이계를 헤매대가 지구에 오느라 쫄쫄 굶었다는 설정이라서요."

"판타지니까, 그렇게 리얼하게 할 필요는 없어요. 3kg만 해요. 나머지는 내가 커버할게."

자칭 '퍼프의 신'답게 차가희가 손을 방정맞게 흔든다.

"내일부터 식단 관리 들어가겠습니다."

유병재의 묵직한 대답이 차가희의 헛소리를 알아서 차단해 줬다.

나는 미소 짓고 앞을 바라봤다.

"소림이는 다이어트 괜찮겠어?"

*　　　　　*　　　　　*

"뭐 먹고 싶은 것 없어? 오늘은 마음껏 먹어도 좋아."

기껏 선심 써서 얘기했건만.

"없어요. 전에는 연습 끝나고 나면 그렇게 먹고 싶었는데, 이젠 딱히 먹고 싶은 게 없네요."

"후회하지 마라."

분명 경고를 하고, 윤소림이 손에 쥔 대본을 바라봤다.

"대본은 좀 봤어?"

"낯설어요."

"어느 부분이?"

"제가 벌써 주연을 해도 되는 건가 싶어서요. 이런 케이스 흔하지 않잖아요."

아아, 그런 거구만.

이제 알겠다. 이 녀석이 시든 이파리처럼 늘어진 이유를.

늘 불안하기만 하던 연습생 시절이 불과 작년이니까.

나는 손에 쥔 볼펜을 내려놓고 잠시 윤소림을 바라봤다.

풋풋함과 청순한 웃음소리가 당연한 시절에 연습실에서 이를 악물고 연습했던 윤소림이다. 그 매일 반복되는 그 시간에 점점 지쳤을 테고.

그런 아이들은 너무 빨리 어른이 된다.

"뭐야. 병원까지 실려갔던 녀석이."

"그건 제발 좀 잊어주세요."

윤소림이 크게 합장하고 한쪽 눈을 찡긋한다. 그 바람에 다들 웃어버렸다. 근데 잊어달라고 잊어지면, 그게 기억인가.

이러니 더 못 잊을 것 같다.

"그러니까 한마디로, 갑자기 너무 잘돼서 겁난다 이거잖아."

"겁나는 게 아니라 낯설다, 정도?"

아무래도 내가 조금 서두른 걸까.

이번에 무리해서까지 윤소림을 주연 롤에 꽂은 것은 기회가 보인 이유도 있지만, 한번 주연 롤에 안착한 배우는 앞으로도 주연 감이라는 인식이 박히기 때문이다.

물론 그 반대의 경우도 있지만.

"하, 저는 대표님처럼 강심장이 아닌가봐요."

시든 이파리 다음에는 자기 비하까지?

"소림아, 다른 배우들하고 너하고 다른 점이 뭔지 알아?"

"뭔데요?"

윤소림은 물론이고 직원들까지 턱을 내밀고 나를 유심히 본다.

"네 옆에는 내가 있다는 거지."

뭐야. 이 싸늘한 분위기는.

[아니, 이 양반들이 우리 악덕 매니저님을 우습게 보네!]

고오맙다. 아무튼.

"소림이 너, 잘할 수 있어. 이번 주연 자리는 요행으로 얻었을지 몰라도 네가 쌓아온 실력은 진짜니까."

내가 봤다. 내가 증명할 수 있다.

윤소림이 흘린 땀이라면 염전 하나 꾸려도 될 정도다.

"정말 그렇게 생각하세요?"

"그렇게 생각하니까, 명심하고 있으라고."

부드럽게 말린 여배우의 입꼬리를 보며 나는 눈썹을 끔벅끔벅 움직였다.

"명심하겠습니다."

"어째 대답이 영 시원찮다?"

"예! 명심하겠습니다!"

진작 좀 그러지.

똑 부러진 대답을 들으니 그나마 한시름 놓인다.

"자, 직원들은 당분간 소림이 앞에서 음식 먹는 거 조심하고."

다이어트할 때 제일 큰 적은 주변인들이다.

특히, 게슴츠레한 내 시선에 차가희가 움찔한다.

"아, 그럼 나도 이참에 다이어트나 해볼까?"

택도 없는 그녀의 말에 유병재가 큭, 하고 소리를 냈다.

"허? 이거 왜 이러서? 저도 마음먹으면 독한 여자거든요?"

"맘 안 먹어도 독해 보여. 그러니 그냥 평소처럼 드세요. 하루 이틀 깔짝깔짝하다가 먹기 시작하면 더 찌니까."

"두고 보세요. 저희도 오늘부터 다이어트할 거니까!"

저희라는 말에 김나영 팀장과 막내 직원들이 당황한다.

뭐, 다이어트를 하든 말든 알아서들 하시고.

"저기 그럼, 은별이도 다이어트해야 하나요?"

김승권의 뜬금없는 질문에 다들 멍해졌다가 웃고 말았다.

하지만 나는 웃지 못하겠다.

쟤는 우리 직원이 아닌데 왜 저기에 앉아 있는 걸까.

"은별이는 맛있는 거 많이 먹이시고요. 아무튼 스타일팀은 숍에서 헤어와 메이크업 인력 충원하고, 미디어팀은 지금처럼만 해주면 되고, 병재와 나는 교대로 현장 뛰는 걸로 정리하자고."

"예!"

"다들 알겠지만, 우리한테 쏠린 시선이 많아."

기대일 수도 있고, 시기일 수도 있고, 호기심일 수도 있는 수많은 시선이 우리를 향해 있다. 그렇다면 이럴 때 우리는 뭘 보여줘야 할까.

"그럼 또 보여줘야겠네요, 아주 큰 홈런을."

김나영 팀장이 눈을 빛내며 화답했다.

*   *   *

회의가 끝나자마자 윤소림을 데리고 강북을 찾았다.

"참네. 오래 살고 볼 일이다. 내가 최고남이 키우는 애를 가르칠 줄이야."

"얼마나 사셨다고. 누님 아직 젊어요."

강주희의 외모는 여전히 삼십 대에 머물러 있다.

시간이 지나도 그녀는 변하지 않는 분위기를 가지고 있기 때문이다.

지금 회사가 받쳐주지 못해서 조연 롤에 악역이나 맡고 있지만, 그녀 역시 한때는 라이징스타였고 뭇 남성들의 가슴을 설레게 했으며, 여름이면 비키니 화보를 촬영하던 톱 여배우였다.

『강주희 : 갑인(甲寅)년 무진(戊辰)월 을해(乙亥)일 출생』

『운명 : A』

『현생 : A+』

『업보 : 50』

『전생부(前生簿) 요약 : ???』

'전생부가 물음표로 보이는데?'

[말했잖아요. 세 가지 중 하나라고.]

나와 상관없는 업보거나, 하나는 표시할 수 없을 정도로 많을 때, 나머지 하나는 내게 허락되지 않은 중요한 항목일 경우.

[업보가 50이기는 한데, 애초에 S급 운명이 아니었으니까 관여할 필요 없어요.]

'근데 거듭 생각해 봐도 내가 강주희한테 쌓일 업보가 없는데?'

저승이가 명부를 펼쳤다.

[그녀의 생에서 가장 필요할 때 곁에 없으셨네요. 아이고, 이분 보니까 가족한테 피를 쪽쪽 빨리셨네. 그래서 A+구만. 젊은 시절 그렇게 화려한 삶을 살았는데 제대로 행복한 적이 없네.]

내 명부에는 그녀의 아픔들이 고스란히 담겨 있었다.

벌어놓은 돈은 아버지가 사업으로 다 날렸고, 어머니는 사기당하고, 동생은 지 누나 팔아서 돈 빌리러 다니고.

강주희는 가족 때문에 참 불쌍한 인생이었다.

그러니 수많은 스포트라이트를 받으며 화려하게 살았어도 결국 A+.

"커피 마실 거지?"

"맛있게 타주세요!"

"소림이는?"

강주희는 한결 부드러워진 시선으로 윤소림을 바라봤다.

한때 그녀 자신도 지니고 있었던, 영원할 것만 같았던 그 젊음이 강주희의 눈동자에 비친다.

그 빤한 시선에 윤소림의 얼굴이 홍당무처럼 붉어졌다.

"왜 그렇게 얼굴이 빨개지니?"

"아, 선배님이 쳐다보셔서……."

강주희가 피식 웃는다.

"예쁘니까 쳐다보지. 비주얼이 좋다는 건 배우에게는 큰 장점이야. 장점을 가꾸고 보여주는 것도 팬들의 기대에 부응하는 가장 기본적인 의무라는 거 항상 기억해 둬."

외모가 전부는 아니지만 강주희 말이 틀린 건 없다.

잘생기고 예쁘게 태어나면 일단 손해 보지 않는 인생이다.

"근데, 최 대표 넌 왜 왔어? 병재 보내지. 나 압박하니?"

압박은 무슨.

그런다고 씨알이나 먹힐 사람인가.

"커피 타준다면서요? 나 밥 안 먹고 왔으니까, 밥 줘요!"

"내가 네 마누라냐? 그리고 요즘은 배달이야. 나 배달의 국민 광고하는 거 모르니? 요즘 할인 이벤트도 많이 하는데, 쿠폰 줄까?"

"그거 소림이한테 넘어올 것 같던데. 성 대리 말로는 거기서 단발 들어왔다고."

강주희가 대본을 나한테 툭 던졌다.

"나 안 해."

"그래서 안 한다고 그랬지. 누님 거니까."

서둘러 비위를 맞췄더니 강주희가 눈을 흘긴다.

"하여간 이 뺀질이. 소림이 너는 어떻게 하냐? 나는 저거 때리기라도 하지, 너는 때리지도 못할 거 아냐?"

"저희 사장님 하나도 안 얄미우신데요. 멋있기만 한데."

윤소림 얼굴 위에 배시시 떠오른 미소가 나를 향했다.

반대로 강주희의 입술은 빼죽 나오더니, 또다시 대본이 날아온다.

"나 진짜 안 해!"

"아, 누님!"

쩔쩔매는 내 모습에 윤소림이 작은 손으로 웃음을 가린다. 강주희도 대차게 웃는 이때, 갑자기 빛이 번쩍였다.

비가 올 것 같더라니.

거실 통유리 너머로 보이는 하늘에서 낙뢰가 떨어지고, 놀란 두 여자의 웃음소리가 뚝 그쳤다. 나는 아주 조용하게 속삭였다.

"오는가 봅니다."

500살 마녀가, 이계에서 지구로 넘어오려는 모양이다.

*   *   *

[천둥 번개가 치면서 어두운 밤이 환하게 빛났을 때, 어린 우진우는 처음으로 마녀를 볼 수 있었다. 고깔모자에, 망토를 두른 그녀의 모습은

어린 진우의 눈에 너무나도 순식간에 각인됐다. 마녀는… 예뻤으니까.]

―우리 소림이가 마녀라니, 마녀라니!
└마법쓰는 마녀는 매력 만점.
└지금까지 이런 마녀는 없었다. 이것은 마녀인가, 여신인가.
―시놉 보니까 벌써부터 대박 느낌 나네요. 우리 소림이, 가자!
―소속사 일 못한다는 말 취소합니다. 드라마 주연에, 풋풋한 광고까지. 받들어 모시겠습니다.
―어서 빨리 윤소림 마법 쓰는 거 보고 싶다!
└근데 박신후 별로지 않아요? 스타는 스탄데 뭔가 애매한 급이잖아요?
└얼굴은 잘생겼더이다.
└잘생기면 뭐합니까, 연기가 노답인데.
└에이, 그 정도면 연기 잘하는 거죠. 사실 한채희 빠지고 믿보배 배우는 강주희랑 섭배우들 정도인데. 윤소림이랑 둘이 잘 어울릴 것 같지 않아요?
└박신후 이 자식, 설마 윤소림한테 수작 부리진 않겠죠?

"형, 나 별로 인기 없나 봐?"
드라마 홍보 겸, 팬들에게 근황도 알릴 겸, 연예가소식 촬영을 위해서 KIS에 나들이를 온 박신후.
그는 매니저가 간단하게 식사 준비를 하는 동안 윤소림 카페의 댓글을 죽 읽고 괜스레 푸념했다.
단막극에서 팡 터뜨리더니 CF까지 반응이 붙으면서 요즘 대세로 자리 잡은 윤소림이었지만 정보가 그렇게 많지는 않았다.

그래서 윤소림 팬 카페에 가입해서 그녀에 대해 알아가는 중이었는데, 드라마 상대역인 자신의 평이 너무 좋지가 않았기 때문이다.

"네티즌들 상상력이야 끝도 없지. 무슨 로코만 하면 사귀는지 알아."

"로코니까. 손잡고 썸 타고 입 맞추고. 그러다가 정든다고 생각하는 거지."

박신후가 나직이 속삭인 말에 젓가락 세팅까지 마무리한 매니저가 허리를 펴며 말했다.

"먹자."

박신후가 의자에서 일어나 소파로 자리를 옮겼다.

한 손에는 대본을, 한 손에는 매니저가 세팅한 젓가락을 손에 쥔다.

"지겹지?"

닭가슴살, 채소, 닭가슴살, 채소, 닭가슴살, 채소.

박신후의 도시락은 삼시 세끼 같은 메뉴였다. 차이가 있다면 위에 뿌리는 드레싱이 그때그때 다르다는 거였는데, 그래 봤자 머스터드 아니면 핫소스 정도였다.

"별로."

매니저는 박신후의 이런 점이 좋았다.

성실하고, 까탈스럽지 않고.

하지만 그런 점 때문에 손해 보기 쉬운 타입이기도 했다.

"윤소림 어떤 것 같아?"

"솔직히 나는 한채희 선배보다 윤소림이 나은 것 같아. 한채희 선배는 뭐랄까. 눈빛이 얼마나 사납던지."

박신후가 닭가슴살 하나를 입에 물고 오물거리며 말했다.

"그래도 한채희가 있었어야 네가 S급으로 눈도장 찍을 수 있었어. 우리가 괜히 한채희 소속사한테 아쉬운 소리 했었냐? 다 회사가 너 잘되라고……."

"그러니까 그러지 말라고 그랬잖아. 왜 자꾸 엉뚱한 짓을 해? 나도 이제는 자리 잡았잖아?"

박신후가 화를 내자 매니저는 잠시 제 입술만 핥았다.

"인마, 회사가 다 너 잘되라고 그런 거지. 이번에도 한채희 스캔들 터지면서 대표님이 얼마나 고군분투……."

"뭘 했는데?"

박신후가 이맛살을 구기고 쳐다본다.

"아니, 뭐… 분량 좀 늘리려고 제작사 찾아가시고 작가님에게 부탁하고… 뭐 그랬다고."

박신후는 의심의 눈초리로 매니저를 바라봤다.

회사가 자신에게 무언가를 해주는 것은 분명 기쁜 일이었다.

다만 그것이 옳지 못한 방법이라는 게 문제였다.

데뷔 초에는 모 그룹 3세에게 술까지 따라야 했던 박신후였다.

"형, 나 연기로 인정받고 싶어."

"알아, 알아!"

순간, 매니저의 입안에 있던 밥풀이 총알처럼 튀어나왔다.

길 잃은 밥풀이 박신후의 얼굴에 후두둑 달라붙었다.

"아, 미안!"

서둘러 휴지를 꺼내 내미는 매니저의 모습에 박신후는 웃기만 했다.

"아휴, 속 좋은 자식."

이런 자식이랑 연기하게 될 윤소림은 얼마나 행운인가.

매니저는 정말 그렇게 생각하며 밥을 한 움큼 입에 넣었다. 그때, 문이 열리고 단발의 여자가 방송국 출입증이 걸린 목을 길게 빼고 외쳤다.

"신후 씨, 15분 뒤에 촬영 들어가겠습니다!"

연예가소식 녹화 시간이었다.

*   *   *

"상대 배우 잘 만나는 것도 행운이죠."

유병재는 무심히 속삭이며 도시락을 가렸다.

은별이 삼촌의 질문 공세에 침이 튈까봐서.

"박신후는 어때요? 인터넷에서 보니까 키스씬 찍은 여배우랑은 무조건 사귄다는 소문이 있던데."

김승권이 인터넷에서 본 찌라시를 떠올리며 눈을 반짝인다.

*   *   *

"그냥 소문 아닐까요? 로코니까 손잡고, 썸 타고, 입 맞추고. 뭐 그러다가 정든다고 사람들이 생각하는 거지."

여전히 무심한 투로 말하는 유병재를 보면서 김승권은 입을 크게 벌렸다.

한가득 불고기를 입에 넣고 오물거리는데, 퓨처엔터 막내라인 여자들이 입맛을 다시는 모습이 눈에 들어온다.

"좀 드실래요?"

"우리 다이어트 중이라니까!"

그녀들의 옆에서 손을 쫙 뻗는 차가희.

유병재가 한심하다는 투로 쳐다본다.

"언제까지 할 건데? 연예인도 아니면서 똑같은 것만 삼시 세끼 먹어서 힘이 나겠어?"

"드레싱이 그때그때 다르거든요?"

"그래 봤자 머스터드 아니면 핫소스잖아."

"걱정 마요. 금방 뺄 거니까. 그렇지, 얘들아?"

"그거 꼰대 짓이다. 혼자만 다이어트하지, 왜 다른 애들까지."

유병재의 타박에 차가희가 막내들을 슥 쳐다본다.

"미디어팀 권박하. 작년 입사 때만 해도 44사이즈였던 그녀는 현재 55사이즈를 입고 있죠. 심지어 발도 커졌어. 몸이 허약해졌다고 남자 친구가 지어준 한약을 먹고 있고, 그 때문에 최근 식욕이 폭발했지. 그렇지?"

흠칫 놀라서 경기까지 일으키는 권박하.

"그리고 스타일팀 막내, 우리 막내 배서희! 최근 급격한 SNS 활동으로 인해서 단것을 입에 물고 살지. 아직까지 체형은 변하지 않았지만 어딘지 모르게 빈티 나는 옷태. 그 이유인즉, 근육의 소실과 지방의 증가로 인해서……."

"잘 먹겠습니다."

샐러드에 포크질을 팍팍 하는 막내들의 모습에 흡족해진 차가희는 방울토마토를 오물오물 씹고 있는 김나영 팀장에게로 시선을 돌렸다.

"그리고 김 언니는……."

"그만하지."

포크 방향을 슥 바꾸는 김나영 팀장.

"큼."

헛기침하고 샐러드에 드레싱을 뿌리는 차가희를 보며 김나영 팀장은 좀 전의 얘기를 계속했다.

"소문이 어떻든 상관없어요. 문제는 분량이지."

이건 전적으로 작가 재량이다.

제작사가 원하는 틀이 있긴 하겠지만, 박세영 작가는 고집을 꺾지 않는 작가로 유명하다. 그만큼 네임드이기도 하고.

"처음 흐름대로 가면 우리 쪽이 유리할 텐데."

첫 대본 리딩 때의 대본대로라면 여주 쪽 분량이 넘친다.

하지만 상황이 바뀐 지금, 박 작가가 어느 쪽에 무게 추를 줄지는 최종본이 나와봐야 행방을 알 수 있었다.

"걱정 마. 분량이야 흐름 봐서 늘어나겠지. 우리 소림이 매력 있으니까."

"그렇지, 내가 박 작가님이면 한 씬이라도 더 주지."

그래서, 괜한 걱정은 방울토마토와 함께 입에 쏙 넣는데…….

김승권이 세상 잃은 표정으로 앉아 있다.

"은별이 삼촌, 왜 그래요?"

"박하씨… 남자 친구 있었어요?"

은별이 삼촌, 짝사랑에 실패하다.

＊   ＊   ＊

「KIS 편집실, 연예가소식팀 사용 중」

"선배, 여기요."

한창 자료 영상을 살피던 윤혁 피디가 고개를 돌렸다.

피곤에 젖은 후배 피디의 손이 커피를 내밀고 있었다.

"박신후 건, 끝나셨어요?"

"어. 막힘없이 잘하더라? NG도 별로 없고. 인터뷰 연습 많이 한 모양인데?"

그래서 후다닥 끝나고 예전 자료를 보는 중이었다.

"윤소림이네요?"

지난번 촬영 영상이었다.

─소림 씨, 연습생 생활이 길었다고 들었어요.

─햇수로 7년 정도 했습니다.

─7년이요? 와, 그동안 정말 많은 일이 있었겠네요. 합숙하며 회사에서 지내는 거니까, 준사회인이잖아요?

─예, 많은 일이 있었죠. 인연도 많았고. 나이는 어렸지만 꽤 많은 사람들을 거쳤던 것 같아요.

─연습생 생활 힘들었죠?

─예. 힘들었어요.

─그래서 소림 씨 부모님도 많이 반대하셨다고 하던데.

─예, 아빠가 많이 반대하셨어요. 제가 연습생 생활도 길어지고, 또 다치다 보니까, 걱정을 많이 하셨거든요.

─지금은 어떠세요? 아버님이 제일 기뻐하시죠?

"도식아, 윤소림 어떤 것 같냐?"

커피를 입에 문 윤혁의 질문에 조연출 김도식은 자리에 앉으며 모니터를 눈에 담았다.

"괜찮죠. 마스크도 좋고. 무엇보다 눈빛이 좋은 게 금방 클 것 같아요."

"자식, 피디 하지 말고 서울역 앞에 자리나 깔지 그러냐."

"하하, 그럴까요?"

입꼬리를 슬며시 올린 김도식이 검은 봉지를 뒤적여 야식거리를 꺼냈다.

"쟤 미소가 참 예쁘단 말이야. 궁금하네, 윤소림이 보여주는 마녀라. 거기에 로맨스 드라마면… 이번에 잘하면 진짜 톱 라인 들어가겠는데?"

"그래서 드라마국 국장님이 화가 잔뜩 나셨다잖아요."

윤소림 잡으려고 기다리다가 닭 쫓던 개 지붕 쳐다보는 꼴이 됐다나 뭐라나.

"나라도 안 하겠다. 솔직히 작년부터 우리 드라마 라인업 최악이잖아. 시청률 10프로 넘긴 게 없어요. 맨날 이상한 것만 주야장천 찍으니 될 리가 있나. 드라마국은, 진짜 쇄신이 필요……."

신랄하게 비판하던 윤혁이 입을 다물었다.

편집실 문이 열리고 방 국장이 들어왔기 때문이다.

"뭘 그렇게 놀래? 나 씹고 있었어?"

"국장님도 참. 근데, 국장님이 여긴 어쩐 일이세요?"

"윤소림 보고 있었던거야?"

"예. 이번에 500살 마녀 캐스팅됐다니까, 짤막하게 다뤄보려고요. 박신후는 오늘 출연했거든요."

"이놈 이거, 바보 아니야."

방 국장이 혀를 찬다.

"예?"

"전화해서 오라고 하면 되지, 뭘 자료 화면을 쓰고 있어?"

"그렇잖아도 연락했더니 화보 촬영에 광고 촬영, 거기다 곧 있을 촬영 준비하느라고 스케줄을 뺄 수가 없답니다. 요즘 좀 핫합니까?"

윤혁 피디의 엄살에 방 국장이 손을 내밀었다.

"핸드폰 줘봐."

"예?"

"줘봐. 이 새끼, 내 전화 안 받는단 말이야."

얼떨결에 내밀어진 윤혁 피디의 핸드폰을 쥔 방 국장은 전화번호를 꾹꾹 누르며 미소 지었다.

"최고남, 네가 뛰어봐야 부처님 손바닥 안이다 이거야, 흐흐."

소름 끼치는 웃음소리가 편집실에 울려 퍼진다.

*   *   *

"지금 무슨 소리를 하는 거예요? 윤소림 지금 잠자는 시간도 쪼개서 대본 파야 하는구만."

강주희의 목소리는 차분했지만 쾅쾅 도장 찍듯이 방 국장을 찍어 눌렀다.

눈앞에 없지만 방 국장이 쩔쩔매는 모습이 머릿속에 훤하게 그려진다.

"국장님이나 돼서 출연 압박이라니. 지금이 쌍팔년도도 아니고. 나 지금 국장님한테 실망이야?"

벨 소리가 울리자마자 방 국장인 것 같더라니.

마침 윤소림이 잘하고 있나 확인차 강주희 집에 들렀기에 망정이지.

'역시 원조 마녀!'

나는 소심하게 주먹을 쥐고 강주희를 응원했다.

방 국장은 한참을 더 강주희에게 혼나고 나서야 전화를 끊었다. 아니, 그때서야 강주희가 풀어졌다고 봐야 한다.

"또 전화 오면 나한테 바로 얘기해."

"여부가 있겠습니까."

나는 허리까지 꾸벅 숙여가며 그녀가 건넨 핸드폰을 다시 받았다.

[방 국장이 왜 저렇게 쩔쩔매요?]

방 국장이 쩔쩔매는 데는 다 이유가 있다.

'평피디일 때, 밤샘 촬영 중에 드럼통에 피워놓은 불 앞에서 꾸벅꾸벅 졸았던 적이 있거든. 그때 머리 홀라당 태워먹고 바비큐 될 뻔한 걸 강주희가 구해줬지.'

그때 안 구해줬으면 장가도 못 가고 홀아비로 남았을 거다.

"혼쭐을 내줬으니 당분간 연락 안 올 거야."

정말 그럴까.

"소림이 3시에 인터뷰 스케줄 있으니까 병재가 데리러 올 거예요. 그러니까 라면 같은 거 먹이지 말아요. 쟤 거절 못 해."

"야, 요즘 애들은 붓기도 금방 빠져. 그리고 라면 좀 먹는다고 부을 얼굴이니? 나라면 또 모를까."

"누님이 어때서?"

"늙었지, 인마!"

"대한민국 아줌마들 천인공노할 소리 하고 계시네."

"아줌마?"

아차.

강주희의 시선이 내 얼굴을 할퀴는 기분이다.

"가볼게요. 어?"

차에 타려는데 비가 내리기 시작했다.

본넷 위로 투둑 떨어지더니…….

이내 쏴아 소리를 내며 장대비가 쏟아지기 시작했다.

여름이었다.

여우 시집가는 건 아닐 테고, 어디 돼지 한 마리라도 떠내려 보낼 기세였다. 여름을 좋아하는 강주희는 이 비가 내심 반가울지도 모르겠다.

"갑자기 비가 오네요."

나는 어느새 재킷을 벗어 그녀의 머리에 씌워주고 속삭였다.

매니저라면 당연한 행동이었고, 강주희는 내 품에 쏙 들어올 만큼 작았으니까.

숨소리와 맑은 눈이 나를 올려다본다.

마녀는, 여전히 사랑스러웠다.

탁!

차에 타자마자 저승이가 물었다.

[강주희가 아저씨가 맡은 첫 배우였다면서요?]

나는 핸드폰과 젖은 재킷을 조수석에 포개놓았다. 잠깐 사이에 강주희가 쓰는 향수 냄새가 재킷에 은은하게 뱄다.

코끝을 간질이는 그 향 때문에 기억이 스멀스멀 올라온다.

"N탑에 처음 입사했을 때가 내 나이 스물이었어."

지금으로부터 13년 전이다.

내가 N탑에서 그녀의 매니저가 된 게.

그해 N탑에서는 드라마와 영화 쪽으로도 영역을 넓히고 싶어 했고, 그래서 영입한 첫 배우가 강주희였다.

이미 A급 대우를 받고 있던 강주희였기에 일하는 데는 어려움이 없었다.

배우의 급에 따라 매니저를 대하는 방송국 스태프들의 태도 역시 달라지기 때문에, 나 역시도 일하기는 편했다.

문제는 강주희 자체였다.

지금이야 저렇게 말이 통하지, 그때는 고집도 그런 고집이 없었다.

툭하면 감독이랑 싸우고, 툭하면 자존심 세우고, 툭하면 토라지고.

그걸 달래는 것은 전적으로 내 몫이었다.

차 안은 그녀가 좋아하는 것들과 필요한 물품들로 가득했고, 그녀가 쓰는 독일제 샴푸를 구하기 위해 도서관에서 사전을 뒤져가며 해외 구매까지 했었다.

그때의 기억 때문인지 여배우라는 존재는 나에게 애증의 대상이었다.

"하지만 예뻤지."

그때 강주희는 눈부시게 예뻤다.

그녀는 웨이브가 섞인 단발에 꽉 끼는 청바지, 색색의 구두를 신고 방송국을 잘도 오갔다.

나는 지금까지 강주희만큼 빨간 구두를 잘 소화하는 연예인을 본 적이 없다.

[그럼 이제 윤소림은 궤도에 오른 것 같으니 다른 S급 업보를 찾아보죠. 가만 보자… 누가 좋으려나.]

"만약에, 내가 B급이나 A급 운명을 S급으로 올리면 어떻게 되는 거냐? 왜, 네가 그랬잖아. 내가 F급도 S급으로 만든 적이 있어서 서천꽃밭으로 바로 갈 수도 있었다고."

[이분, 참 힘들게 살려고 하네. 지금 목적은 업보를 줄이는 거지, 덕을 닦자는 게 아니에요.]

"그러니까, 덕을 닦으면 어떻게 되냐고."

저승이가 제 턱을 만지작거리며 잠깐 고민하다가 말했다.

[본디 죽어서 가치를 측정받는 것이 덕이지만, 이미 죽은 뒤에 쌓는 덕은… 확신할 수는 없지만 보상을 받을 수도 있겠는데요?]

"보상?"

[세상에 이런 일이 못 보셨어요? 죽었다가 다시 살아난 사람이 복권을 사서 긁었더니 당첨이 됐다! 이런 경우가 그런 보상의 일종

이거든요.]

오호.

[근데 갑자기 왜요?]

"강주희하고 계약하려고."

어차피 강주희는 이번 촬영 중에 소속사와 계약이 끝난다.

[아하, 강주희는 A급이니까?]

"그래, 강주희 정도면 금방 다시 S급이지."

누군가는 얘기할지도 모른다. 강주희는 한물갔다고.

하지만, 여배우의 수명은 그렇게 쉽게 끝나지 않는 법이다.

[거 S급으로 올리는 게 쉬운 일이 아닙니다. 봤잖아요? 성공한다고 S급이 아니라니까? 강주희가 불행하면 말짱 꽝이에요. 아니면 아저씨가 강주희 집안의 일을 해결해 줄 거예요?]

뭐, 해결해 줄 수는 없겠지.

일단 강주희의 계약은 아직 여유가 있으니 후순위로 두고.

문제는 곧 다가올 촬영이다.

짧은 시간 안에 윤소림은 대본을 숙지해야 한다.

무리인 걸 알지만 지금은 해야 할 때.

이 힘든 과정이 거름이 돼 아주 단 열매가 맺어질 때까지는 달려야 한다.

까똑!

"오뉴월에 서리 내리겠네."

방 국장인가 싶어 살짝 쫄았지만, 방 국장이 아닌 500살 마녀 조연출이었다.

[1화 최종고 나왔습니다. 소림 씨 파트…….]

나는 서둘러 조연출이 보내온 대본을 열었다.

*　　　　*　　　　*

마녀가 저택에 빌붙어 살면서 우진우의 삶도 달라진다.

허구한 날 저택을 찾아와 훔쳐 갈 것 없나 살피던 고모는 알 수 없는 사고를 당하거나 길을 잃어서 저택에 오지 못하게 되고, 마녀의 마법으로 법적인 문제도 일사천리로 해결된다.

판타지 드라마가 좋은 이유 중 하나는 웬만한 것은 '설정이기 때문에'로 넘길 수 있다는 것이기에 개연성에도 큰 문제가 있을 것 같지는 않았다.

그렇게 시간이 훌쩍 지나서 우진우는 톱스타가 된다.

하지만 그는 모태 솔로.

학창 시절부터 잘생긴 외모와 훤칠한 키로 유명했지만 여학생들이 고백이라도 할라치면 꼭 안 좋은 일이 일어났다. 그건 성인이 되어서도 마찬가지였다.

이유인즉, 스물다섯 살 전까지는 헛된 의도를 가지고 접근하는 모든 이들에게 마녀의 마법이 발동된다는 조건 탓이었다.

그렇게 스물다섯 살이 됐을 때.

우진우는 마녀를 찾아가 고백한다.

"사귀어, 나랑."

지금 이 순간, 나는 우진우가 되어 대사를 속삭였다.

그리고 마녀, 아니, 저승이가 대답하지.

[난 애한테는 관심 없다. 특히나, 연하는 더 싫지. 딴 데 가서

알아봐.]

극 중에서 이 대사를 하는 마녀는 윤소림이 아니다.

은별이었다.

마녀가 마법을 많이 쓴 날에는 어려진다는 설정 탓에 은별이는 첫 회부터 등장한다.

그래서 상황이 참 재밌다.

연하가 싫다는 그 말이 무색하게도 어려진 마녀는 우진우의 도움으로 높은 곳의 물건을 내리고 머리 감을 때도 우진우의 손길을 필요로 한다.

그런 마녀 때문에 착잡한 우진우에게 은별이의 폭탄선언과 함께 1화가 끝난다.

[나, 돌아갈 것 같아. 이계로.]

선반을 정리하던 우진우가 당황해서 넘어지고.

머리 위로 와르르 쏟아지는 접시, 그 순간 시간이 딱 멈춘다.

세상 모든 것이 멈췄을 때 마녀는 천천히 우진우에게 다가가 멈춰 있는 그의 볼을 쓰다듬으며 속삭인다.

나는 잠깐 눈을 감고 운전대에 머리를 기댔다.

그리고 우리 배우들이 출연하는 드라마를 잠깐 떠올린다.

준비할 게 산더미라서 힘이 들지만, 다가올 촬영에 가슴이 설렌다.

* * *

「오는 17일 500살 마녀의 첫 촬영을 앞둔 여배우 윤소림의 소속사는 팬들의 기대에 감사함을 전했다. 앞으로 좋은 배우로⋯ 한편 소속사는 팬들에게 작은 선물을 주고 싶다며 윤소림의 미공개 사진을 SNS에 올렸다.」

퓨처엔터 공식 SNS 계정에 윤소림의 과거 사진이 올라왔다.

연습생 시절 사진, 학교 다닐 때 사진, 최근 광고 현장에서의 사진.

그런데 사진 때문에 연예 정보 커뮤니티에서 작은 논란이 일고 있었다.

ㄴ어라? 윤소림 옆에 있는 남자, 유유 매니저 아님?

ㄴ유유 매니저는 뚱뚱함.

ㄴ아니아니, 오빠들 데뷔 초에 따라다니던 매니저 실장님 말이야!

ㄴ맞네. 그 매니저 실장.

ㄴ실장 아니었고, 그때 이미 매니지먼트팀 부장이었지. 여섯이들 성공해서 부문장으로 승진했고.

ㄴ작년에 독립했음. 데리고 나온 연습생이 윤소림.

ㄴ헐. 역시 능력맨.

ㄴ능력맨 요즘 하드 캐리 중. 윤소림 한 방에 띄운 것도 모자라서 차기작은 100억짜리 대작.

ㄴ그거 이미 망작 아님?

─아래 최 매 얘기 나와서 그런데, 오빠들 케어할 때 진짜 좋았었는데. 매니저 같지 않은 출중한 외모에, 매너 좋았지, 열심히 했지. 우리 보면 공부하라고 훈계한 적도 있고.

ㄴ그러게. 나도 최 매한테 혼난 적 있는데.

ㄴ신기하다! 최 매 아는 팬 진짜 소수인데. 극초창기 때였으니까.

ㄴ○○ 초창기에 최 매 보려고 쫓아다녔던 팬도 있었음.

—최 매하고 유유 함께 나온 사진 방출해요. 급하게 하드 뒤져서 몇 장 없지만. 아, 유유가 최 매한테 껌딱지처럼 붙어 있는 사진이 어디 있었는데.

ㄴ대박. 둘이 되게 멋있게 나왔다.

ㄴ감사감사! 근데 얼음 왕자 유유가 껌딱지처럼 붙어 있다고요? 그것도 어서 올려주시죠!

ㄴ지금까지 이런 매니저는 없었다. 이자는 연예인인가 매니저인가.

ㄴ요즘 이거 유행임?

"유유야."

옆에서 불쑥, 매니저가 고개를 들이밀었다.

러닝 머신을 걸으며 핸드폰을 보던 유유는 숨을 고르며 멈춰 섰다. 매니저는 하얀 봉지에 손을 욱여넣어 뭔가를 꺼내 들었다.

"이거, 마셔."

"나 그거 안 마시잖아."

유유는 매니저가 내민 피로회복제를 차갑게 외면했다.

생애 첫 CF가 이 제품이었다.

그때 NG 퍼레이드가 이어지면서 박카수를 얼마나 먹었는지, 오케이 사인이 떨어졌을 때는 최고남이 등을 두드려 주고 있었고 유유는 허리를 숙인 채 속을 게워냈다.

그날 빙글빙글 도는 세상에서 겨우 살아남은 뒤 다시는, 저것을 먹지 않겠다고 결심했다.

"아, 맞다. 깜빡했다. 내가 다시 사 올게."

피로회복제가 유유가 극도로 혐오하는 것 중에 하나라는 것을 깜빡했던 매니저는 어색한 웃음소리를 내며 재빨리 피로회복제를 치웠다.

"됐어. 뭘 또 갔다 와. 물이나 줘."

"그래그래. 땀 흘렸을 때는 물이 최고의 피로회복제지."

곧 있을 단독 콘서트를 위해서 유유는 몸을 준비하는 중이었다.

특히 이번에는 섹시와 몽환적인 분위기가 결합된 퍼포먼스를 보여줘야 해서 체지방을 제대로 불태워야 한다.

스타란, 게으르고 싶어도 게으를 수가 없는 법.

"근데 너 뭐 보고 있었어?"

"소림이 누나 댓글."

"아, 소림이 기사? 악플 많지?"

"조금."

"으휴, 인간들. 100억 드라마면 뭐해, 할 사람 아무도 없는데. 굴러온 복? 웃기고 있네. 한채희 대타로 들어가는 게 뭐 좋은 건줄 아나. 그렇게 좋으면 여배우들이 너도나도 하려고 했겠지, 왜 안 했겠어?"

매니저가 툴툴 뱉는 말처럼, 윤소림에게 득보다 실이 클 수 있는 캐스팅이었다.

일단 한채희의 팬들이 분탕 치려고 눈에 쌍심지 켜고 있을 테고, 기자들이며 네티즌이며 이번 일로 드라마에 관심이 커진 상태니까.

과연, 그 사람들이 윤소림의 신들린 연기를 기대할까.

절대 아니다.

망한 드라마 어디까지 망하나 궁금해서 기대하는 거다.

기자들도 윤소림이 실수하는 순간 미스 캐스팅이니 끝없는 침몰이니 하는 수식어를 붙여가면서 기사를 써재낄 게 뻔하다.

그러니 윤소림으로서는 엄청난 페널티를 안고 시작하는 것과도 같았다.

하지만 성공한다면, 하이리스크 하이리턴.

"근데 소림이 사진 예쁘게 나오지 않았냐?"

"언제는 안 예뻤어?"

수건을 툭 던지고 러닝 머신에서 내려온 유유는 매니저를 향해 손을 내밀었다.

"새 수건 줄까?"

"아니. 그거 줘봐."

푸근하게 웃으며 하얀 봉지를 뒤적이는 매니저.

다시 박카수를 꺼내는 그에게 유유의 시선이 물끄러미 닿았다.

몸도 마음도 둥글둥글해서 싫은 소리 한 번 안하는 매니저다.

잔소리 대마왕인 누구와는 확연히 다를 수밖에.

하지만 가끔은 그 잔소리가 그리울 때도……

이때, 유유의 추억을 깨부수고 피로회복제와 함께 낯선 손이 들어왔다. 어딘지 낯이 익으면서도 처음 보는 것 같은 남자가 유유를 향해 넙죽 인사를 했다.

"안녕하세요, 선배님! 배우 송연웁니다!"

라이징스타 윤소림과 공서에 출연했던.

"찍었어?"

"오케이, 잘 찍혔어."

매니저가 동그라미 사인을 보내자 송연우는 허연 이를 드러냈다.

이제 사진을 SNS에 올리기만 하면, 지금 대한민국에서 제일 핫한 유유와 운동하는 사이라는 소문과 함께 자신의 급이 한 단계는 올라갈 게 분명했다.

매니저는 혀를 차며 송연우에게 사진을 전송했다.

"하여간. 잔머리 하나는 진짜 잘 돌아간다니까."

"내가 살아남으려고 이런다. 누군 이런 짓 하고 싶어서 하냐? 나도 누구처럼 100억짜리 드라마 들어가면 이런 짓 안 해. 아니, 어떻게 같은 드라마로 시작했는데 저쪽 회사는 100억짜리에 턱 꽂을까? 이쪽 회사는 소식이 없는데 말이야."

"그거야 윤소림이 운이 좋은 거지."

"나도 그 운 좀 가져와 봐."

송연우가 한참을 투덜거리다가 조용해지자, 매니저가 넌지시 운을 뗐다.

"그나저나, 윤소림 상대역 말이야."

"박신후?"

"그래, 걔 완전 금사빠래. 출연하는 드라마마다 여배우랑 썸 탄다던데?"

썰을 푸는데도 송연우는 여전히 핸드폰에서 눈을 떼지 않았다.

"생긴 것도 기생오라비같이 생겼잖아."

"그래서?"

대수롭지 않게 여기는 송연우의 모습에 매니저가 힐끗 다시 묻는다.

"너 괜찮아?"

"뭐가?"

"너 윤소림한테 관심 있던 거 아니야?"

그 말에 송연우가 화들짝 놀라서 주위를 살핀다.

"미쳤어? 그런 소리 함부로 하지 마!"

"아니면 말고, 인마."

매니저가 어깨를 으쓱하다가 눈썹을 치켜올렸다.

헬스장 천장에 달린 TV에 윤소림의 초콜릿 CF가 나오고 있었다. 카메라 마사지가 된 건지, 전에 봤을 때보다 한층 미모가 살아있었다.

두 사람의 얼굴이 자못 진지해졌다.

"형, 쟤랑 나랑 지금 비슷한 급 맞지?"

송연우가 넌지시 물었지만, 매니저는 침묵했다.

그 옆모습에 불안감이 물씬.

"형, 나 오디션 볼게."

"뭐?"

"그거 말이야! 넷플렉스인지 뭐시긴지!"

의지를 불태우는 모습에 매니저는 잠깐 헷갈렸다.

'이 자식이 돌았나? 넷플렉스가 구멍가게야, 뭐야.'

　　　　*　　　　　　*　　　　　　*

"혹시 공서에서 호흡을 맞춘 송연우 씨랑은 연락하세요?"

"서로 바빠서 연락할 겨를이 없었어요. 전화번호도 모르고요. 하지만 멀리서나마 작품 활동 늘 기대하고 있습니다."

"아, 그렇구나."

뜬금없는 질문이었지만 윤소림은 미소를 잃지 않았다.

기자가 께름칙한 표정으로 자리에서 일어난다.

"기자님, 수고하셨습니다."

인터뷰가 끝나자마자 서둘러 건물을 내려왔다.

엘리베이터를 타고 지하 주차장에 내려오는 잠깐 사이에 윤소림의 콧잔등에 땀이 송골송골 맺혔다.

자칭 퍼프의 신이 손을 부지런히 놀리며 중얼거린다.

"미친 기자 새끼가 어디서 송연우 같은 놈이랑 우리 소림이를 엮어."

"그러게 말이다. 기사 내기 전에 한번 보내달라고 해야겠다. 어떤 걸 끄적여 놨을지 모르니."

유병재도 동의하듯 고개를 끄덕였다.

"뭐 어때요, 그런 질문 할 수도 있지."

눈을 감고 얼굴을 맡긴 윤소림의 속삭임에 차가희가 펄쩍뛴다.

"야, 그건 아니지. 그렇게 질문하면서 학창 시절 연애도 물어보고, 연습생 때 얘기도 물어보면서 꼬투리 잡아가지고 열애 기사 쓰는 거야."

기자들이야 워낙 입맛대로 써재끼는 인간들이니까.

특히나 연예부 기자들은 더 그렇다.

그들은 독자의 알 권리를 추구하는 게 아니라, 독자의 마우스 클릭 권리를 빼앗을 궁리만 한다.

"그리고 그렇게 기사 뜨면 얼마나 억울해? 우리 소림이는 모태 솔론데."

"언니."

"아니, 그렇잖아. 네가 남자 사귈 시간이 어디 있었냐고. 연습생 때라고 연애를 해봤어, 뭘 해봤어? 다들 연습실에 선남선녀 있다고 눈에 하트 뿅뿅 터지는 줄 아는데, 데뷔 언제 할지 몰라서 맘 졸이는 애들이 무슨 연애를 하겠냐고. 당장 중간평가 준비하느라 벅찬데."

"그렇지. 연습생들 연애하기 힘들지. 다들 제 스케줄 소화하기 바쁘니까."

유병재도 고개를 끄덕인다.

"그러니까요, 거기다 소림이 완전 숙맥이잖아요. 소개팅 한 번 못 해봤는데 열애설이라니."

"저기요, 두 분."

눈을 뜬 윤소림이 미간에 힘을 주고 두 사람을 바라본다.

"저 숙맥 아니고, 모태 솔로도 아니거든요?"

짧고 굵게 말한 뒤 입술을 꾹 다문다.

날씨 탓인지, 아니면 이상한 상상이라도 한 건지 윤소림의 얼굴이 붉다. 그 얼굴을 잠시 보던 유병재가 한숨과 함께 중얼거린다.

"그러고 보면 큰일이네. 로맨스코미딘데 연애를 해봤어야지."

"그러게요. 이거 속성으로 연애를 가르쳐야 하나."

"저 연애 해봤다니까요!"

"출발하죠, 팀장님."

"그럴까."

"저 연애 해봤다고요!"

"그래, 그래. 믿어줄게."

윤소림이 아무리 펄쩍 뛰어도 절대 믿지 않는 두 사람이었다.

"너 짝사랑은 해봤지?"

"언니!"

티격태격하는 여자들을 보며 유병재는 스케줄표를 다시 확인했다.

인터뷰를 하나 더 하고, 오늘도 어김없이 강주희 집에서 대본 리딩을 끝으로 하루의 스케줄을 마무리한다.

대본을 외우는 것뿐 아니라 인물의 서사까지 어루만지는 시간이었기에 저녁나절이면 녹초가 되어 숙소로 돌아가는 일상의 반복이었다.

핸드폰도, 신문도, TV도 볼 여유가 없었다.

그래서 윤소림은 세상 돌아가는 일은 전혀 모르고 있었다.

'다행이지.'

어느 정도 예상은 하고 있었지만 한채희와 박신후의 팬들이 윤소림을 비난, 아니, 깎아내리고 있었다.

요즘 팬들은 프레임을 짜놓고 몰아넣는 식으로 제 마음에 안 드는 스타를 공격한다.

그 결과 윤소림은 지금 선배의 자리를 노린 얌체 후배가 됐고, 고생 한 번 안 하고 지름길을 타고 있는 N탑 출신의 신데렐라가 되어버렸다.

공서 때 그렇게 난리를 치더니 달라진 게 없었다.

하지만, 그 문제도 결국 최고남이 해결하게 될 것이다.

배우와 스태프들은 그를 믿고 다가올 촬영에 집중하면 된다.

제6장
—
3인칭시점

　—이래서 대기업이 소상공인 다 잡아먹는다는 말 나오는 거지.

　—윤소림 진짜 양심 없다. 겨우 단막극 하나 했으면서 16부작 여주인공을 하냐? 중간에 백퍼 페이스 말릴 거 뻔한데.

　ㄴ장산의 여인 오디션 영상 보니까 잘하던데?

　ㄴ지정 연기는 충분히 준비하면 누구나 할 수 있는 거야.

　—내 친구가 N탑 연습생인데, 윤소림이 배우 하고 싶어 해서 그동안 데뷔도 안 하고 버틴 거래. 걔 때문에 '웬디즈'도 데뷔 못 할 뻔했다고 그러고.

　ㄴ와, 완전 이기주의 쌍X이네.

　ㄴ'투혼' 영상의 투혼이 그 투혼이 아니네. 혼자만 살아남겠지?

　—교복 CF 마음에 안 듦. 그 나이에 교복이 뭐니?

　—나 별로 관심 없었는데, 지금 보니 마음에 안 드네.

—첫방 봐야 알겠지만, 현장 관계자들 벌써부터 싱크로율 최악 이라고 말 나온다니까 두고 봐야지.

—그럼 은별이란 애도 무임승차예요?

ㄴ애는 내비둡시다. 그리고 논점 흐리지 마요, 윤소림 얘기하는데.

ㄴ아, 지송요. 궁금해서.

—나익 고딩인데, 공부할 마음이 안 난다. 누구는 하루 종일 책상 앞에 앉아서 미래를 위해 씨름하는데, 그냥 N탑 출신이라는 이유로 드라마에 캐스팅되고 스타 되는 거. 이거 너무 불공평하다.

ㄴ너익 고딩 맞아? 지난번에 과장이 스트레스 주네 어쩌고 하지 않았음?

ㄴㅇㅇ 그거 내가 꿈이었다고 후기 적었는데, 너익 못 봤구나?

"와우, 윤소림 진짜 핫하네."

자료 조사차 인터넷 커뮤니티를 돌던 〈3인칭시점〉 작가는 미소를 이죽거렸다.

윤소림 기사에 따끈따끈한 댓글들이 달라붙고 있었기 때문이다.

단막극 한 작품으로 화제 몰이를 하는 것에 이어 굵직한 두 작품에 연달아 캐스팅이 된 신인배우의 등장은 업계와 대중의 관심을 끌 수밖에 없었다.

"피디님, 우리 얘로 가면 안 돼요?"

"나도 그러고 싶지."

〈3인칭시점〉 담당 피디 조태환은 작가 앞에서 한숨을 내쉬었다.

윤소림? 마음 같아서는 당장 데려오고 싶었다.

하지만 MNC 새 월화드라마가 TVX 드라마와 편성이 겹칠지 모르는 데다, 퓨처엔터가 지금 MNC 예능 국장에게 미운털이 단단히 박혀 있어서 상황이 여의치가 않다.

자사의 예능 프로그램 〈두근두근〉이 남여울과 지남철의 스캔들로 언론의 집중포화를 당한 게 아직 딱지도 아물지 않은 상태.

하물며 〈두근두근〉 정윤찬 피디는 조태환의 선배였다.

물먹은 선배에게 또다시 물을 먹일 수는 없잖은가.

"아니, 솔직히 그거 퓨처엔터에서는 가만히 있었잖아요? 정 피디님 혼자 오버하다가 넘어진 거지."

"합리적인 의심."

물증은 없지만 최고남이 관여돼 있을 거라는 추측.

조태환 피디는 제 입술을 핥으며 핸드폰을 매만졌다.

기사 하나에 악플이 수백 개.

신인배우가 이렇게 관심을 받은 적이 있던가.

머릿속에서는 언론 홍보 기사 타이틀이 떠올랐다.

「화제의 윤소림, 3인칭시점 전격 출격! 24시간이 모자라!」

시청자들이 얼마나 궁금해하겠는가. 신인배우의 24시간이.

아쉬움에 발가락을 꼼지락거리는 그에게 막내작가가 넌지시 질문했다.

"그러면, 빙그르 돌아가면 어때요?"

"어?"

"아니, 이번에 캐스팅된 〈연상의 그녀는 500살 마녀〉에 강주희
도 나오잖아요?"

"그렇지."

"강주희 캐스팅해서 묶어버리죠."

"강주희 예능한 지 오래돼서 안 할걸?"

물음표를 던졌지만, 할 수도 있는 거 아닌가.

"아니죠. 500살 마녀 제작사에 제안해야죠. 아마 홍보도 되니
덥석 물걸요?"

조태환 피디는 책상을 탁 내려쳤다.

"네가 피디 해라! 당장 500살 마녀 제작사에 연락해!"

*　　　　　*　　　　　*

며칠 후.

"선배님, 에어컨 온도 좀 높일까요?"

"아니야."

강주희는 손을 살짝 휘저으며 얘기를 계속하자고 했다.

〈3인칭시점〉 작가가 빙긋 웃고 나서 입술을 연다.

"선배님은 촬영 없을 때 뭐 하세요?"

"운동하지."

"아, 선배님 요가한 지 오래되셨죠? 강사 자격증도 있다고 들었
는데."

"10년 넘었어."

"우와, 대박."

"운동 아니면, 혼자 드라이브하든가."

"운전 직접하세요? 매니저가 안 해요?"

"매니저도 쉴 때는 쉬어야지. 애들도 가정이 있는데."

"하긴. 선배님이 매니저들 잘 챙기기로 소문났으니까."

〈3인칭시점〉은 매니저의 시점으로 연예인의 하루를 보여주는 프로그램으로 MNC의 간판으로 자리매김한 예능프로였다.

그래서 강주희는 드라마 촬영에 들어가기 전, 잠깐 예능 나들이를 해볼 생각이었다.

"선배님, 혹시나 해서 여쭤보는 건데, 지금 매니저님… 문제없으시죠? 학창 시절에 문제아였다거나."

"없어, 없어. 걔들 때문에 그러지?"

강주희가 측은하게 쳐다보자 작가가 한숨을 푹푹 내쉬었다.

예전에 출연한 매니저 한 명이 학교 폭력과 관련돼서 난리가 났었기 때문이다.

"저희 엄청 깨졌어요. 가뜩이나 〈두근두근〉 건으로 국장님 예민한데 저희 또 터지면… 예능국 완전 뒤집어져요."

"학폭 가해자 확실한 거야?"

"예. 완전 쓰레기였대요."

"나쁜 자식. 그런 놈들은 벌받아야 해. 방송에 나오는 가해자 보면서 피해자는 얼마나 괴로웠겠어? 못된 짓 하면 언젠가는 벌받는다는 거 이참에 사람들이 알아야 해."

"그러게요."

작가가 코를 찡긋한다.

맞는 말인데, 그게 왜 하필 자신들 프로그램에서 터져서.

"그러면 선배님 스케줄표 저희 막내 메일로 보내주시면 저희가 얼게 짜서 다시 보내 드릴게요. 혹시 생각해 두신 거 있으세요?"

"음."

학처럼 고개를 젖혀 든 강주희는 눈을 지그시 뜨고 천장을 보며 생각했다.

언제가 좋을까.

시청자들이 좋아할 만한 에피소드여야 하는데.

"이번 주 일요일에, 인터뷰랑 화보 촬영이랑 몰아넣을 거거든?"

"결혼식 같은 거 하나 넣으면 좋을 것 같은데."

"얘는. 그럼 또 결혼 얘기 나와. 불청 찍니? 밝은 거로 가자."

미혼인 강주희가 세상에서 제일 싫어하는 단어. 결혼.

"흐흐, 역시 선배님은 방송을 안다니까. 근데, 저희 방송은 매니저에 중점을 둬야 하는 거 아시죠? 캐릭터 확실히 잡아야 해요. 미식가 매니저라든가, 일 엄청 잘하든가."

"우리 매니저야 뭐, 콘셉트 확실하지."

강주희가 스윽 고개를 돌린다.

가녀린 턱끝이 가리킨 곳에서 배가 남산만 한 매니저가 씨익 웃고 있었다.

"아, 그러고 보니 선배님 지금 배달 앱 광고하시죠? 그거 매니저 님이랑 같이 찍어도 재밌을 텐데."

강주희는 미소를 지으며 고개를 끄덕였다.

계약 만료를 코앞에 둔 지금, 그녀에게는 계획이 있었다.

바로 매니저와 함께 출연하는 배달 앱 광고.

이번 예능 출연은 광고 재계약을 위한 포석이기도 했다.

"근데 선배님, 윤소림 회사 대표가 예전에 선배님 매니저였다면서요?"

"오우, 자료 조사 좀 했네?"

"흐흐, 열심히 했죠. 말씀해 주세요. 어떤 매니저였어요?"

"궁금해?"

강주희가 치켜뜬 눈을 흔들었다. 작가가 그녀에게 찰싹 달라붙는다.

"궁금해 미치겠어요."

"긴 얘기 할 거 없고, 에피소드 하나 딱 얘기해 줄게."

피식 웃은 강주희는 커피 한 모금을 입에 머금었다.

잔 안에 남은 커피가 잔잔히 물결치는 모습을 보며 그녀는 어렴풋이 옛 기억을 떠올렸다.

이렇게 가끔 추억을 떠올릴 때면 과거의 자신이 좀 더 객관적으로 보이고는 했다.

그때의 실수도, 못났던 순간도 마치 옆에서 보는 것처럼 냉정하게 볼 수 있었다.

3인칭시점처럼 눈앞에 펼쳐진다.

*   *   *

밤하늘에 흩날리는 눈과 조명이 유난히 기억에 남는 과거 어느 날의 촬영장.

"주희 씨! 주희 씨!"

감독의 디렉션이 강주희의 귓가에서 앵앵거렸다.

그녀는 지금 36시간을 버티고 있는 중이었다.

쪽대본에 밤샘 촬영을 한 것도 모자라서 제작진이 기껏 찍어둔 테이프를 날려먹는 바람에 급하게 재촬영이 잡힌 탓이었다.

그나마 천운이라면 밤씬에 한강씬이라는 것뿐.

"주희 씨, 우리 힘냅시다! 나 주희 씨만 믿어요!"

"예, 알겠어요."

강주희가 몽롱한 정신을 떨치기 위해 고개를 힘껏 끄덕였다.

체력은 이미 한참 전에 고갈됐고, 순전히 정신력으로 버티고 있었다.

헐레벌떡 카메라 밖으로 빠져나온 감독이 의자에 털썩 앉아 손목시계를 살폈다.

곧 방송 시작.

지금은 방송 사고 직전의 상황이나 다름없었다.

살아남을 방법은 재촬영을 빨리 끝내서 방송국에 가져가 편집 끝내고 주조종실에 테이프를 넘기는 것뿐. 만약 넘기지 못하면 방송은 무지개 화면으로 끝날 테고, 그 순간부터 지옥이 펼쳐지는 거다.

"배우들, 준비됐죠? 액션!"

숨 고를 틈도 없이 슛 사인이 울렸다.

강주희와 상대 배우는 최대한 집중력을 발휘해서 연기에 집중했다.

감독은 입도 덜덜 떨고 발도 덜덜 떨며 웬만해서는 오케이를 외쳤다.

NG컷보다 방송 사고가 더 큰 일이기 때문이다.

"컷! 바로 다음 씬 들어가니까 코디들 배우 화장 고쳐주세요!"

오케이 사인을 외치기 무섭게 감독은 손가락에 침을 묻혀가며 대본을 넘겼다.

"강주희 저러다 쓰러지는 거 아니야?"

카메라 감독이 걱정하며 물었다.

"쓰러져도 다 찍고 쓰러져야지!"

"장 감독, 쟤 지금 36시간째야."

"저도 이틀 밤 새웠거든요? 팬티에서 똥내 올라올 것 같다고 요!"

"야, 이러다 사람 잡아!"

"내가 다 책임질 거니까, 형님은 카메라만 신경 써요! 에잇, 야! 붐대 똑바로 안 올릴래? 이 자식들이. 정신 똑바로들 안 차려?!"

배우들도 지쳤지만 스태프들도 마찬가지였다. 예민해질 수밖에 없는 상황이었다.

이때, 강주희가 작은 주먹을 쥐고 외쳤다.

"다들 힘내세요! 화이팅!"

"그래그래, 두 개만 찍으면 끝나잖아! 힘내자고!"

상대 배우도 박수를 치며 스태프들을 독려했다.

다시 카메라가 돌아가고 모두들 숨을 죽였다. 강주희와 상대 배우는 지긋지긋한 오늘 하루를 슬슬 끝내겠다는 듯이 열연을 펼쳤다.

입술을 잘근잘근 씹던 감독의 얼굴이 환해지고, 마침내 재촬영이 끝났음을 알리는 외침이 울렸다.

"오케이!"

컷 사인이 떨어지기 무섭게 강주희가 비틀거렸다.

다행히 매니저가 제때 달라붙어서 그녀를 부축했다.

하지만 누구 하나 그녀를 돌아보지 않았다. 스태프들과 배우들의 시선은 감독에게 쏠려 있었다. 그가 고래고래 고함을 지르고 있었기 때문이다.

"씨팔! 장난해요? 오토바이가 왜 고장 나?"

테이프를 픽업해서 방송국에 가기 위해 대기하고 있던 퀵 기사가 사색이 돼 서 있었다.

"돌겠네. 야, 가서 차 빼 와! 어서!"

"감독님, 지금 눈 때문에 다리 꽉 막혀서 제시간에 못 가요!"

대본이야 수정해서 찍었지만 도로는 수정할 수가 없는 노릇이다.

"으아, 진짜 돌겠네!"

감독이 제 머리를 감싸고 절망할 때였다.

강주희 매니저가 말도 안 되는 헛소리를 했다.

"뭐? 여기서 방송국까지 뛰어가겠다고?"

"저 육상선수였습니다. 아슬아슬하겠지만, 뭐라도 해봐야죠!"

"이런 미친……."

테이프를 쥔 감독의 손이 파르르 떨린다. 과부하가 걸린 머리는 아무 생각도 들지 않았다.

"감독님!"

"여기에 모두의 목숨이 걸린 거야, 알았지!?"

감독이 테이프를 넘긴 순간, 강주희의 매니저는 총알처럼 튀어나갔다.

사라지는 매니저의 뒷모습에 넋을 잃은 감독이 의자에 주저앉았다.

"망했다. 망했어!"

눈 덮인 다리를 지나 방송국까지 제시간에 간다는 것은 불가능해 보였다.

하지만 그것 말고는 방법이 없는 것도 사실이었다.

초조한 시간이 흐르고 있었다.

"감독님!"

20분 정도 지났을 때였다. 조연출이 상기된 얼굴로 외쳤다.

"강주희 매니저, 편집실에 테이프 넘겼대요!"

"진짜?"

감독이 냉큼 일어났지만 아직 모든 것이 끝난 것은 아니었다.

편집까지 무사히 마쳐서 주조종실에 테이프를 넘겨야 한다.

아마 편집실은 지금 사면초가 상태나 다름없을 거고, 주조정실에서는 국장과 부장이 붉으락푸르락한 얼굴로 테이프를 기다리고 있을 것이다.

늦으면 방송 사고, 제시간에 맞춰도 부장한테 뺨따귀 한 대는 맞아야 할 것이다.

째각째각…….

"감독님."

조연출이 다시 다가왔다.

감독은 흡사 똥 마려운 듯한 시선으로 조연출을 바라봤다.

"어떻게 됐어?"

"방송 사고… 안 났답니다!"

36시간의 개고생이, 그나마 보람 있게 마무리됐다는 소식에 현장 여기저기서 스태프들이 환호하는 소리가 들린다. 감독은 할렐루야를 외치고 강주희에게 다가갔다.

"주희 씨, 진짜 고생 많았어요."

"감독님도 고생 많으셨어요."

"내가 어떻게 해서든 스케줄 조절할 테니까, 내일 하루 아무것도 하지 말고 집에서 푹 쉬어요."

"고맙습니다."

"고맙기는. 내가 고맙지. 아, 그리고 매니저 말이에요."

강주희가 지친 얼굴을 다시 들었다.

"내가 진짜 고맙게 생각한다고 얘기 좀 해줘요. 진짜 은인이다, 은인."

감독은 고개를 절레절레 흔들었다.

아까 미친놈이라고 한 거, 취소였다.

"근데 어쩌지? 매니저도 없는데 주희 씨 어떻게 가?"

차를 운전할 사람이 없으니 큰일이었다.

급한 대로 조연출이라도 붙여야 되나 고민할 때였다.

강주희가 멍한 시선을 들고 먼 곳을 바라봤다. 감독은 천천히 고개를 돌렸다. 그리고 볼 수 있었다.

머리카락을 휘날리며 달려오고 있는 강주희 매니저를.

저 미친놈이, 방송국까지 달려간 것도 모라자서 다시 돌아온 것이다.

제대로 미친놈이 분명했다.

[비하인드 Scene]

"저승사자 팔자 참 좋네."

소파에 늘어져 있는 저승이를 보니 저것이 저승사자인지, 빈대인지 참 헷갈린다.

그나저나 저 녀석이 뭘 먹는 것을 본 적이 없네.

아니면 어디 상갓집이라도 찾아가서 동냥이라도 하고 오는 걸까.

하긴 우리나라는 365일 제사가 끊이질 않으니 배곯는 일은 없겠지.

일단 나부터 배를 채워야 할 것 같아서 책상 서랍을 뒤적였다.

"응? 쿠폰이 어디 갔지?"

모아놓은 중국집 쿠폰이 보이질 않는다. 누가 시켜 먹었나?

발이 달린 것은 아닐 테니 애들이 야근할 때 사용한 모양이었다.

이마를 긁적이며 핸드폰을 들었다.

"짜장면 곱빼기 하나 부탁합니다."

─예, 알겠습니다. 그리고 엊저녁에 저희가 군만두 깜박 잊고 배달 안 했는데, 그거 오늘 가져다 드릴게요.

"어제요?"

이상하다.

뒷목이 서늘하다.

엊저녁이면 사무실에서 잠깐 졸았다가 집에 들어갔는데.

기억을 더듬는 사이 저승이가 일어나 기지개를 쭉 켰다.

—예, 어제 쿠폰으로 탕수육 주문하셨잖아요? 짬뽕이랑 같이.

"어제 제가 탕수육을 시켰다고요? 그것도 짬뽕이랑 같이?"

사라진 쿠폰. 군만두. 엊저녁의 꿀잠.

나의 시선은 소파로 향했고 저승이가 눈동자를 이리저리 흔들며 당황하는 모습을 본 순간 내 머릿속에 스치는 단어 하나가 있었다.

'빙의!'

소리 없이 전화를 끊은 나는 찬찬히 일어섰고, 저승사자 역시 찬찬히 일어나 뒤로 물러났다.

한 발짝, 한 발짝.

*　　　　　*　　　　　*

"엣취!"

[개도 안 걸리는 여름 감기에 걸린 거 축하드립니다.]

"이 자식이 장발장 짓 하다가 걸린 주제에 어디서 빈정대고 있어?"

[맛이 궁금했을 뿐이죠!]

"짜장면도 안 먹어봤어?"

[제사상에 짜장면 올라오는 거 봤습니까?]

"한두 번 시켜 먹은 게 아니더만."

[쿠폰은 쓰라고 있는 거니까요!]

"내가 쓸 거였거든?"

나는 눈을 부릅떴고, 저승이는 토라진 듯 고개를 휙 돌렸다.

그래서 나도 콧바람을 휙 뿜고 하던 일을 마저 하기 위해 키보드 엔터를 탁 두드렸다.

—여러분이 기다리고 기다린, 유유가 최 매한테 껌딱지처럼 붙은 사진입니다!
ㄴ헐
ㄴ기다렸어요 ㅠㅠ 올려주셔서 감사!
ㄴ헐 유유다 ㅠㅠㅠㅠ
ㄴ우리 유님 저런 표정 처음 본다! 얘기얘기해!
ㄴ응차응차! 핫게로 밀엇!

"후후."
유유가 겁에 질린 채 팔에 딱 붙어서 몰려든 팬들 사이를 지나가는 사진.
여섯소년들이 막 데뷔했을 때였나. 방송국 앞에서 스타일리스트가 찍은 사진이었다.
자식, 이때는 순진해서 귀여운 구석이 있었는데.
나는 다시는 돌아오지 않을 그때의 기억을 떠올리며 댓글을 남겼다.

ㄴ우와, 매니저 존잘이네요. 유유도 짱 귀엽고.

엔터를 치고 흐흐 웃는데, 어느새 고개를 돌린 저승이가 유유 사진을 유심히 눈여겨본다.

[대체 그 유유가 누구입니까? 티브이에 많이 나오던데.]

"궁금하면 생의 계획 보면 되잖아?"

저승이가 눈살을 찌푸린다.

[이 사람은 사진으로도 안 보여요. 실제로 눈앞에서 봐야 알겠는데요? 흠, 어쩌면 고은별보다 더 큰 운명일지도.]

저승사자도 못 보는 운명이라.

하긴 유유라면 그럴 수도 있겠다 싶다. 슈퍼스타니까.

"살짝 힌트를 주자면, 대단하지만 쪼잔한 놈."

[쪼잔해요?]

"응. 아마 이 사진 내가 올린 거 알면 가만 안 있을걸?"

물론 눈치 못 챌 거다. 예전에 퍼졌던 사진이기도 하니까.

그때 올라왔을 때는 이런 반응이 아니었다. 흑역사도 인기가 있어야 흑역사인 건데, 여섯소년들이 지금처럼 탑은 아니었을 때였다.

"이번에도 유유 이름으로 촬영장에 커피 차 보내볼까?"

지난번 스태프들 반응이 정말 좋던데.

잠깐 생각했다가 고개를 가로저었다.

또 그러면 유유가 인스터에 내 이름을 올려 버릴지도 모른다.

유유 팬들은 극성이기 때문에 조심해야 한다.

기자들 사이에서 영국에 훌리건이 있다면 연예계에는 유유 팬들이 있다는 말이 나올 정도니까.

나는 좀 더 유유 팬들의 댓글 반응을 구경하다가 우리 퓨처엔터 공식 SNS 계정에 접속했다.

김나영 팀장이 선별해서 올린 윤소림과 은별이 사진들.

스튜디오 앞에서 브이자를 그리고 있는 은별이.

멍구를 껴안고 있는 은별이.

화보 촬영장의 윤소림.

[오오, 이 사진 진짜 예쁘게 나왔다.]

모자를 푹 눌러쓴 윤소림이 핫도그를 물고 있다. 햇살도 좋아서 얼굴에 광이 난다. 바람이 한 점 불었는지 머리카락에서도 역동감이 느껴지고.

역시나 반응도 폭발적이다.

KEIDKoey 언니 너무 예뻐요1

0sunkiss 소림아, 행복하자!

pinkelephant *^^*

bath 우리 소림이 꽃길만 걷자!

koi0909 누나 저 장산의 여인 오디션 영상 보고 팬 됐어요!

big.head 윤소림이 있어서 요새 살맛 납니다.

9921ble 소림아 500살 여인 화이팅!

답글 달기

코어 팬이 빠르게 늘고 있는 게 보인다.

공서가 잘된 이유도 있겠지만 김나영 팀장의 마케팅이 통했기 때문이다.

나도 댓글 하나 남기려다가 전화가 와서 모니터에서 눈을 뗐다.

"예, 누님!"

—최 대표, 나랑 얘기 좀 하자.

강주희가 다짜고짜 훅 치고 들어올 때는 좋은 얘기가 아니다.

윤소림 얘긴가.

"왜요? 소림이가 말 안 들어요?"

녀석이 강주희에게서 배우기 시작한 지 일주일이 지났다.

하루도 빠짐없이 찾아가서 혼나고 온다는 보고를 받았다.

─자기 3인칭시점 알지?

"알죠."

─나 거기 출연하거든. 윤소림도 같이 나가자고.

눈살이 찌푸려진다.

안 될 거야 없는데, 소림이는 지금 그럴 여유가 없다.

지금도 애 쓰러질 것 같은데. 더구나 〈3인칭시점〉이면 MNC 예능 아닌가.

"걔들 지금 〈두근두근〉 건으로 우리한테 억하심정이 남아 있어서 안 돼요."

─윤소림이 잘못한 건 없잖아? 오히려 이번 기회에 윤소림이 나와주면 걔들은 더 좋은 거 아니야? 내가 해결할게.

강주희가 해결한다는 것은 땡깡 부리겠다는 거다.

그녀 짬밥이면 이리저리 안 거치고 예능국 찾아가겠지.

지금 MNC 예능 국장도 강주희 기억에는 평피디 나부랭이였을 테니 말이다.

"그럼 누님 촬영하는 동안 잠깐 얼굴 비치는 걸로 하죠. 민 대표도 좋아하겠네."

─오케이.

전화가 싱겁게 끊어졌다.

어째, 많이 불안하다.

＊　　　　　＊　　　　　＊

다음 날, 3인칭시점 작가에게서 연락이 왔다.

MNC와의 껄끄러운 관계 탓에 까칠한 목소리가 들릴 거란 예상과 달리, 작가는 윤소림의 출연을 반기며 좋아했다.

하긴 작가들이 우리에게 억하심정 가질 게 뭐가 있을까.

우린 피해 본 것밖에 없는데.

아무튼 유병재가 윤소림을 데리고 MNC 예능국을 찾아가서 인사를 하고 3인칭시점 제작진과 미팅을 했다.

MNC 예능국과 꽤 오랫동안 척을 질지도 모르겠다고 생각했는데, 3인칭시점 출연으로 허들을 넘게 된 것이다.

"다 내 덕이다. 그렇지?"

강주희의 뾰족한 턱이 좀처럼 내려오질 않는다. 뭐, 덕분에 전화위복이 된 것은 사실이니 이번만은 순순히 인정할 수밖에.

"예, 누님 덕분입니다."

"덕분은 무슨. 너 나 이렇게 이용하려고 윤소림 맡긴 거잖아. 내가 모를 줄 알아?"

"무슨 그런 섭섭한 말을."

"근데 이 복숭아 어디서 샀어? 아삭아삭하니 맛있네."

강주희가 막내가 내온 복숭아 하나를 입에 물며 말했다.

"배달 어플로 주문한 것 같은데요?"

요즘은 배달이 안 되는 게 없다.

과일 가게뿐 아니라 정육점에서도 배달을 해준다.

강주희는 복숭아를 베어 문 채 가늘어진 시선으로 나를 노려봤다.

"너 지난번부터 자꾸 배달 어플을 언급한다? 그거 내 거야. 눈독 들이지 마."

"배달 어플이 한두 개예요? 네 거 내 거가 어디 있어."

"우와, 곧 죽어도 안 한다는 얘기는 안 하네?"

"누구한테 배웠거든요. 광고는 양보하는 거 아니라고. 쪽팔려도, 자존심 상해도 말이죠."

입금되면 그런 건 아무짝에도 쓸모없는 거니까.

"하여간, 너는 내 매니저로 이 일 시작한 게 네 인생 복이다."

꿈보다 해몽이라더니. 지금이니까 복 운운하는 거지.

그래도 어쩔 수 없다. 웃어야지.

안 그러면 윤소림이 강주희의 제자에서 인질로 신분이 전환될지도 모르니까.

"그래서 촬영일이 언제예요?"

나는 그녀가 퓨처엔터를 찾아온 이유를 언급했다.

날 좋은 날에 우리가 복숭아나 깨작거리려고 만난 건 아니니까.

"촬영은 다음 주 금요일이고, 내 스케줄 중에 숍에서 윤소림이랑 너랑 우연히 마주치는 설정이야. 한강 산책도 갈 거고, 자세한 건 병재한테 들어."

고리타분하지만, 또 고리타분한 게 통하는 것이 방송이다.

재미야 작가들이 알아서 채우겠지.

강주희는 깨작깨작 복숭아를 다 먹고 나서 포크를 내려놓았다.

꼬아놓은 다리 위에 꼬아놓은 팔을 내려놓고 얘길 계속한다.

"듣자니까, 너 윤소림 앞에서 온갖 폼을 다 잡았더라? 물에 커피를 부으면서 그렇게 말했다며? 넌 이렇게 진해질 거라고."

강주희가 열 손가락을 구부린다.

"으, 내가 그 얘기 듣는데 아주 오글오글거려서 10년 생길 주름이 그날 생겼어. 보톡스값 내놔 인마!"

"누님은 예전에 더했어. 기억 안 나요? 왜? 나 실수해서 연 대표님한테 왕창 깨진 날. 그때 누님이 내 어깨에 손 얹고 그랬잖아? 고남아, 아프니까 청춘인 거야, 자식."

"으아! 내가 그랬어?"

강주희가 경직된 열 손가락으로 제 볼을 감싸 쥐고 뭉크의 절규처럼 비명을 질렀다.

그 뒤로도 나는 그때 들었던 주옥같은 강주희의 명언들을 하나하나 열거했고, 강주희의 얼굴색이 창백해질 무렵에야 흡족하게 웃으며 과거를 다시 킵해뒀다.

"나 그때 왜 그랬니. 으휴! 아무튼 그래서 너 그날 그거 다시 해야 해."

그건 또 무슨 소리야.

"작가한테 얘기했더니, 그거 하면 괜찮을 것 같다고 하더라고."

"지금 카메라 앞에서 그때 상황을 그대로 연출하라는 거예요?"

강주희가 고개를 불쑥 내민다.

"연기 잘해라."

최악이다.

　　　　　*　　　　　　*　　　　　　*

　윤소림이 대본 리딩 중에 코피가 터졌다는 보고를 받은 다음 날, 〈3인칭시점〉 촬영일이 찾아왔다.

　〈연상의 그녀는 500살 마녀〉의 첫 촬영이 코앞에 다가와서 바쁜 와중이었지만 어차피 하기로 한 거 하루 쉬게 한다는 생각으로 윤소림을 준비시켰다.

　"아."

　내가 대본을 거둬 가자 윤소림이 사탕 빼앗긴 아이처럼 안절부절이다.

　"너 오늘은 쉬는 거야. 한강 가서 바람도 쐬고."

　"좀만 더 보면 안 돼요?"

　"소림아, 너 그러다 부러져. 지금부터 균형을 잘 맞춰야 해. 열차 여행이 아름다운 것은, 풍경이 아름다워서가 아니라 쉬어갈 역이 있기 때문이야."

　[아, 그거 되게 멋있는 말이네요.]

　창틀에 앉아서 햇빛을 쐬던 저승이가 고개를 돌려 반응했다.

　나도 그렇게 생각한다.

　"그리고 너, 주회 선배한테 쓸데없는 얘기 하지 마라. 아니, 아예 아무것도 얘기하지 마. 그게 다 나중에 약점으로 돌아오는 거야."

　"후훗."

　신신당부하고 윤소림을 바라봤다.

　녀석이 배시시 웃을 때면 신기하게도 가끔 한쪽 볼에 보조개가 새겨진다. 피곤할 때면 어김없이 생기는 현상이었다.

"병재야, 강주희 선배 지금 매니저 어떠냐?"

나는 유병재를 돌아봤다. 복숭아를 주워 먹고 있던 녀석이 이 맛살을 접고 대답했다.

"코엔에 있다가 작년에 이직해서 선배님 맡았다고 하더라고요."

"적극적으로 일하는 것 같지는 않지?"

"아무래도 짬밥이 있어서 그런 것 같습니다. 강 선배가 지금 하고 있는 광고도 예전부터 하던 거고요."

신규로 뚫지는 못한다는 얘기다.

강주희도 알게 모르게 불만을 가지고 있을 거다.

그러니 이렇게 예능도 나가지.

이런 경우 대개는 회사가 강주희를 신경 쓰지 않거나, 혹은 부담스러운 거다.

강주희 입맛을 맞추기가 버거울 테니 말이다.

이제 슬슬 일어날 시간이었다. 오늘은 나도 함께 움직이기로 했으니까.

약속된 시간에 맞춰 압구정에 있는 숍을 찾았다.

강주희는 특유의 입담으로 헤어 디자이너들과 농담 따먹기를 하고 있었다. 그사이 그녀의 매니저는 3인칭시점 작가들 지시에 맞춰 인서트를 땄다.

스케줄을 잡고, 헤어 디자이너에게 이것저것 요청하고, 광고주와 전화 통화를 하고. 뭐 그런 장면들.

방송으로 보면 진짜 이런 매니저가 없을 거다.

일 잘하면서 고급 입맛을 가진 매니저 콘셉트니까.

그래서 먹방도 촬영한다는데 벌써부터 숍에 짜장면과 짬뽕이

도착해 있었다. NG가 나면 새로 찍어야 하기 때문에 세트를 여러 개 시킨 것 같았다.

아마 짜장면을 먹는 장면이 나오면 스튜디오에 있는 패널들이 잔뜩 안타까운 표정을 지으면서 대사를 칠 거다.

―아휴, 아침도 못 먹었나 보네.

―근데 지금 몇 신데 중식이에요?

자막도 붙을 거다.

「한숨 돌리고 겨우 먹는 첫 끼(?)」

입맛 까다롭기로 유명한 연예인 패널은 지금 장면을 날카롭게 분석할 거다.

―저기 어딘지 알겠네. 저기가 짬뽕 국물이 담백하고, 고추기름이 아주 깔끔하거든요. 해물도 통통~ 해서 입에 물면 바다 내음 팍 치고 들어오거든! 얼큰한 국물이 목구멍 타고 식도로 콸콸콸!

―어딘데요? 저희한테만 살짝 귀띔해 주세요.

―아휴, 안 돼. 사람들 너무 많이 몰리면 나 못 먹어.

―아, 그럼 말을 꺼내지 말든가!

방송 화면이 훤히 보이는 이때, 유병재가 짬뽕 먹는 모습을 보면서 입맛을 다신다.

"아휴, 저걸 저렇게 맛없게 먹네."

하긴 먹방 하면 또 우리 유병재지.

"아이고, 수저 들 시간이 어딨나. 국물을 누가 그렇게 먹어."

속이 타는지 얼굴이 잔뜩 일그러졌다.

근데 내가 봐도 그다지 맛있게 먹는 것 같지는 않았다.

아무래도 아침부터 중국집은 좀 무리가 있는 것 같았다.

테이블에 펼쳐진 짜장면, 짬뽕, 탕수육이 시간대를 잘못 찾은 느낌이었다.

"야, 좀 맛있게 먹어봐라. 그래서 어디 광고 찍겠니?"

강주희가 아랫입술을 삼킬 듯 깨물고 구박이다.

작가도 발을 동동 구르긴 마찬가지.

"매니저님, 좀 맛있게 드셔보세요. 지금 하나도 느낌 안 살아. 짜장면도 먹고, 군만두도 꽉꽉 드셔야죠!"

"알았어요, 오케이!"

다시 심기일전한 강주희 매니저가 군만두를 성큼 물자, 유병재가 안타까워한다.

"쯧쯧, 군만두를 저렇게 품위 없게 먹다니. 첫 만두는 기본이 내추럴인데 말이야."

내 옆에 서 있던 안경 쓴 작가가 안경 콧대를 들어 올리고 유병재를 쳐다본다.

예사롭지 않음을 느낀 것일까.

"매니저님이 음식 좀 드실 줄 아나 봐요?"

나는 미소를 크게 끄덕였다.

"우리 유병재 매니저는, 연예계에서 미식가 매니저로 유명합니다."

"오, 그래요?"

"그럼요. 최서준 아시죠?"

N탑 소속 배우 최서준.

"알죠."

"그 친구가, 데뷔할 때만 해도 몸무게가 미달이었어요. 근데 유병재 매니저가 맡고 나서 두 달 만에 초고도비만 됐잖아요? 그래서 데뷔작하고 차기작하고 몸무게 30㎏ 차이 나는 배우로 한때 유명했고."

"아, 유명했죠! 지금도 짤방 돌잖아요. 그걸로 최서준 연기파 배우로 소문났고. 작품 때문에 체중 늘렸다고."

작가가 박수를 치며 경청한다.

"이건 작가님만 아세요. 최서준 모친께서 찾아와서 제 멱살 잡은 적도 있어요. 매니저 빨리 바꿔달라고."

비하인드 스토리까지 털어놓자 유병재를 바라보는 작가의 눈이 그냥 물 만난 물고기다.

급기야, 그녀가 손을 턱 들었다.

"매니저님! 시도해 보시겠습니까? 먹방."

"근데 어쩌죠? 제가 아침을 먹고 와서."

"얼마나 드셨는데요?"

"아침 먹고 간식으로 찐빵 조금?"

"조금이 몇 개……?"

"한 열 개?"

작가의 표정이 일그러진다. 유병재가 무안해서 뒷머리를 긁적이며 웃을 때였다.

[내가 하면 안 돼요?]

'뭘 해? 설마 빙의?'

*　　　*　　　*

[짜장면 제가 먹을게요!]

'안 돼, 인마!'

[제발요. 아, 현기증 난단 말이에요!]

'빙의 그거 몸에 안 좋은 거 아니야? 내가 겨울에도 감기 한 번 안 걸리는 몸이었거든? 근데 네가 빙의하고 나서 여름 감기 바로 걸렸잖아!'

[아니거든요? 빙의한다고 몸에 무리 가는 거 없어요. 그리고 냄새나서 아저씨한테 걸릴까 봐 밥 먹고 산책도 했거든요?]

'이 자식이 내 몸 가지고 별의별 걸 다 했네. 너 이러다가 데이트도 하겠다?'

[아, 짜장면만 먹자고요.]

'얘 지금 배부르대!'

[무슨 소리를! 이 양반 지금 반의반도 안 찼어요. 그러니, 제가 들어가서 잠재력을 끌어올리겠습니다!]

'잠재력? 그건 또 무슨 소리야?'

[인간이 가진 한계치의 능력이죠. 지난번 윤소림에게 빙의했을 때는 치유력을 한계치까지 끌어올린 거고요. 그게 아무 저승사자나 할 수 있는 게 아니에요, 나 정도는 돼야 할 수 있는 거지!]

'깨어 있는데 빙의가 돼?'

[그게 바로 저승사자의 기술력이죠! 완전 빙의는 아니고, 반빙의. 잠귀는 하지도 못해, 이런 거.]

아이고, 모르겠다.

'그래 한번 해봐.'

입을 떼기 무섭게 저승이가 신나게 유병재의 몸으로 달려갔다.

유병재가 갑자기 고개를 치켜들더니 몸을 바르르 떤다.

볼에서 퍼진 살들의 물결이 팔뚝 살과 뱃살의 물결로 이어지면서 전신의 살이 소리 없이 출렁인다.

"그래도 한번 해보시죠? 정 못 드시겠으면 중간에 끊으면 되니까."

"좋습니다. 해보죠."

유병재, 아니, 빙의한 저승사자가 각오를 다지자 작가의 얼굴이 활짝 펴졌다.

잠시 후에 강주희 매니저가 민망한 얼굴로 음식 앞에서 물러났다.

"아휴, 이거 촬영이 쉬운 게 아니네요, 하하."

잔뜩 아쉬운 표정으로 작가한테 잘 찍혔냐고 묻는 걸 보니 본인이 생각해도 성에 안 찬 모양이다.

하지만 어쩌랴. 이미 기회는 지나갔는데.

음식이 다시 세팅된 자리에 유병재가 앉았다.

"매니저님, 너무 긴장하지 마세요."

저게 긴장된 얼굴로 보이나?

내 눈에는 짜장면을 앞에 둔 저승 세계의 장발장이 보인다.

이왕 하는 거 잘했으면 좋겠는데, 내 기대에 부응하듯 유병재가 소매를 걷어 올렸다.

"시작하겠습니다. 하나, 둘, 셋!"

막내 작가가 슬레이트 대신 손뼉을 쳤다.

카메라에 빨간 불이 들어오기 무섭게 유병재의 현란한 젓가락질이 시작됐다.

먼저 짜장면 접시에 씌어 있는 랩 위로 나무젓가락을 비빈다.

마찰열에 의해 비닐이 훌러덩 벗겨지고, 곧이어 양손이 짜장면을 비비기 시작했다.

오케스트라 지휘자처럼 절도 있게, 달에서 떡방아 찍고 있는 토끼의 호흡처럼.

사람 혼을 빼놓는 손놀림이 끝나자 잘 비벼진 짜장면 위에 단무지 하나를 척 올리고, 크릴새우 무리를 향해 돌진하는 고래처럼 유병재의 입이 쩍 벌어졌다.

"오오."

숍 여기저기서 탄성이 흘러나왔다.

머리 망을 쓴 채 지켜보던 한 손님은 4D 영화라도 보는 것처럼 입을 따라 벌린다.

후르륵!

진공청소기 같은 흡입력에 짜장면 면발은 식욕 돋우는 소리만 남기고 사라졌다.

여물 먹는 소처럼 입가의 흔적까지 말끔하게 처리한 유병재의 모습에 경의를 표하고 싶어졌다.

저게 저승사자여, 돼지여?

"괴, 굉장하네."

"아침 드셨다며? 어떻게 세 젓가락 만에 짜장면이 사라져?"

"저 표정 봐요! 간에 기별도 안 간다는 얼굴이잖아요?"

유병재, 저승이의 활약은 굉장했다. 아니, 눈부셨다.

순식간에 해치운 짜장면과 달리 짬뽕은 국물 맛을 음미하는 것부터 시작하더니 호로록 소리로 청각을 자극했다. 오디오 감독은 아예 혼이 나간 얼굴이다.

탕수육까지 완벽하게 유병재의 배 속으로 사라지고 테이블에는 접시만 덩그러니 남았다. 피디와 작가들의 얼굴이 자못 심각해졌다.

"역대급이네."

"전 벌써 댓글 반응이 눈에 훤해요. 윤소림 매니저 때문에 이 밤에 짜장면 주문합니다, 전문 먹방꾼 아닌가요, 오늘 완전 대박 등등……."

"덕분에 방송 잘 나오겠어요."

"그런가요?"

저게 뭐라고 피디와 작가의 눈이 백사장 모래알처럼 반짝거린다. 하긴 나도 지금 짜장면이 급격히 당기기는 한데.

"근데, 주희 선배 매니저는 어떻게 하실 건데요?"

강주희 매니저는 상대가 안 된다는 사실을 깨달았는지 이마에 주름이 깊이 새겨졌다.

"저기는 먹방은 아니에요. 일 잘하는 매니저로 가려고요."

피디는 이미 콘셉트 방향을 바꾸기로 결정한 것 같았다.

이거 어쩌면, 이러다가 유병재한테 방송 초점이 맞춰질지도 모르겠다.

"그럼 일단 커피부터 찍고 움직일게요. 이 근처에 퓨처엔터 스튜디오가 있다면서요?"

"그거 꼭 해야 합니까?"

나는 한숨을 쉬며 물었다.

"당연하죠! 느끼한 대표님이 콘셉트인데, 아."

작가가 서둘러 입을 가린다.

"느, 느끼요?"

아니, 대체 언제 그런 콘셉트가 정해진 거야?

멋있다는 소리는 들어봤어도 그런 단어는 처음 듣는다.

느끼? 느끼라고?

황당해서 말이 안 나오는 나만 빼놓고 다들 분주하게 숍을 빠져나갔다.

일단 은별나라 스튜디오로 이동하는데, 뒤쫓아 오는 강주희의 차에서 음습하고 흉흉한 기운이 뿜어지는 이 느낌적인 느낌은 나만의 착각일까.

＊   ＊   ＊

"안녕하세요, 은별나라 은별공주 은별입니다!"

스튜디오에 도착하자마자 은별이가 카메라 앞에서 방긋 웃으며 작은 손을 흔들었다.

"네가 은별나라 은별공주구나. 삼촌도 은별이 영상 봤어."

피디가 고개를 숙여 은별이와 악수를 나눴다. 은별이가 게슴츠레 눈을 뜨고 묻는다.

"구독과 좋아요는 누르셨겠죠?"

"어, 물론이지."

흡족해하는 은별이를 보니 나도 흡족하다. 암, 그래야 프로지.

나는 무릎을 살짝 굽혀서 은별이에게 상황을 설명했다.

"은별아, 오늘은 소림이 언니가 스튜디오를 잠깐 쓸 거야. 괜찮지?"

양해를 구했더니, 은별이가 윤소림을 슬쩍 쳐다보고 나한테 딱 붙어서 작은 입술을 꼬물거리며 속삭였다.

"나중에… 은별나라에 출연해 줄 수 있어요?"

"들었지?"

"저야 영광이죠."

새끼손가락까지 거는 둘을 보고 있으니 입꼬리가 슬며시 올라간다.

[S급과 S급의 만남이라.]

'특별한 일이냐?'

[보통 특별하겠어요? 전생에 덕을 충만하게 쌓은 두 사람이 만난 거라고요. 두 거대한 운이 부딪쳤으니 흥미진진한 일들이 벌어지겠죠. 운명이 바뀌지만 않는다면요.]

'이번에는 그럴 일 없다.'

내가 두 사람 아주 타이트하게 관리할 거니까.

"한 번 더 설명해 드릴게요. 숍에서 우연히 만나서 소림 씨가 촬영 중이라는 스튜디오에 주희 선배님이 들른 거예요. 여기서 옛날 얘기 잠깐 깔죠. 예전에 대표님이 선배님 매니저였다니까. 그때 얘기하고, 소림 씨가 대표님에게 고민을 얘기하고… 그때 대표님이 커피를 따악……."

작가는 숨도 쉬지 않고 전개될 내용에 대해 설명했다. 저승이가 왼쪽 눈을 가리다 말고 탄성을 질렀다.

[이 여자, 전생이 장난 아닌데요?]

'뭐였는데?'

[만석꾼이었어요. 거상, 거상!]

나도 슬쩍 보고 감탄을 하는 동안 오늘 촬영을 위해 미리 세팅해 둔 호리존에서 윤소림의 화보 촬영이 시작됐다.

숍에서와 달리 진중하게 지켜보는 유병재의 모습을 카메라가 담는다.

'야, 유병재 배 터지는 거 아니냐?'

[저 정도는 잠재력의 반도 안 끌어올린 거예요. 그리고 빙의 한 번 하면 에너지 소모가 빨라서 금방 소화돼요. 아마 벌써 소화됐을 거예요.]

'에너지 소모가 빨라? 빙의돼도 몸에 무리 안 간다며?'

[오히려 좋은 거죠! 덕분에 살이 죽죽 빠질 텐데. 다이어트약? 그런 거 먹을 필요 없어요. 빙의 한 번만 하면 그냥 살이 쭉쭉 빠져요!]

이놈 말을 어디까지 믿어야 할지 모르겠다.

아무튼 유병재의 얼굴에서 화보 찍는 배우를 바라보는 기쁨과 우려 섞인 표정까지 다양하게 쏟아지고 있었다.

촬영한다고 표정 연기가 일품이구나 싶었는데, 곧 그게 아니란 걸 알 수 있었다.

유병재는 지금 촬영이란 것도 잊어버리고 윤소림에게 집중하고 있었던 거다.

사진작가보다 더 신중하게 모니터링하며 B컷을 가려내기 위해서 집중하고 있었다.

가만. 저러다 강주희 매니저 일 잘하는 타이틀도 뺏어 오면 큰일인데 싶을 때쯤, 어느새 옆에 온 강주희가 내 옆구리를 쿡 찔렀다.

"적당히 해라, 니네들!"

"제가 시킨 거 아니에요."

"시킨 게 아닌데 저렇게 열심히 한다고? 뺑을 쳐도 적당히 쳐야지. 아까 그 먹방은 또 뭐고!"

"카메라, 카메라. 웃어요."

강주희가 다시 방긋 웃는다.

화보 촬영 중인 후배를 바라보는 기특한 시선도 모자라서 윤소림이 모니터링 때문에 카메라 밖으로 나오자 박수를 치며 호들갑을 떨었다.

"소림아, 너무 예쁘다!"

"감사합니다!"

"너희 대표는 정말 여배우 복을 타고났어. 하긴, 일 시작하자마자 나 같은 톱스타 맡을 때부터 예견된 일이었지."

"선배님, 저희 대표님 예전에 어떠셨어요?"

화보 촬영으로 피곤할 텐데도 윤소림은 밝게 웃으며 강주희를 바라봤다. 눈이 초롱초롱 빛난다. 강주희 역시 화답하듯 웃고 나를 노려본다.

"뺀질이었어! 맨날 여자 꼬실 생각이나 하고."

"저기, 방송이라고 없는 얘기 하시면 안 됩니다."

"아니었다고? 너 맨날 촬영장 오면 다른 배우들 코디들이랑 어울렸잖아? 여자 스태프들한테도 농담 따먹기 하고."

아니, 그게 그렇게 왜곡되나?

"친화력이 좋은 거였죠. 그럼 촬영장에서 혼자 꽁하고 있습니까? 스태프들이랑 친해지면 우리 배우 반사판이라도 하나 더 붙는 건데."

"봐봐. 이렇게 뺀질거린다니까."

"자꾸 이러시면, 제가 우리 누님 연애 스토리를 안 풀 수가 없네요."

시청자들 좋아하는 소리가 여기까지 들리는 것 같다.

"우리 최 대표, 방송이라고 없는 얘기를 하네?"

마녀보다 더 마녀 같은 눈이 나를 잡아먹을 것처럼 쳐다본다.

"대표님, 그때 선배님 인기 엄청나셨죠?"

글쎄. 어땠더라.

"가는 곳마다 팬들의 환호가 대단했지. 혼인신고서에 자기 도장 찍어서 소속사에 보내는 팬들도 많았고."

"후훗, 기억난다. 구청에서 확인 전화도 오고 그랬잖아."

강주희가 그때 기억에 깔깔 웃는다.

지금 아이들은 모르는 시간.

하물며 내가 본 것도 그녀의 30대 시절이다.

20대 시절의 그녀에게는 내가 모르는 파란만장한 시간이 존재한다.

"이제 그 얘기 그만하자. 내가 너무 나이 들어 보이잖아!"

"아니에요, 선배님이 얼마나 예쁘신데요. 저희 부모님이 선배님 팬이세요."

"정말? 그럼 촬영장에서 부모님 뵈게 되면 맛있는 거 대접해 드려야겠네?"

순간 윤소림의 얼굴에 그늘이 스쳤다.

"왜?"

"아, 아니에요."

"아닌 게 아닌데? 말해봐."

"실은… 저희 부모님은 저 연예인 되는 거 싫어하셨거든요."

"원래 부모님들 다 싫어하셔. 고생할 거 뻔히 아니까. 그래도 이렇게 데뷔했잖아? 기뻐하시지 않아?"

"엄마는 잘했다고 하는데, 아빠는 여전하세요."

강주희가 윤소림의 귀밑머리를 매만져 주며 묻는다.

"가만 보니 너도 애교는 없는 타입이구나?"

"어떻게 아셨어요?"

"나도 가족이랑 소원하거든."

추억 얘기는 이쯤 하고, 곧 있을 500살 마녀 얘기를 했다.

홍보를 위해 미리 조율된 선에서 스토리도 살짝 내비쳤다.

윤소림과 은별이가 30년 연기 경력의 강주희의 말에 귀 기울이는 모습이 마치 모이 받아먹는 병아리들 같다.

너무 보기 좋아서 이 순간이 계속됐으면 좋겠다는 생각이 들 때쯤에 피디가 말했다.

"자, 이제 '커피' 촬영할게요!"

오그라들 시간이다.

*　　　　*　　　　*

'아, 궁금해 미치겠네.'

김나영 팀장은 유병재가 먹방 신드롬을 펼쳤다는 차가희의 문자를 받고 현장이 궁금해서 미칠 것 같았다.

당장에라도 달려가고 싶지만, 그녀에게는 그녀의 일이 있었다.

태평기획 회의실.

오늘은 성유나 대리와 함께 윤소림의 두번째 CF를 논의하기 위한 자리였다.

"준비해 오신 거 볼까요?"

"예."

김나영 팀장은 고개를 끄덕이고 영상을 재생했다.

영상은, 예전에 〈세러데이〉의 계열사 방송국에서 '꿈꾸는 연습생'이라는 주제로 연습생의 하루 일과를 촬영한 영상이었다.

"소림 씨네요?"

땀을 뻘뻘 흘리며 거울 앞에서 춤을 추고 있는 연습생.

방송 분량에서는 윤소림의 영상이 1분 정도 나갔지만 편집되지 않은 영상은 꽤 길었다.

"이 당시가 무릎 수술한 지 얼마 안 되었을 때거든요."

반바지 아래의 다리가 붕대에 감겨 있었다. 그 상태로 윤소림은 이를 악물고 춤을 추고 있었다. 그 모습이 너무 처연해서 대행사 직원들의 얼굴이 구겨졌다.

탁.

스페이스바를 눌러 잠깐 영상을 멈추었다.

"어때요? 청춘, 열정, 도전이라는 키워드가 모두 들어 있다고 보는데."

"좋긴 한데, 너무 우울하지 않을까요? 더구나 요즘은 나중의 결실보다는 당장의 만족이 중시되는 트렌드인데. 이런 건 괜히 희망 준다고 반발이 생길 수 있고."

"당장의 만족도 중요하지만 결국에는 과정과 끝이 있다는 것을 사람들이 모르진 않죠. 단지 그걸 견디기 힘들어서 그런 거지. 누구나 그 과정을 멋지게 소화하고 싶은 마음은 있는데 쉬운 일이 아니잖아요?"

"그건 그렇죠. 그래서 우리가 여전히 진부한 성공 스토리를 좋아하는 것일 테고."

"일종의 대리만족이라고도 볼 수 있겠죠."

고개를 끄덕인 김나영 팀장이 귀밑머리를 쓸어 올리며 허리를 숙여 영상을 다시 살폈다. 스페이스바를 누르기 전, 그녀가 속삭였다.

"가수로 꿈을 준비했던 시간들… 결국 배우로 스포트라이트를 받게 된 순간. 저는 솔직히 우리 소림이가 그동안 해온 노력을 모두가 알아줬으면 좋겠어요."

세상 모두가.

*   *   *

"그래도 이것만으로는 공중파 광고가 어려울 것 같아요."

성 대리의 곤란한 듯한 표정에 김나영 팀장이 제 입술을 살짝 깨물었다.

퓨처엔터는 개런티를 낮추는 대신 공중파 광고를 요구했지만, 공중파로 선보이기에는 현재의 콘티는 턱없이 약하고 무의미했다.

성 대리가 다시 말했다.

"팀장님도 잘 아시겠지만, 이 제품은 대중이 모르는 제품이 아니잖아요. 굳이 비용 많이 들여서 공중파 내보내는 것보다는 바이럴 광고로 가볍게 리프레시만 하는 쪽이 제작비 면에서도 훨씬 유리하다는 게 광고주 생각인데."

"흠, 그럼 여기서 뭘 더 해야 할까."

김나영 팀장이 앓는 소리를 내며 영상을 다시 뒤적였다.

성 대리와 대행사 직원들도 포털에 윤소림을 검색하며 쓸 만한 것을 찾기 시작했다.

"지금 윤소림 관련 동영상 중 조회수가 제일 많은 건 이거네요."

성 대리가 유튜브 영상을 하나 찾아서 틀었다.

연예가소식에서 할애해 줬던 30초의 영상 편지.

윤소림은 엄마라는 그 단어 하나를 꺼내고 30초 동안 울기만 했다. 투혼 영상도 화제였지만, 이 영상이야 말로 유튜브 조회수가 압권이다.

"아, 그러고 보니 소림 씨가 아버지랑 사이가 안 좋다고 하지 않았어요?"

짧은 머리의 여직원이 끼어들었다.

연예가소식에서 윤소림은 아버지가 연예인이 되는 것을 많이 반대했다는 얘기를 했다.

"맞아요. 저희와 계약할 때도 대표님 얼굴에 계약서를 집어 던지려다가 참으신 분이니까."

"소림 씨가 노력해 온 과정, 그리고 배우로서 결실을 맺은 순간, 거기에 감동을 적절히 믹스하면……."

지금 순간, 다들 비슷한 생각들을 하는 것 같았다.

동그랗게 말린 성 대리의 입술에서 휘파람이 흘러나왔다.

"괜찮을 것 같은데요?"

의견이 서서히 좁혀진다.

윤소림의 두 번째 CF 콘티의 윤곽이 그려지고 있을 때였다.

직원 한 명이 노트북 화면을 돌리고 말했다.

"이분, 퓨처엔터 대표님 아닌가요?"

최고남의 사진이 SNS에 올라와 있었다.

"거기 어디예요?"

"유유 인스타요. 소림 씨가 유유랑 친분이 있다고 해서 건질게 있나 싶어 계정을 확인하고 있었거든요. 근데 지금 막 올라왔어요. 뭐야, 저격?"

순간, 김나영 팀장의 얼굴이 사색이 됐다.

저것은 유유가 알아챈 것이 확실하다. 최고남이 그 사진을 올렸다는 것을.

*　　　　　*　　　　　*

"은별아, 슛!"

〈3인칭시점〉 촬영팀과 한강으로 이동한 윤소림과 은별이는 함께 배드민턴을 쳤다.

윤소림은 보라색 치마를 나풀거리는 나비였고, 은별이는 노랑 원피스를 입은 것이 흠……

[호박벌 같네.]

그래, 귀여운 호박벌이다.

"은별이란 애, 부모님이 안 계시다며?"

강주희가 토끼풀 한 가닥을 손가락 사이에서 빙빙 돌리며 은별이를 바라본다.

"안 계시긴요. 여기 있는데."

내가 바로 저 아이 아빠 대행이라며 빙긋 웃었더니, 강주희가 피식 웃는다.

"장담하는데, 저 아이 아주 크게 빛날 거야."

강주희는 마치 커다랗고 밝은 빛을 지켜보는 것처럼 은별이에게서 눈을 떼지 못했다.

나는 은별이를 바라보며 왼쪽 눈을 가렸다.

『고은별 : 기축(己丑)년 무진(戊辰)월 을미(乙未)일』

『운명 : SS』

『현생 : A』

『업보 : ??』

『전생부(前生簿) 요약 : ??』

여전히 물음표는 그대로였다.

[궁금해요?]

'물음표가 사라지기도 하냐?'

[관계가 발전하면.]

그때가 언제 올까.

[정 궁금하면, 슬쩍 귀띔해 드리고요.]

'됐다. 그때 가서 보련다.'

[의외로 인내심이 있으시네요? 보통 사람들은 궁금한 거 못 참는데.]

'잊었냐? 나 악덕인 거.'

악덕은 끈기와 인내로 한 방을 노린다.

날이 좋아서인지 저승이의 얼굴이 조금은 혈색이 도는 것처럼 보인다. 그럴 리 없겠지만.

[응?]

'왜?'

갑자기 저승이가 불편한 얼굴로 주위를 둘러보더니 나직이 속삭였다.

[안 좋은 기운이 몰려오는데요?]

'안 좋은 기운?'

주위를 둘러봤지만 크게 다른 것을 모르겠다.

분명 어느 날과 같은 화창한 오후의 한강이었다.

시민들은 촬영하는 걸 구경하느라 기웃거리고 있었고, 윤소림과 은별이는 알록달록한 꽃무늬 돗자리에 앉아서 배달 음식을 먹으며 예쁜 한 컷을 연출하고 있었다.

그걸 지켜보는 내 입가에도 흐뭇한 미소가 넘치고 있고.

그랬는데… 언제 이렇게 사람이 많아졌을까.

심지어 바로 옆에 있는 여자의 눈빛이 심상치 않다.

초복에 닭장으로 들어간 닭을 지켜보는 닭집 주인의 눈빛이랄까.

"어우야, 왜 이렇게 사람이 늘었지?"

작가도 눈치를 챌 정도로 시민들이 늘어났을 때였다.

내 핸드폰이 반짝거렸다. 액정에 넘버원 직원이라고 찍혔다.

나는 화면을 켜서 문자를 확인했다.

[대표님! 절대 밖에 나가지 마세요. 유유가 사진 올린 거 알았어

요! 저격…….]

저격.

머리에서 종이 울린다.

유유는 자신을 까는 기자, 말도 안 되는 헛소리를 하는 기자가 있으면 아주 쿨하게 자신의 인스터에 기사를 링크한다.

그리고 그때부터 팬들의 융단 폭격이 이어진다.

기자의 메일함은 폭발이고, SNS 계정과 집 주소는 팬들의 공공재가 된다.

특히 유유 팬들은 충성도가 높아서 행동파 팬들은 직접 찾아가서 현관문과 우편함에 테러를 하는 것도 서슴지 않는다.

유유가 인스터에서 이름을 내릴 때까지 말이다.

그래서 기자들이 유유 기사를 올릴 때 두 번 세 번 팩트 체크를 한다는 것은 이제 모두가 아는 사실이다.

"에이, 설마."

내가 여기 있는지는 어떻게 알았겠어.

거기다 선글라스도 쓰고 있는데.

애써 현실을 부정하고 있을 때 유병재가 고개를 갸웃하며 다가왔다.

"대표님, 유유한테 연락 왔는데요."

"뭐… 라고?"

"지금 어디 계시냐고 그러더라고요."

"그래서… 말, 안 했지?"

유병재의 입에서 대답이 떨어지기 무섭게 나는 냅다 달리기 시작했다.

그러자 기다렸다는 듯이 마스크 쓴 여자들이 쫓아온다.

유유 팬들이 분명했다.

"병재야, 나는 걱정 말고 촬영 잘 끝내! 금방 돌아올게!"

나는 멀리 있는 은별이를 보며 달렸다.

마주친 눈이 빨려들 것처럼 크고 동그랬다.

*　　　　*　　　　*

촬영이 잘 끝나고 제작진은 한강에서 철수했지만 최고남은 여전히 돌아오지 못했다.

"그럼, 대표님 도망치고 있는 거예요?"

"걱정하지 마. 대표님 발 엄청 빠르니까 잡힐 일 없을 거야."

"제가 유유한테 전화해 볼까요? 대표님 사진 내리라고."

윤소림이 핸드폰을 손에 쥐고 만지작거리자 유병재가 고개를 가로저었다.

"놔둬. 둘이 그렇게 노는 거니까."

"놀아요?"

"대표님 N탑 나오고 유유한테 전화 안 해. 유유도 그렇고. 가끔 문자나 보내지. 이럴 때 아니면 언제 둘이 티격태격하겠냐?"

"진짜 열심히 도망가시던데."

윤소림이 고개를 갸웃한다.

논다고 보기에는 최고남의 표정이 장난 아니었으니까.

유유 팬들도 무서운 기세로 쫓아갔고.

아무튼 촬영이 끝났으니 회사로 돌아가야 했다.

하지만 그 전에 강주희에게 인사부터 해야 했다.

윤소림은 앉아서 강을 보고 있는 강주희에게 다가갔다. 그녀가 작은 돌멩이 하나를 집어 강에 던졌다. 노을이 지고 있는 강물에 물수제비가 튀어 올랐다.

"선생님, 바로 댁으로 가실 거죠?"

"난 바람 좀 더 쐬고 들어가려고."

"아, 그럼 저도 더 있다가 갈게요."

"됐어. 넌 들어가서 쉬어. 내일부터 또 정신없을 거 아냐?"

"그래도……."

"소림아."

"예?"

"너 배우가 가장 멋있을 때가 언제라고 생각하니?"

"…촬영장에서 카메라 앞에 섰을 때가 아닐까요?"

강주희는 잠깐 생각하는 듯하더니, 어딘가로 눈길을 돌렸다.

"쟤는 왜 저러고 있니?"

은별이가 우두커니 서서 최고남이 떠난 길을 하염없이 바라보고 있다.

아까 눈이 마주쳤을 때, 은별이는 잊고 있었던 기억을 떠올렸다. 그건 오래전 기억이었다.

.

.

.

'은별아, 엄마 아빠 금방 다녀올게. 그때까지 삼촌하고 잘 놀고 있어?'

'응!'

금방 온다는 말에 작은 은별이는 고개를 힘껏 끄덕였다.

"승권아, 은별이랑 잘 놀아주고 있어."

"빨리 다녀오기나 해. 올 때 피자 사 오고."

"갔다 와서 은별이한테 물어볼 거야. 잘 놀아줬나 안 놀아줬나."

아빠는 삼촌에게 신신당부했고, 엄마는 은별이를 꼬옥 끌어안아 줬다.

두 사람이 현관에서 은별이를 향해 손을 흔들었다.

문이 닫히자마자 삼촌은 소파에 드러누웠다.

은별이는 TV 앞에 앉아서 만화를 봤다. 까르르까르르 웃으며 한참 만화를 보다가 삼촌을 보니 코를 골며 자고 있었다.

그 모습이 재밌어서 키득키득 웃으며 보다가 시계를 봤다.

물론 은별이가 시간을 알 리 없었다.

껑껑거리며 베란다 문에 기대서 밖을 보려고 했지만 볼 수도 없었다.

이상했다. 금방 온다고 했는데.

다시 만화를 보면서 웃다가 갑자기 겁이 덜컥 났다.

"삼촌, 삼촌."

팔을 잡고 흔들었더니 삼촌이 소파에서 뒤척였다.

"왜?"

"엄마 안 와."

"응?"

삼촌은 눈을 비비며 시계를 보더니 이마를 긁적거렸다.

"아직도 안 왔네. 금방 온다고 했는데."

삼촌은 은별이의 머리를 쓰다듬어 주고 핸드폰을 들었다.

신호가 계속 갔다. 하지만 한참이 지나도 전화를 받지 않았다. 삼촌의 얼굴이 점점 무서워졌다.

그게 기억의 끝이었고, 은별이는 눈을 깜빡였다.

깜빡… 깜빡…….

그러자 삼촌의 무서웠던 얼굴이 사라지고 눈앞에 대표님의 미소가 보였다.

"휴, 은별아, 나 금방 왔지?"

대표님이 씨익 웃는다.

은별이도 씨익 웃었다.

*   *   *

강주희는 눈꺼풀을 깜빡거렸다.

유유 팬들에게서 도망쳤던 최고남이 눈앞에 있었다.

"여기서 뭐 하세요? 안 가고?"

"너 기다렸지."

빙긋 웃자, 최고남이 주위를 살피며 말했다.

"내가 올지 어떻게 알고."

"안 오려고 그랬어?"

그날도, 최고남은 돌아왔었다.

방송국에 그냥 있지 왜 왔냐고 물었더니 숨을 헐떡이면서 지금처럼 말했다.

"당연히 다시 와야죠. 매니저가 배우 두고 어딜 가겠어요."

강주희는 턱을 괴고 최고남을 쳐다봤다.

"왜 그렇게 보세요?"

뚱한 표정이 된 최고남을 보면서, 윤소림에게 했던 질문을 떠올렸다.

'배우가 가장 멋있는 순간.'

정답은, 매니저의 눈에 비친 제 모습이었다.

늘 한결같이 자기 배우를 위해서 최선을 다해주는 매니저의 눈동자에는 배우의 가장 빛나는 순간들이 담긴다.

촬영장에서, 팬들의 환호에 둘러싸일 때, 시상식에서 상을 받을 때.

그래서 최고남의 눈동자에는 세상에서 가장 빛나던 강주희의 모습들이 담겨 있었다.

"선배."

"왜?"

최고남이 강주희가 앉아 있는 벤치 옆에 기댔다.

사람 불러놓고 뭉그적거리자, 강주희가 눈살을 찌푸린다.

"아, 왜?"

"지금 회사랑 재계약하실 거예요?"

그 얘기였나.

"글쎄. 고민 중이야. 회사도 부담스러워하는 것 같고."

"그럼 고민하지 말고 나하고 일해보는 건 어때요?"

강주희의 눈망울이 살짝 커졌다. 생각지도 못한 얘기였다.

"계약금은 많이 못 드려요. 대신 많이 가져가세요. 아, 그리고 대우받을 생각 마세요. 많이 굴릴 거니까. 기껏 따서 오면 토 달지 마시고. 대신 우리도 맞는 옷만 입히려고 노력할 테니까."

최고남은 선언하듯 얘기하고 슬쩍 눈치를 봤다.

평소 같으면 까불지 말라고 주먹을 날렸을 테지만, 강주희는 괜스레 바닥 잔디만 바라봤다.

여전히 고운 볼에 눈물방울이 흐르는 것을 봤으면서, 모른 체 대답을 기다리던 최고남이 엉덩이를 털고 일어나서 말했다.

"생각해 봐요. 당장 답 달라는 거 아니니까."

강주희가 볼을 훔치고 고개를 들었다.

"소림이는 정말 좋은 대표 얻은 거야."

"카메라 돌 때 그런 얘기 좀 하시지."

최고남이 투덜대면서 손을 내밀었다. 강주희가 머뭇거리다 손을 잡았다.

오랜만에 느껴보는 따뜻함이었다.

제7장

—

마법이 시작됐다

「500살 마녀 측 이번 주 촬영 시작!」
한편 배우 윤소림 측은 완벽한 마녀를 위해서 다이어트를…….」

―또 얘 기사네.

―아, 저겹다. 한채희가 백번 낫다.

  ㄴ약쟁이보다는 백번 낫지

  ㄴ눼눼 윤소림 씨 관계자님.

  ㄴ어이구~ 한채희 씨, 오랜만입니다.

―난 솔직히 궁금한데? 잘되면 재밌는 거고, 못되면 100억 침
몰하는 거고. 100억짜리 침몰시킨 윤소림은 우주 탈출하는 거고.
팝콘각 아님?

  ㄴ여배우들이 출연을 기피하는 바람에 운 좋게 들어간 거지,

연기력은 크게 기대 안 되죠.

　ㄴ인생 타이밍에 운빨.

　ㄴ어차피 망한 드라마예요. OST도 가수들이 기피한다잖아요.

　ㄴ그 정도면 도대체 왜 하는 거지? 화음 이번에 제대로 똥 볼
차려나 보네.

　기사에 붙은 댓글들이 심히 거슬리지만, 곧 있을 촬영에 대비해
퓨처엔터는 만반의 준비를 끝마쳤다.

　차는 다시 한번 점검을 끝냈고, 미디어 홍보팀은 화력 떨어지지
않도록 인터뷰 스케줄과 광고 스케줄을 꼼꼼히 챙겼다.

　막바지에 바쁜 것은 스타일팀이었다.

　차가회가 한 보따리의 옷이 담긴 비닐 봉투를 어깨에 메고 다니
는 것을 심심찮게 볼 수 있었다.

　그 과정에서 당연히 중간에 트러블도 있고, 큰소리도 나온다.

　애초 한채희에게 들어온 협찬들이니 옷부터 시작해서 액세서리
까지 윤소림에게 다시 맞추기 위해서 일일이 뛰어다녀야 했다.

　하지만 어떻게든 해내고 있었다. 그러기 위해 뽑은 직원들이니
까.

　그래도 인력 충원을 해야 할 것 같았다.

　차가회가 모든 것을 다 할 수는 있어도 막내와 둘이서는 힘에
부치는 게 사실이었다.

　촬영 현장에서는 숍에 협조를 구해 디자이너를 동원할 생각이
지만.

　무엇보다 매니저 문제가 시급해졌다.

나와 유병재 둘이서 현장을 뛰는 것으로는 역부족이다.

이번 작품 끝나면 강주희도 들어오기 때문에 어차피 매니저를 뽑아야 하고.

흠, 한 명이 더 있긴 한데.

지금 이 순간 내 머릿속에는 한 사람이 떠올랐다.

우리 회사 직원은 아닌데, 직원처럼 붙어 있는 이 시대의 취업난에 고통받고 있는 청년 백수. 은별이 할머니도 내심 기대하고 있는 것 같고.

[품행이 방정맞기는 하나, A급 운명입니다. 전생부 내용도 깔끔하네요.]

"그 전생부는 어떻게 기록되는 거야?"

궁금해서 물어봤다. 근데 드라마 보면 이럴 때 저승의 규칙 어쩌고 하면서 안 알려주던데, 저승은 신나서 떠든다.

[아하, 그거 저희 저승사자들이 적는 거예요. 전생의 마지막을 인도한 저승사자가 명부를 바탕으로 기록을 남기는 거죠. 대개는 삼도천 건널 때 시간이 좀 남아서 그때 대충 휘갈겨 적어요.]

"거의 생활기록부네."

[그러니까 아저씨도 저한테 잘 보이셔야 합니다. 아주 엉망으로 적는 수가 있으니까.]

가까운 시일 내에 저승이에게 짜장면 곱빼기를 먹여야겠다.

*　　　　　*　　　　　*

"그래서요?"

권박하의 말똥말똥한 눈망울 앞에서 김승권은 기억을 끄집어 냈다.

"면접은 완벽했어요. 아무리 생각해도 떨어질 리가 없었는데."

하지만 불합격 문자를 받았지 뭔가.

"어떻게 했는데요?"

"일단 면접실에 네 명이 들어갔죠. 그랬더니 뭐 마시고 싶냐고 해서 물 달라고 그랬거든요."

김승권은 그때를 회상했다.

'편하게들 드세요. 우리 회사는 딱딱한 분위기 싫어합니다.'

면접관이 껄껄 웃으며 권하자 그제야 하나둘 컵을 입에 가져갔다.

'자, 목도 축였으니 각자 포부를 한번 들어볼까요.'

회사에 들어오면 몸이 가루가 되도록 열심히 하겠다는 말부터 시작해서, 충실한 마름이 되겠다는 말까지, 지원자들은 긴장한 모습으로 자신들의 포부를 얘기했다.

면접관도 흐뭇한 표정이었다.

분명, 분위기는 나쁘지 않았다.

그렇게 자신의 차례가 왔을 때, 김승권은 임팩트가 필요한 시점임을 깨달았다.

그리고 문득 스튜디오에서 윤소림과 최고남이 〈3인칭시점〉을 촬영하던 것을 떠올렸다.

마침 옆자리 지원자의 음료는 커피였다.

그래서 옆자리 컵을 빌려서 자신의 물컵 위에 기울이며 면접관에게 말했다.

"저는 말했어요. '귀사가 저를 뽑아주신다면, 귀사는 이렇게 진해질 것입니다.'라고."

김승권이 그때의 완벽함에 몸서리치는 동안 권박하와 은별이는 서로를 마주 보고 고개를 끄덕였다. 두 사람은 떨어진 이유를 알 것 같았다.

"뭐… 다음에, 좋은 기회가 또 오겠죠."

"그렇겠죠?"

김승권이 해맑게 웃을 때였다.

드르륵, 차 문이 열리고 최고남이 나타났다.

"은별아, 내리자. 이제 고사 시작할 거야."

오늘은 500살 마녀의 첫 촬영일이었다.

*　　　　　*　　　　　*

"소림아, 컨디션 괜찮아?"

나는 소림이의 안색을 살피며 물었다. 짧은 준비 기간 동안 윤소림은 500살 마녀를 위해 체중을 5㎏나 감량했고, 강주희 밑에서 마녀를 완성했다.

판타지와 로맨스코미디가 결합한 드라마인 만큼 밝은 기조를 유지해야 했지만, 준비하는 과정은 치열했다.

그래도 내 앞에 있는 결과물에 나는 흥분을 감출 수가 없었다.

이 녀석이 이렇게 예뻤나 싶다.

가끔 나도 놀란다. 내 선구안에 말이지.

무엇보다 윤소림이 대견하고 기특하다.

이번 드라마만 잘되면 녀석은 확실히 자리를 잡을 수 있을 것이다.

나는 벅차오르는 가슴을 달래며 이번에는 무릎을 숙여 은별이와 눈높이를 맞췄다.

"은별이는 컨디션 어때?"

동그란 눈이 나를 비친다.

"최고예요!"

은별이가 작은 엄지를 척 내민다.

"유튜버에서 배우가 되는 첫날이니까, 내가 오늘 은별이한테서 눈 안 뗄 거야."

그래서 모든 순간을 기억할 거다.

"진짜요?"

은별이가 방긋 웃는다.

윤소림과 달리 볼이 통통해서 귀엽다. 누르면 꼭 소리가 날 것 같다.

"진짜지, 그럼. 약속."

새끼손가락을 걸고 거듭 약속했더니 은별이도 씩 웃었다.

"이 케미 뭐니? 부럽잖아?"

곁에 온 강주희가 은근히 시샘한다. 은별이가 그녀에게 꾸벅 허리를 숙였다.

"안녕하세요, 선생님!"

"우리 은별이, 오늘은 더 예쁘네?"

"감사합니다!"

목소리도 우렁차고.

아무래도 우리 은별이는 촬영 현장의 마스코트가 될 것 같다.

나는 다시 일어나 주위를 눈에 담았다.

마녀와 우진우가 함께 사는 대저택 세트가 보인다. 이거 짓는 데 든 돈만 10억이란다.

말이 100억 드라마지, 실상 이런 세트 비용과 CG 비용이 상당해서 촬영에 든 순수 비용만 보면 여느 로코 드라마 비용과 큰 차이가 없을 거다.

출연료를 더 요구할 걸 그랬나 하는 후회가 살짝 들었지만, 곧 고개를 가로저었다.

그 정도가 마지노선이었다.

욕심을 냈다가는 돈보다 큰 기회를 놓칠 수 있었다.

세트장 앞은 첫 촬영에 앞서 고사를 치르기 위해 분주했다.

스태프들이 고사상에 복스러운 돼지머리를 올린다.

입꼬리가 잘 올라간 것을 보니 제대로 준비한 모양이다. 과일이 차례로 놓이는 동안 배우들도 속속 모였다.

"배우분들, 스태프들 다 모이세요!"

조감독이 두꺼운 손을 마주치며 외쳤다. 고사상 주위로 흩어져 있던 사람들이 모여든다.

민 대표와 박세영 작가뿐 아니라 TVX 관계자도 참여했다.

이 모든 과정을 메이킹 카메라가 찍고 있었다.

"감독님부터 시작하겠습니다!"

부스스한 머리의 최한이 감독이 고사상 앞으로 나왔다.

멧돼지 같은 민 대표와 여우 같은 박세영 작가 사이에서 치이는 감독이지만 앞으로는 그가 A팀과 B팀으로 촬영을 팀을 나눠서 현장을 진두지휘하게 될 것이다.

"감독님 향 올리시고요."

진행자의 안내에 따라 먼저 향을 올리고, 묵직한 얼굴을 땅에 가져갔다가 일어나기를 반복한다.

병풍처럼 뒤에 서 있던 스태프들과 배우들이 묵례한다.

이어 진행자의 잔소리 같은 축원이 이어지고, 고사상에 술을 올린 최 감독은 준비해 온 축문을 읊었다.

천지신명에게 좋은 술과 음식을 제공했으니 드라마가 잘되게 해달라고 기원하는 것이다.

"TVX 역대 시청률을 갱신, 아니, 그냥 대박 나게 해주십시오!"

시청률 언급에 잔잔한 웃음소리가 흘러나왔다.

나 역시 기분 좋게 미소 지었다.

"이제 배우분들 나오세요."

마녀 역할의 윤소림과 우진우 역할의 박신후, 주조연 배우들이 차례로 올라갔다.

내가 준비한 봉투가 윤소림의 손을 거쳐 돼지 입에 꽉 물렸다.

기죽지 말라고 빳빳한 신권으로 두툼하게 채운 봉투였다.

스태프들도 쌈짓돈을 털어 넣는데 주연배우가 이 정도는 해야 한다.

이어 주연배우들이 덕담 한마디씩을 꺼냈다.

공손하게 두 손을 모은 윤소림도 나를 향해 미소 짓고 나서 스태프들을 바라봤다. 눈빛이 초롱초롱하다. 녀석은 지금 어떤 생각을 하고 있을까.

"부족하지만 감독님, 작가님, 스태프분들 노력에 흠이 안 가도록 최선을 다해서 촬영에 임하겠습니다. 열심히 하겠습니다!"

무난하게 박수갈채가 이어지고 강주희의 차례가 됐다.

"다들 몸 건강한 게 최고예요! 무리하지 말고, 물론 무리하겠지만, 그래도 마지막 날까지 웃는 얼굴로 촬영할 수 있는 드라마가 됐으면 좋겠습니다. 당근 시청률도 대박 터지고요!"

역시 여유가 넘쳐흐른다.

강주희는 오늘 촬영이 없어서 구경만 하다 갈 것 같았다. 어쩌면 심심하다고 나를 괴롭힐지도 모르겠다.

마지막 술잔은 민 대표가 올렸다.

천지신명에게 회사 좀 살려달라고 절규 아닌 절규를 하는 바람에 웃음 폭탄이 터졌다. 퉁퉁한 허벅지를 보니 아직 먹고사는 데는 지장이 없는 것 같은데 말이다.

축문을 태우고, 현장의 책임자인 최한이 감독의 음복례를 끝으로 모든 고사 순서가 끝이 났다.

"30분 뒤에 슛 들어갑니다! 배우분들 준비하실게요!"

본격적인 촬영에 앞서 배우들은 메이크업을 수정하고 의상을 갖춰 입었다.

윤소림도 마녀 의상으로 갈아입기 위해서 차로 쏙 들어갔다.

현장이나 돌아볼까 고민하는 찰나에, 민 대표가 징그러운 얼굴을 내 앞에 내밀었다.

확실히 좋은 날은 좋은 날인가 보다.

산적 같은 얼굴에 웃음꽃이 만개한 걸 보니.

"이번에 윤소림 잘될 겁니다. 내가 점을 봤는데, 우리 작품 아주 대박 날 거랍니다."

제작 환경 쪽은 운을 믿는 사람들이 많다.

아무리 타깃층을 고려해서 제작해도 대박이 날지 안 날지는 뚜껑을 열어봐야 알기 때문이다.

그래서 유명한 점쟁이는 서로 공유도 하면서 문턱이 닳도록 뻔질나게 드나든다.

한데 문득 궁금해진다.

'한채희를 캐스팅했을 때는 점을 보지 않았나?'

하지만 입 밖에 꺼내지는 않았다. 꺼낼 수가 있나. 그 이름이 나오는 순간 또다시 민 대표 얼굴은 사천왕이 될 텐데.

"그 점쟁이가 보통이 아니에요. 사람 인생을 복선 훑듯이 짚어 주는데, 이게 나중에 딱딱 맞는다니까?"

"아, 그래요?"

좋은 날이니 맞장구쳐 주면서 민 대표의 운명론을 한참 동안 들었다.

나중에는 주학까지 나오길래 일부러 헛기침을 서너 번 했다.

"그럼 이제 우리 소림이가 보여줄 차례네요."

나는 윤소림이 타고 있는 차를 보면서 속삭였다.

사실 현장 분위기가 마냥 긍정적이기만 한 것은 아니었다.

걱정과 우려의 시선도 있었다.

강주희야 곁에서 봤으니 알고 있겠지만, 다른 배우들과 관계자들은 여전히 윤소림을 의심하고 있었다.

"최 대표, 그거 압니까?"

민 대표가 비장함이 가득한 얼굴로 말했다.

"나 솔직히 최 대표 마음에 안 들었는데, 이번에 윤소림 캐스팅

할 때는 오로지 최 대표만 보고 결정한 겁니다."

나는 미소를 끄덕였다.

"저도 압니다."

"어떻게 알아요?"

"아, 신인을 뭘 믿고 16부작 여주로 꽂아 넣겠습니까? 필모라고
는 겨우 한 줄 있는데."

겨우 단막극 하나 걸음마 뗀 배우 아닌가.

16부작을 이끌 수 있을지, 원히트 원더는 아닌지, 기본은 제대
로 갖췄는지를 의심하지 않을 수가 없다.

"그러니 대표님이 누굴 믿었겠어요. 절 믿지."

민 대표는 기가 막힌지 허허 웃는다.

"예, 맞아요. 나 최 대표만 믿습니다. 윤소림이란 배우를 겨우
두 작품 만에 16부작, 100억짜리 드라마 여주인공으로 만든 최 대
표만 믿겠습니다."

민 대표가 단단하게 말했지만, 부담이 되진 않는다.

보여줄 수 있다는 확신이 있으니까.

"우와, 윤소림 장난 아니다."

"메이킹팀 뭐 하냐, 마녀 강림하셨는데."

"준비 진짜 제대로 했나 보네. 몸매… 와, 실화야?"

촬영 준비를 마친 윤소림을 향해 곳곳에서 탄성이 흘러나왔다.
여배우 기를 살려주겠다고 일부러 저러는 거다.

나는 민 대표를 의식해서 나직이 말했다.

"어떻습니까. 우리 소림이, 조금은 기대가 되세요?"

고깔모자까지 쓰고 있으니 정말 마녀 같았다.

어린 우진우 역의 아역배우가 윤소림을 보고 입을 헤벌린다.

"우와, 누나 진짜 예뻐요!"

"우리 잘하자."

윤소림이 아역배우와 하이파이브를 하고 맑게 웃는다.

오늘, 그러니까 500살 마녀의 첫 촬영씬은 아주 중요한 씬이다.

"소림 씨, 이거 드라마 메인 스틸컷으로 쓸 거니까 잘해야 해!"

대저택 거실로 자리를 옮긴 최한이 감독이 윤소림에게 디렉팅을 하면서 다시 한번 강조했다.

윤소림이 진지하게 경청하고 카메라 앞에 서자, 차가희가 뛰어들어가 흘러내린 이맛머리를 정리하고 다시 모자를 고쳐 씌워준다.

"소림 씨! 다시 한번 말하는데, 장난 같아도 안 되고 너무 무거워서도 안 돼요!"

"예!"

각오를 다진 눈빛.

눈을 감고 작은 코와 입술로 크게 심호흡한다.

첫 슛 사인을 앞두고 현장은 고요해졌다.

세트장 거실의 괘종시계에서 초침 소리가 규칙적으로 흘러나오고, 마침내 감독의 슛 사인이 떨어진 순간.

눈을 뜬 윤소림이 한 바퀴를 휙 돌고 검지를 힘차게 내민다.

"개구리가 돼라, 얍!"

마법이 시작됐다.

진짜 마법이.

                    *   *   *

윤소림이 스타트를 끊은 촬영은 순조롭게 이어졌다.

배우들은 잘 따라왔고, 최한이 감독은 디렉션을 하면서 몸을
아끼지 않았다. 땅바닥에 눕는 것도 주저하지 않아서 엉덩이가 거
뭇해졌다.

"신후 씨, 더 거만하게 보이게끔 턱 좀 더 치켜들자. 그렇다고 싸
가지 없게 보이는 건 안 돼."

"예!"

"그리고 소림 씨는……."

감독이 눈을 게슴츠레 뜬다.

혹시 뭘 잘못했나 싶어 윤소림이 눈썹을 올리자, 그가 고개를
갸웃하고 말했다.

"너무 예쁘게 나온다."

긴장을 풀어주려는 최한이 감독의 농담이었다.

촬영 첫날이니만큼 스태프들 웃음소리도 크다.

"자, 예쁘게 찍히고 있으니까 계속 이대로만 갑시다!"

"예!"

"스타일리스트, 배우들 메이크업 고쳐줘요!"

감독은 메이크업 수정을 요청하고 카메라 밖으로 빠져나왔다.

의자에 기대며 모니터 화면에 비친 윤소림의 모습을 바라보는
그에게 카메라 감독이 넌지시 속삭인다.

"때깔 좋지 않냐?"

"좋긴 한데, 카메라가 실물을 제대로 못 잡는 거 아니야?"

"야, 나니까 이 정도 잡는 거야."

발끈하는 카메라 감독의 모습에 최한이 감독이 낄낄 웃는다.

나도 뒤에서 눈치껏 같이 웃었다.

실제로 모니터 화면 속 윤소림은 화사하게 빛나고 있었다.

박신후도 비율 좋게 잡혀서 벌써부터 둘이 보여줄 케미가 기대될 정도였다.

"근데 살 얼마나 뺀 거야?"

"5kg 뺐어요."

슬쩍 끼어들어 자랑하듯 말했더니 카메라 감독이 고개를 끄덕인다.

날씬한 몸도 카메라에 담기면 살짝 오버되어 나오기 때문에 배우들은 체중 관리를 할 수밖에 없다.

심지어 이번에는 작가가 직접 감량을 요구했고, 배우는 잘 준비해 왔다.

화장을 고친 윤소림이 다시 캐릭터에 집중하기 위해 눈을 감고 숨을 고른다.

최한이 감독도 목에 둘렀던 헤드폰을 다시 귀에 걸었다. 큐 사인을 외치려는 그에게 조연출이 다가와 말했다.

"감독님, 밥차 왔다는데요?"

듣기 좋은 소리다.

촬영을 마치고 밥차로 이동하는 동안 내 배에서도 꼬르륵 소리가 났다. 하지만 윤소림이 다이어트 중인데 식판 들고 촐랑거릴 수 있나.

[제가 먹을까요?]

'네가 내 몸으로 들어와서 먹으면 내가 먹는 것처럼 보이겠냐, 아니겠냐? 근데, 아까 고사 지낼 때 어디 갔었냐?'

[천지신명 부르는 자리에 저승사자가 있어서 쓰나요.]

배려심도 깊지. 고마워서 눈물이 다 나겠다.

"소림 씨, 그거 먹고 되겠어?"

뒷자리에 앉은 감독이 인상을 찌푸린다.

윤소림의 식판에는 나물 반찬에 밥 조금이 전부였다.

"전 아까 도시락 먹어서 괜찮아요."

"닭가슴살 샐러드?"

"예."

체중 감량 때문이라는 것을 알고 있는 최한이 감독이지만 그런 윤소림이 딱해 보이는 모양이다.

"최 대표님, 너무 타이트한 거 아니에요?"

"그러게요. 저도 마음이 찢어집니다. 진짜야, 인마."

윤소림이 눈이 보일 듯 말 듯 웃는다.

그러더니 제 몫으로 받은 푸딩을 내 식판에 올렸다.

"대표님, 많이 드세요. 감독님도 식사 맛있게 드시고요!"

자식.

[윤소림은 이제 별 탈 없으면 운명이 쉽게 꼬이진 않을 것 같네요.]

'그러냐? 다행이네.'

[왜 윤소림의 생의 계획은 안 보세요? 계속 안 보시길래.]

'원래 아끼는 선물은 제일 나중에 풀어보는 법이다.'

[특이하도다.]

'아무튼, 이제 다른 업보를 해결할 때인 것 같다.'

[그럼 생각난 김에 명부 한번 살펴볼까요? 가까운 시일 내 누가 있을지.]

'밥 먹는데 꼭 그래야겠냐?'

[저는 24시간 근무 중입니다만?]

*　　　　*　　　　*

"윤소림 반사판 좀 신경 써줘요."

최한이 감독이 믹스커피를 목 넘기며 조명팀 감독에게 넌지시 부탁했다.

"어지간히 마음에 들었나 보지?"

"애가 열심히 하잖아."

"언제는 우리 드라마 망했다면서?"

조명감독이 낄낄 웃는다.

윤소림 캐스팅이 확정됐을 때, 최한이 감독은 될 대로 되라는 심정이었다.

다들 미친 것만 같았으니까.

하지만 이젠 지나간 것은 잊고 현재에 집중할 때였다.

"이번 드라마 느낌이 좋아. 박신후하고 윤소림 투샷도 생각했던 것보다 더 좋고."

촬영감독이 슬그머니 끼어든다.

"근데 박신후야 그렇다 치고, 윤소림 쟤는 보통이 아닌데? 신인 답지 않게 여유가 있어."

"여유가 넘치긴. 엄청 긴장한 것 같은데."

사람 눈은 속여도 카메라는 속일 수 없는 법.

"그 정도면 잘한 거지."

"하긴 기대치 이상이긴 했지."

오늘 촬영으로 부정적인 시선들이 많이 사라졌다.

"아까 윤소림 스타일리스트가 얘기하는 거 보니까, 겨우 3시간 잤대요. 최고남 대표하고 새벽까지 대본 리딩을 했나 봐요."

"그런데 저렇게 피부가 좋아?"

촬영감독과 조명감독은 열심히 준비했다는 소리보다 그게 더 놀란 얼굴이다.

"그러니까 여배우죠."

최한이 감독은 흡족하게 미소 짓고 윤소림을 바라봤다.

배우가 열심히 준비하느라 밤을 새웠다는 것을 싫어할 감독이 있을까.

식사가 끝나고 메이크업 수정을 마친 윤소림이 카메라 앞에 섰다.

피곤할 법도 한데 여전히 밝은 얼굴이었다.

아역배우의 긴장을 풀어주려는지 대사도 맞추고 사진도 찍는 모습이 보기 좋았다.

"5분 뒤에 슛 들어갑니다!"

*   *   *

윤소림은 대본을 놓고 잠시 눈을 감았다.

얼굴에 닿는 차가희의 붓놀림을 느끼면서 최고남과의 대본 리딩을 떠올린다.

최고남은 공서 대본을 건넸을 때처럼 이번 드라마도 윤소림에게 먼저 어드바이스를 주지 않았다.

배우 스스로 대본과 캐릭터를 분석할 수 있는 시간을 주고, 정 안 되면 그때 도움을 주는 편이었다.

그래서 대본을 받은 윤소림은 첫 번째로 스토리를 눈에 담았고, 두 번째는 마녀의 시선에서, 세 번째는 상대 배우의 시선에서 마녀를 들여다봤다.

기본적인 캐릭터 파악을 끝내고 나서는 캐릭터의 서사를 만드는 데 집중했다.

그렇다고 마녀의 인생사 전반을 세부적으로 꾸밀 필요는 없었다.

500살이 넘는 마녀의 삶을 하나하나 설정한다는 것은, 강주희의 표현을 빌어 미친 짓이었다.

강주희는 미련한 짓은 다큐멘터리 찍을 때나 하라면서 약간의 팁을 줬다.

이번 드라마는 캐릭터의 입체적인 면보다는 스토리가 부각되는 드라마니, 에피소드 형식으로 전개되는 흐름에서 캐릭터의 정서적, 외적 변화를 보여주는 데 중점을 두라는 팁이었다.

공서 때와는 확연히 다른 접근 방식이었다.

2부작 단막극은 스토리의 힘도 중요했지만 캐릭터의 힘이 중요했다.

그래서 어깨가 무거울 수밖에 없었다.

하지만 16부작이라는 긴 여정, 늘어난 출연진, 탁월한 스토리텔러 박세영 작가가 탄생시킨 세계에서 윤소림은 제대로 놀기만 하면 될 일이었다.

상황이 오면 캐릭터가 가진 성격대로 반응하고, 흐름에 편승한다.

그래서 마녀의 심술궂고 변덕스러운 면, 사랑스러운 면들을 어떤 상황에서 어떻게 보여줄지, 고집쟁이가 사랑을 앓아가는 모습은 어떨지에 대해 고심하면서 마녀의 면면을 차곡차곡 쌓았다.

물론 강주희의 말이 모든 배우에게 통용되는 것은 아니었다.

강주희는 현재의 윤소림에게 필요한 말과 팁을 일러줬을 뿐이었다.

"씬 넘버 5, 첫 번째 테이크 들어갑니다!"

또다시 카메라 앞에 설 시간이 찾아왔다.

차가희가 윤소림의 대본을 빼앗듯이 챙겨 카메라 밖으로 빠져나왔다.

이번 씬은 첫 회, 지구로 차원이동한 500살 마녀와 부모를 잃고 혼자가 된 어린 우진우의 첫 만남이 이뤄지는 씬이었다.

신비스러운 분위기 속에서 역시 신비스러운 매력을 가진 마녀의 등장은 시청자들에게 호기심과 궁금증을 일으킬 것이다.

'후우.'

윤소림은 심호흡을 하기 위해 어깨를 들썩이고 주위를 둘러봤다.

카메라, 오디오, 조명, 미술 그리고 많은 스태프들이 그녀만 바라보고 있었다.

엊그제만 해도 데뷔를 하긴 하는 건가 싶을 만큼 위태로운 시간들이었는데.

친구들의 축하 문자와 전화도 영 실감이 나지 않았다.

분명 과정이 있었으니까 행운이 찾아온 것인데도 모든 상황이 마냥 뜬구름 같았다.

하지만 지금 이 순간, 그녀는 주인공이었다.

마녀가 될 시간이다.

"액션!"

와탕탕!

갑자기 부엌에서 들린 소리에 어린 우진우는 이불로 재빨리 숨었다.

부모님이 돌아가시고 저택의 밤은 언제나 공포의 시간이었다.

숲에서 들리는 부엉이 소리와 짐승의 울음소리.

어린아이들을 잡아서 냄비에 끓여 먹는다는 동화책 속 마녀의 집보다 훨씬 무서웠다.

벌써 일주일째, 우진우는 저택에서 홀로 살아가고 있었다.

무슨 이유에서인지 일하는 아줌마, 아저씨도 오지 않았다.

고모만이 낯선 아저씨와 함께 찾아와서 저택을 꼼꼼히 살피고 갔을 뿐이다. 고모와 아저씨는 10억이니, 20억이니 하며 최대한 비싼 값을 받아야 한다는 알 수 없는 얘기만 한참 하더니 그대로 떠났다.

쨍그랑!

이번에는 뭔가 깨지는 소리가 들려왔다.

"으……."

덜덜 떨던 우진우는 이불 밖으로 빼꼼히 고개를 내밀었다.

도둑고양이가 들어왔나? 아니면 부엉이가 들어왔나?

예전에도 한번 부엉이가 들어와서 집이 온통 난장판이 된 적이 있었다. 그래서 엄마가 아침부터 집을 치우느라 고생했었다.

그렇다면 부엌 창문을 닫아야 한다.

안 그러면 부엌이 엉망이 될 거다.

용기를 내 발을 내밀고 침대에서 내려온 우진우는 계단 위에서 아래를 힐끗 내려다봤다.

거실에는 아무도 없었는데, 부엌 쪽에서 희미한 빛이 보인다.

사뿐사뿐, 계단을 밟고 내려오는데.

댕댕댕!

갑자기 들린 소리에 흠칫 놀란 우진우는 어깨를 움츠렸다.

거실에 있는 괘종시계였다. 아빠가 소리를 꺼놨었는데, 고모가 다녀간 이후로 소리가 다시 나는 이상한 시계였다.

다시 침대로 도망칠까 했지만, 아빠가 그랬었다.

아빠가 없을 때 엄마와 집을 잘 지켜야 남자라고.

우진우는 작은 발을 내밀어 부엌으로 다시 움직였다.

차가운 대리석이 발에 닿을 때마다 겁이 덜컥 났지만 용기를 내 부엌에 들어갔다.

역시 창문이 열려 있다.

"후."

우진우는 안도의 한숨을 쉬었다. 물건들이 여기저기 떨어져 있고 냉장고는 열려 있었다. 부엉이는 보이지 않았다.

우진우는 나무 의자에 낑낑대며 올라가 창문을 닫았다.

이제 냉장고 문을 닫을 차례였다.

하지만 우진우는 놀라서 뒤로 벌렁 넘어졌다. 어둠 속에서 검은 형체가 불쑥 나타났기 때문이다.

"끅."

너무 놀라서 눈을 동그랗게 뜨고 딸꾹질만 하는데, 검은 형체가 천천히 다가왔다. 형체는 점점 또렷해졌다.

"아, 미안. 배가 고파서."

"아, 아줌마는 누구세요?"

눈앞의 여자는 망토를 두르고 있었고, 웬 고깔모자를 쓰고 있었다. 한 손에는 케이크가 담겨 있는 접시가, 한 손에는 포크가 들려 있었다.

"아줌마 아니고 마녀."

"아… 아……."

비명이 터지려고 할 때였다. 마녀가 들고 있던 포크를 내밀더니 외쳤다.

"얍!"

그러자 비명 소리가 목에 콱 막혀서 밖으로 새어 나가지 않았다.

"밤에 소리 지르는 거 안 좋아. 숲이 놀라니까. 소리 안 지른다고 약속하면 다시 풀어줄게."

우진우는 고개를 끄덕였다. 포크에서 다시 파란색 불빛이 흘러나왔다.

"아아!"

비명이 터져 나왔다.

"아아!"

"아아!"

마녀도 제 귀를 꽉 틀어막고 같이 비명을 질렀다.

한참 만에 우진우가 숨을 몰아쉬자 그제야 마녀도 씨익 웃고 소리를 멈췄다. 마녀가 말했다.

"난 마녀. 이름은 너무 기니까 천천히 알려줄게. 넌 이름이 뭐야?"

"우진우요."

마녀가 빙긋 웃는다.

"이상하네. 넌 꼬만데, 왜 혼자 있어?"

마녀는 이미 저택에 우진우 혼자 있다는 것을 알고 있었다.

또한 저택에 따뜻한 기운이 넘친다는 것도.

"엄마랑 아빠는… 하늘나라에……."

"아."

마녀가 잠깐 안쓰러워하는 표정을 짓는 동안 우진우는 자리에서 일어나 엉덩이를 툭툭 털었다.

처음에는 놀랐는데, 지금은 무서움이 사라졌다. 무엇보다 마녀는 고모처럼 무섭게 생기지 않았다. 예뻤다.

"그럼 너 계속 혼자겠네?"

"고모가 나중에 같이 산대요."

우진우가 침울해하자 마녀가 쭈그려 앉았다.

검은 머리카락이 펄럭인다. 마치 비싼 커튼 같다

"너는? 고모 따라갈 거야?"

"여기서 살고 싶어요."

"잘됐네. 그럼, 나랑 같이 살자. 나 지구에 휴가 왔거든. 휴가 끝날 때까지 여기서 신세 좀 질게. 청소도 해주고, 밥도 해주지 뭐."

"고모는요?"

마녀가 찡긋 웃는다.

"내가 다 알아서 할게. 그럼 나랑 여기서 사는 거다? 알겠으면 손 내밀어."

마녀가 손바닥을 내밀었다.

망설이던 우진우의 손이 닿자 빨간색 빛이 맴돌았다.

"계약 성립."

우진우.

오늘부터 마녀와 1일.

제8장

—

좋은 놈, 나쁜 놈, 이상한 놈 I

"음음."

박신후는 콧노래를 흥얼거렸다.

첫 촬영을 끝내고 돌아가는 길, 차창으로 스며드는 바람이 좋아서 들뜬 마음에 흥얼거렸더니 매니저가 룸미러를 살피며 물었다.

"뭐가 그렇게 좋아서 실실 웃어?"

"형, 윤소림 생각보다 훨씬 괜찮지?"

"대본 리딩 때보다 잘하긴 하더라."

현장 분위기도 좋은 편이었다.

그동안 부정적인 기사가 쏟아졌고 네티즌들도 설왕설래했지만, 오늘 윤소림은 모든 걱정이 기우였다는 것을 증명했다.

한채희가 했어도 그정도로 마녀 캐릭터와 싱크로율이 좋았을까?

오늘 윤소림은 정말 500살 먹은 마녀였다.

그것도 예쁘고 사랑스러운 마녀.

"그래도 난 너밖에 안 보이더라."

매니저는 닭살 돋을 정도로 짙은 눈웃음을 띠고 실실 웃었다.

이번 작품이 윤소림에게 아주 중요하듯, 박신후에게도 중요한 작품이었다.

20대 원톱 남자 배우로 자리매김할 기회였다.

"이번에 잘해서, 정말 슈스 한번 돼보자."

"슈스?"

"슈퍼스타 말이야, 흐흐."

매니저는 벌써부터 그날이 온 듯 기분이 업된 모습이었다.

조수석에서 핸드폰만 만지작거리던 스타일리스트가 적당히 하라고 훈수 둘 때까지 웃음이 그치질 않았다.

"근데 오빠, 윤소림 팀 되게 정신없지 않았어요?"

스타일리스트의 말에 매니저가 고개를 갸웃한다.

"그런가?"

"헤어, 메이크업, 스타일리스트 하나씩만 오면 될 걸 아주 대부대를 끌고 와서는 말이야. 오빠, 윤소림 스타일리스트 봤죠?"

매니저가 고개를 끄덕이자 스타일리스트가 혀를 찬다.

"누가 보면 그 여자가 여배우인지 알겠더라니까. 무슨 스타일리스트가 배우보다 튀게 입고 와? 학교 다닐 때 껌 좀 씹은 것 같지 않아요? 머리도 샛노랗고."

"너 쫄았구나?"

"쫄긴 누가 쫄아요? 그냥 그렇다는 거지."

"아닌데? 쫄았는데?"

매니저와 스타일리스트가 별거 아닌 걸로 티격태격하는 모습에 박신후가 피식 웃고 말했다.

"난 그분 멋있던데? 가만 보면 퓨처엔터 소속사 직원들은 다 멋있는 것 같아. 저번에 대본 리딩 때 봤던 팀장님이란 분도 멋있었고, 윤소림 대표님도 멋있더라고. 매니저도 한 덩치 하는 게 듬직해 보이고."

"야, 나 섭섭하다?"

매니저가 입술을 빼죽 내민다.

박신후가 부리나케 그를 달랬다.

"에이, 아무리 그래도 우리 매니저가 최고지. 덩치 봐, 형이 윤소림 매니저보다 1.5배는 큰데."

"그렇지 인마. 윤소림 매니저? 흥, 피죽도 못 얻어먹고 다니는 얼굴이다. 어디 짬뽕 하나라도 완뽕 할 수 있겠어?"

매니저의 웃음소리에 박신후의 미소도 한층 커졌다.

이번 드라마, 느낌이 좋다.

*　　　　　*　　　　　*

「밤늦은 시각, 강남 복어 전문점.」

"오늘은 기분이 좋은데? 소림이 첫 촬영이 잘 끝나서 그런가."

[보름달 떠서 그래요. 이런 날은 망자들이 미쳐 날뛰거든요. 아저씨도 뭐, 아직은 망자 신분이니까.]

저승이가 어깨를 으쓱하고 말했다.

"자식이 언제는 내 팬이라더니만. 요즘 팬심이 많이 부족해진 것 같다?"

[아저씨, 내가 액션영화 보고 싶어서 극장에 갔어요. 막 때려부수는 거. 근데, 영화관에서 막 순정순정한 것만 나오네? 그럼 내가 화가 나겠어요, 안 나겠어요? 재미가 있겠어요, 없겠어요?]

입이 삐죽 나온 저승이의 모습에 기가 차서 헛웃음을 흘릴 때였다.

"최 대표!"

빵빵 소리와 함께 날 부르는 목소리가 들린다.

식당 주차장으로 들어온 차에서 민대용 대표와 박세영 작가, 그리고 박신후 소속사의 주선희 대표가 차에서 내렸다.

"안에서 기다리지 그랬어?"

"들어가시죠."

세 사람을 이끌고 예약한 참치집으로 들어갔다. N탑 부문장 시절 자주 들르던 곳이었다.

입구에서 나를 본 지배인이 눈을 키우고 다가왔다.

"부문장님, 왜 이렇게 오랜만에 오셨어요?"

"저 이제 대표입니다."

"아, 독립하셨군요. 그럼 오늘은 평소보다 특별히 신경 써야겠네요."

"매번 신경 써주시면서 얼마나 더 신경 써주시려고요. 평소처럼만 해주세요."

지배인이 공손한 자세로 예약 룸으로 우릴 안내한다.

덕분에 체면이 섰다.

민 대표도 오늘 밤만큼은 내 얼굴에서 퓨처엔터라는 이름보다는 N탑을 먼저 떠올릴 거다.

곧이어 오랜 경력의 요리사가 좋은 횟감을 들고 룸으로 찾아왔다.

"크읍!"

참치 눈물주 한 잔을 마신 민 대표 입술이 번들거린다.

"기레기 자식들, 아직도 한채희 기사가 나와."

"차기작이라도 나온대요?"

박세영 작가가 농담처럼 씁쓸함을 속삭이자, 민 대표가 눈살을 팍 찌푸렸다.

"차기작은 무슨. 어림도 없지. 걔를 누가 쓰겠어? 성실하게 조사를 받아? 그럼 성실하게 하지, 삐딱하게 하는 조사도 있나? 두고 봐, 내가 아주 명치를 후려쳐서 위약금 제대로 토해내게 할 테니까."

울분을 토한 민대용 대표가 이를 아득아득 갈자 박세영 작가가 고개를 내젓는다.

"이제 포커한 얘기는 그만해요."

"포커한? 하하."

네티즌들이 붙인 한채희의 별명에 민 대표가 웃음을 터뜨렸다.

더는 한채희 얘기를 해봤자 의미가 없다는 것을 그도 잘 알고 있을 거다.

이제는 촬영에 집중하기도 빠듯할 만큼 편성이 코앞이다.

"대표님, 잔 받으세요. 제가 한잔 올리겠습니다."

박신후의 소속사 대표인 주선희가 무릎을 굽혀 백자 호리병을 기울였다.

민 대표가 입맛을 다시며 술잔을 내밀었다.

"박신후, 기대가 큽니다."

"그럼요. 우리 신후 잘할 겁니다. 오늘 팬들 보셨죠?"

오늘 박신후 팬클럽 운영진이 첫 촬영 기념이라고 간식 차와 함께 촬영장에 방문했다.

"신후 팬들이 충성도가 높아요. 커피 차, 간식 차, 밥 차 뭐 줄줄이 예약이 돼 있다는데요?"

주 대표는 입을 쉴 새 없이 놀렸다.

누가 주선자인지 까먹었나. 그게 아니면 촬영 첫날이라 흥분한 것인지도 모르겠다.

"그리고 대표님, 아까 본부장한테 전화 왔는데, 우리 신후 말이에요. 다가올 중추절에 중국 갈 것 같아요."

"중추절?"

민대용이 회를 집다 말고 귀를 쫑긋 세웠다.

"예, 후난위성에서 출연 제의 들어왔어요."

"그거 잘됐네! 드라마 방영하기 전에 기사 냅시다. 우리 드라마 불 꺼지지 않게 지금부터 장작 부지런히 태워야 해."

"아휴, 당연하죠. 기사 부지런히 낼 거고, 우리 신후 드라마 끝날 때까지 다른 스케줄 일절 안 잡을 겁니다. 오로지 500살 마녀만."

"그래 주면 우리야 고맙지."

"그래서 말인데, 우리 신후 앞으로도 잘 부탁드립니다."

주 대표가 박 작가 눈치를 살피며 조심스럽게 미소 짓는다.

그 모습을 보면서 나는 속으로 '이 멍청한 여자 같으니'를 중얼거렸다.

[저 여자가 왜 멍청해요?]

'소속사 대표가 내 배우 잘 부탁한다는 게 무슨 뜻이겠냐? 분량 채워달라는 거지.'

[그럴 수도 있는 거 아닌가?]

'작가한테 분량 얘기를 하는 건⋯ 뭐랄까, 저승사자가 전생부 적을 때 망자가 옆에서 이렇게 저렇게 하라고 훈수 두는 것과 같다고 할까?'

[이런 건방진!]

'그런 거라고.'

저승이가 이제야 고개를 주억거린다

"연기 잘하는 거 보여주면 분량이야 박 작가가 어련히 챙겨주겠지."

민 대표가 슬쩍 박 작가를 떠보며 말했다.

얼른 일어난 주 대표가 박 작가에게 술을 따른다. 떨떠름한 손이 잔을 받고 내려놓았다.

"작가님, 우리 신후가 정말 대본 열심히 파고 있어요. 얼마 전에는 코피도 쏟았어요. 제가 그 녀석 3년을 봤는데, 이 녀석한테 이런 면이 있었나 싶을 정도라니까요?"

"그럼 다른 드라마는 대충 찍었다는 거예요?"

"아휴, 그런 뜻이 아니라."

냉큼 손사래를 친 주 대표가 생긋 웃는다. 민 대표가 다시 끼어들었다.

"주 대표가 우리 드라마 신경 많이 쓰시네. 근데 걱정할 거 뭐 있어요? 우리 박 작가 거쳐서 스타 입성한 남자 배우가 어디 한둘이야? 분량이 중요한가, 박세영 작가 작품이란 게 중요하지."

"저도 알죠. 그래서 이참에, 요즘 말로다 슈스 한번 돼보려고요."

"슈스?"

"슈퍼스타요."

그 말이 웃겼는지 박세영 작가가 피식 웃는다.

나는 그냥 가만히 있었다.

[아저씨도 치고 나가야죠! 악덕!]

물론 내 배우 분량이 많으면 나도 좋겠지만, 원하는 게 열 가지라고 열 가지 다 먹을 수는 없는 노릇이다.

"박신후 이번에 잘하면 진짜 그거 되겠네요, 슈스."

박 작가의 속삭임에 주 대표 얼굴이 환해졌다.

"그럼 작가님만 믿겠습니다. 대표님도요. 아, 최 대표님도 잘 부탁드리고요."

주 대표는 붉은 입꼬리를 한껏 올리고 우리 세 사람의 잔을 다시 채웠다.

박 작가가 잔을 비우기 전 나를 힐끗 본다.

내가 가만히 있으니 이상한 모양이다. N탑 시절 최고남을 안다면 당연한 반응이다.

하지만 이번만큼은, 나는 박 작가의 의뭉스러운 시선을 향해 빙 긋 웃고 술잔을 비웠다.

"근데, 윤소림 새로 찍은 광고는 언제 나오는 거야? PPL 목록 보니까, 초콜릿은 지금 광고 나오니까 알겠는데, 피로회복제는 아직 못 본 것 같아서 말이야."

"곧 나오는데, 소림이는 안 나옵니다."

"그게 무슨 소리야?"

"스포일러 하면 재미없죠."

"하긴. 스포일러 하면 재미없지. 이참에, 우리 드라마도 스태프들 다시 한번 단속해야겠어!"

회가 입에 착 달라붙는지 민 대표는 거나하게 취할 정도로 마시고 일어났다.

대리를 불러서 그를 태워 보내고, 박세영 작가까지 택시에 태워 보내고 나니 둘만이 남았다.

"주 대표님."

나는 차에 오르려는 그녀를 불렀다. 돌아본 눈빛에 경계심이 가득하다.

"우리 페어플레이 합시다."

"페어플레이는 그쪽이 하시죠. 중간에 무임승차한 사람이 승차권 끊은 사람한테 같이 앉아서 가자고 하면 쓰나요. 그리고 우리 신후가 그쪽 배우랑 페어플레이 할 급인 줄 아세요?"

주 대표의 입꼬리가 튀어 오른 돌멩이처럼 치솟는다.

나는 미소를 잃지 않고 말했다.

"나 지금 부탁하는 거 아닙니다."

"아직도 N탑에 계신 줄 아나 보네. 예, 경고 잘 들었습니다. 오늘 회 맛있었어요."

주 대표가 탄 외제 차가 쌩한 바람을 몰고 주차장을 빠져나간다.

나는 피식 웃었다.

"저승아."

뒤에서 저승이가 슥 나타났다.

"내가 생각을 잘못한 것 같다."

[뭐가요?]

"이왕 이렇게 된 거 다 같이 으싸으싸 해서 좋은 작품 만들어보자고 생각했는데 말이야… 하."

아무래도 잘못 생각한 것 같다.

주차장 바닥에 깔린 자갈을 차며 나는 보름달을 바라봤다.

"거참, 달빛 참 좋네."

[오오! 그거야, 아저씨 그거예요! 그 비릿한 미소! 내가 바라던 그 미소!]

영화 티켓은 끊었냐?

안 끊었으면 끊어.

*　　　　*　　　　*

「다음날」

"잘 들어!"

오늘도 내 좁은 사무실은 직원들로 미어터진다.

김나영 팀장은 수첩을 챙겨 들었고, 차가희는 빨간 입술을 꽉 깨물고 있고, 유병재는 팔짱 낀 채로 유리 벽을 지키고 있다. 막내들도 귀를 쫑긋 세웠다.

"한마디로 무주공산이야."

원래 500살 마녀는 한채희의, 한채희를 위한, 한채희가 있어서 존재한 드라마였다.

하지만 한채희가 빠지면서 윤소림이 들어갔다.

어떻게 보면 밸런스가 맞춰진 거지.

그래서 나도 별 욕심 없이 잘해보려고 했는데, 이게 내 착각이었다 이거지. 내가 감이 죽었어, 감이.

"500살 마녀가 방영됐을 때 이 드라마 앞에 누구 이름이 붙느냐에 따라서 승패가 갈리는 거야."

윤소림이 붙으면 윤소림의 드라마가 되는 거고, 박신후가 붙으면 박신후의 드라마, 둘 다 못하면 제작사와 박세영 작가가 만든 드라마가 되는 거다.

"그러려면 어떻게 해야겠어?"

"다 묻어버려야죠."

차가희가 잘근 씹은 입술을 치켜세운다.

[역시 차 팀장! 내 스타일!]

"그래, 우리 소림이 장작 제대로 피워서 이 드라마 윤소림의, 윤소림을 위한, 윤소림이 있어서 존재한 드라마로 만들어 버리자고."

"저기, 질문 있습니다."

김승권이 손을 조심히 들었다. 마주친 눈이 초롱초롱해서 심하게 부담스럽다.

"작전명이 뭔가요?"

"작전명?"

[쟤 A급인데… 왜 저러지?]

턱을 긁적이며 고민하는 저승이와 달리 여자들은 금세 의견을 모으기 시작했다.

"고사 때 박신후 회사 대표 봤는데, 좀 이상하지 않았어?"

"민 대표는 어떻고요. 대본 리딩 때 민 대표가 우리 대표님 비웃는 거 보셨죠? 나쁜 놈!"

"역시, 우리 소림이가 제일 착하지."

와글와글 떠드는 여자들 사이에서 유병재가 헛기침을 큼 했다.

"그럼, 장작을 넣어야 하는데, 어디부터 시작할까요?"

나는 책상에 걸터앉아 유병재를 뚫어지게 보며 미소를 씨익 지었다.

"너."

*   *   *

「배우 강주희! 오랜만의 예능 나들이는 MNC 3인칭시점!」

「윤소림, 3인칭시점 전격 출격 한다! 강주희 편에 등장!」

「배우 강주희와 윤소림의 한강 나들이? 매니저들의 먹방 전쟁? 제작진, 너무 재밌어서 배꼽 빠질 수 있다며 미리 경고……」

포털 기사를 시작으로 클럽 영상도 풀렸다.

제작진에게 미리 귀띔을 받은 대로 윤소림은 클럽 영상 마지막에 잠깐 얼굴을 비치면서 궁금증을 유발하게 편집됐다.

"작가가 방송 분량 제대로 뽑았다고 기대하라는데요?"

김나영 팀장이 제 일처럼 좋아한다. 목에 맨 투톤 컬러 스카프가 저승이 어깨를 스쳐 갔다.

"우리 공식 SNS에 소식 올렸지?"

"예, 올렸습니다! 그리고 내일 소림이 촬영 끝나고 회사로 온답니다!"

"오케이!"

"아, 근데 대표님, 유 팀장은 먹방 촬영을 한 기억이 잘 안 난다는데요?"

"그러니까… 대단한 거지. 자기가 먹은 것도 기억 못 할 정도면 무아지경에 빠졌다는 소리잖아?"

양심이 바늘로 찔리는 기분이다.

"대체 어떻게 먹었길래."

김나영 팀장은 그날 광고대행사와 미팅 중이어서 현장에 없었다. 불행 중 다행이지.

"그럼 유 팀장도 인터뷰 스케줄 잡아야 하나."

고개를 갸웃하는 그녀에게, 나는 재킷을 챙기고 웃으며 말했다.

"코믹 말고 휴먼 위주로 가자. 병재도 스토리 많잖아."

유병재도 연예계 생활 10년 차다. 그의 손을 거쳐 간 연예인들도 제법 된다.

그중에서 가장 성공한 스타가 N탑 소속 배우 최서준.

"최서준이랑 요즘에도 연락하나 모르겠네."

"소식 못 들으셨어요?"

"뭐가?"

"최서준이 촬영장에 커피 차하고 샌드위치 보냈대요."

나는 차 키를 챙기다 말고 소파에 잠시 앉았다. 김나영 팀장이 나가는 뒷모습을 흘깃 보던 저승이가 옆에 와 물었다.

[최서준이 누군데요?]

대답 대신, 나는 그를 처음 만났던 오래전의 어느 날을 떠올렸다.

*   *   *

10년 전.

"실장님, 이거 좀 보세요."

의자 시트에 기대 쉬고 있는데, 조수석에 누워 있던 유병재가 핸드폰을 내밀었다.

[경영지원 팀 신입 백대식입니다! 어제 다들 잘 들어가셨는지요. 저는 선배님들의 따스한 조언과 사랑의 말씀을 차곡차곡 개어서 챙겨 가느라 밤늦게야 집에 들어왔답니다. 환대에 감사드리며, 앞으로 불철주야 노력해서 예쁨받을 수 있는…….]

얼마 전 경영지원 팀에 입사한 신입의 문자였다.

단체 회식 겸 겸사겸사 환영 회식을 치렀었다. 소주병 들고 식당을 누비면서 임원들에게 눈도장을 찍는 모습이 싹싹하다

싶었는데.

"요놈 이거 알랑방귀에 도가 텄더라고요."

"이런 놈 있고 저런 놈 있는 거지."

유병재는 신입이 마음에 들지 않는 모양인지 미간이 볼록 튀어나왔다. 자식, 잠이 들락 말락 했는데.

달아난 잠을 붙들기 어려워서 나는 지갑을 꺼내 들었다. 로또를 꺼내서 신문 위에 올려놓고 번호를 맞추기 시작했다.

"또 로또 사셨어요?"

"주희 선배 일주일의 낙이잖냐."

강주희 거 사는 김에 겸사겸사 내 것도 샀을 뿐이다.

"주희 선배님은 돈을 갈퀴로 휩쓰는데 로또를 뭐 하러 사신대요? 번호도 매번 같은 거라면서요?"

"당첨되는 맛이 있으니까. 전에 그냥 하나 줬던 게 4등 당첨된 뒤로 저러는 거 아니냐."

나는 뒷머리를 벅벅 긁으며 번호를 맞춰봤다. 꽝, 꽝, 꽝.

젠장.

그냥 버리기는 아쉬워서 꽝 된 로또 용지 한 줄에 동그라미 여섯 개를 쳤다.

"왜 그렇게 버리세요?"

유병재가 인중을 길게 빼고 물었다. 덩치 큰 놈이 움직이니 차가 기운다.

"이러면 누가 당첨됐는지 알고 주워 갈 거 아니야, 흐흐."

뭘 또 그렇게 쳐다볼 것까지야.

이걸 주운 누군가는 그래도 잠깐이나마 세상을 다 가진 기분일

거 아닌가.

로또 용지를 내려놓고 다시 의자 시트에 등을 기댔다.

오늘 민속촌 촬영은 자정까지 이어지기 때문에 잠깐 눈을 붙여 두는 게 좋았다.

"팀장님도 참 너무합니다. 맨날 자기는 낮 타임만 하려고 하고."

지금 촬영 중인 강주희에게는 팀장이 붙어 있었다.

그러니까 우리는 한숨 자고 팀장과 교대를 해줘야 한다.

"신혼이잖냐, 이해해 줘야지. 넌 8시쯤 들어가."

"에이, 괜찮습니다."

"나 두 번 말 안 한다."

"감사합니다!"

피식 웃고 다시 눈을 감으려는데, 문이 드르륵 열렸다.

얼굴에 열꽃이 잔뜩 핀 강주희가 숨을 쌕쌕 내쉬며 다짜고짜 차에 올라탔다. 나는 칼같이 시트를 바로 세우고 그녀에게 물었다.

"누나, 촬영 중 아니세요?"

"니들 내려, 나 혼자 있게!"

우리는 군말 없이 차에서 내렸다. 열받은 강주희를 건들지 마라. 그 어떤 조건보다 우선순위로 지켜야 할 사항이기 때문이다.

"어쩌 느낌이 쎄한데요?"

"넌 여기 있어."

나는 유병재를 남겨두고 촬영장으로 성큼성큼 움직였다.

예상대로 촬영은 중단된 상태였다. 배우가 빠졌으니 당연하지만, 분위기는 사뭇 엉망이었다.

"무슨 일이에요?"

안면이 있는 스태프를 잡고 물었더니 고개를 절레절레 흔든다.

"한판 했지, 뭐."

"왜요?"

주위를 살핀 스태프가 인상을 찌푸리고 다시 입을 연다.

"방 씨피가 오케이 사인을 안 내니까, 강주희가 열받아서 들이받았어."

"방 씨피님 현장 나왔어요? 아니, 뭘 어떻게 들이받았는데요?"

나는 눈살을 찌푸리고 귀를 쫑긋했다.

"이런 식으로 얘기했지. 감독님 지금 생각 없으시죠? 그냥 하나 얻어걸릴 때까지 테이크 가는 거죠?"

"그래서요?"

"그러니까 방 씨피가 그랬지. 그럼 니가 동선 짜봐라."

"또 그래서요?"

"진짜 강주희가 동선 짰어. 카메라 감독님이랑 티키타카 주고받더니 동선 짜고 구도 새로 잡고……."

안 봐도 비디오다. 강주희는 신경질적으로 대본을 넘기면서 방 씨피에게 비수를 콕콕 날렸을 거다. 감독님, 됐죠? 이렇게 가면 되죠? 만족하죠? 됐죠?

막 그런 식으로 비아냥까지 날렸겠지.

하지만 강주희 말이 또 틀리지 않았을 거다. 카메라 앞에 선 세월이 몇 년인가.

"그래서 금방 끝났어요?"

"어, 방 씨피가 40분을 헤맨 걸 두 테이크 만에 끝냈어."

상황을 대충 알아들은 찰나에 팀장이 볼살을 흔들며 걸어와 내 어깨를 두드렸다.

"고남아, 감독님 지금 저기 뻗었으니까 잘 구슬려라. 난 간다."

"예."

팀장 얼굴이 새하얗게 질린 걸 보니 붙잡을 수도 없었다.

뻗어 있다는 곳에 가보니 KIS 방기룡 CP(Chief Producer)가 눈동자에 초점을 잃은 채로 감독 의자에 앉아 있었다.

"감독님?"

"야, 최고남."

"예! 저 여기 있습니다!"

이런 표현은 그렇지만, 임종 직전의 호스피스 병동의 환자 같은 그에게 바싹 붙었다. 그랬더니 방 씨피가 내 멱살을 부여잡았다.

"강주희는 나한테 무슨 억하심정이 있는 거야? 어? 나한테 이렇게 꼭 개쪽을 줘야겠냐? 내가 뭘 그렇게 잘못했어? 어?"

"죄송합니다."

"내가 다 계획이 있었다고! 얼어걸릴 때까지 테이크를 뽑으려 했던 게 아니라고!"

"암요, 잘 알죠. 그냥 누나가 성미가 급해서. 아시잖아요?"

나는 칭얼거리는 어린아이를 달래듯이 맞장구를 쳐주었다.

"그래도 감독님은 누나랑 24시간 붙어 있지는 않잖아요."

방 씨피가 턱 주름을 모으고 나를 쳐다본다. 그 눈빛에 나를 향한 동정이 묵직하게 담겼다. 그가 말했다.

"30분 뒤에 촬영 다시 드가자."

"예, 누나 데려오겠습니다."

겨우 고비를 넘기고 이어진 촬영은 잠깐 냉랭한 찬 공기가 불었지만 배우들의 열연으로 다시 뜨거워지기 시작했다.

해가 기울고.

밥차에서 저녁을 해결하고 온 유병재가 교대하러 왔다.

"실장님, 식사하고 오세요."

"반찬 뭐 있냐?"

"소시지, 김치, 김, 닭볶음탕요."

"맛있겠네."

혼자 자취하는 놈에게는 진수성찬이다.

밥차 줄에 끼어들어서 식사를 마치고 잠깐 산책 겸 주위를 돌았다.

얼마나 걸었을까.

장독대가 줄지어 선 기와집을 지나치는데 울먹이는 소리가 들렸다.

귀신은 아닐 테고, 설사 저승사자가 숨어 있다 해도 강주희보다는 착할 것 같아서 기웃기웃 쳐다봤더니, 누군가 땅바닥에 무릎을 껴안고 웅크려 앉아 있었다.

확인했으니 그냥 뒤돌아 가려는데 그가 허겁지겁 일어났다.

"죄송합니다."

"아, 저 경비 아저씨 아닙니다. 〈유채꽃〉 팀 촬영 스태프예요."

"아, 그러시구나."

어둡지만 얼굴이 선명하게 보였다. 눈이 크고 갸름하다. 전체적으로 마른 인상이었는데, 흔한 얼굴은 아니었다.

뭐, 무슨 상관이람.

뒤돌려는데, 그가 제 볼에 흐른 물기를 닦고 말했다.

"제가 왜 울었는지 궁금하시죠?"

아닌데…

말하고 싶어 죽겠는 눈빛 앞에서 그냥 고개를 끄덕였다.

사연인즉 이러했다.

오늘 여기서 독립영화 촬영을 했는데, 감독이란 놈이 출연료를 안 줬다고 한다. 심지어 재능 없는 데 용쓰지 말고 취직이나 하라고 해서 서러움에 방황하다가 밤이 온 것을 알고 차비도 없다는 사실에 눈물이 났다는 거다.

나는 지갑에서 만 원짜리를 꺼냈다.

"저 앞에 나가면 버스 있을 거예요. 없으면 택시라도 타시고. 가진 게 이거밖에 없네."

꽝 된 로또를 줄 수는 없으니까.

뭐, 배우라고 하니 언젠가는 볼 수도 있겠고.

대표님이 그러셨거든, 돈 없는 배우들한테 차비 인심 보이면 나중에 로또 돼 돌아온다고.

"아, 아녜요! 괜찮아요!"

"그냥 주는 거 아니고 빌려주는 거예요."

"그래도……."

"나 두 번 말 안 합니다."

"감사합니다!"

넙죽 받아 든 그를 두고 뒤돌며 말했다.

"버텨요. 이 바닥 오래 버티는 놈이 이기더라고요."

그래야 내 돈 돌려받지.

아무튼 촬영장으로 돌아오는 길이 썩 내키지가 않았다.

괜히 오지랖을 부린 것 같기도 하고.

"실장님!"

"어, 이제 들어가."

유병재와 교대해 주려고 하는데, 유병재가 실실 웃는다.

"발전기 고장 났답니다. 오늘 촬영 접는대요."

"진짜?"

반가운 소리다. 차비 인심 썼다고 그새 로또 한 장 날아오네.

"안 가?"

멀리서 강주희의 앙칼진 소리가 들려왔다.

방 씨피와 스태프들에게 인사를 하고 차에 탔다.

유병재도 싱글벙글 나도 싱글벙글 스타일리스트들도 싱글벙글. 강주희만 짜증이 여전하다.

"아, 내가 방기룡 저 인간 머리 타게 내버려 뒀어야 했는데."

작년엔가, 방기룡이 드럼통 앞에서 꾸벅꾸벅 졸다가 머리카락 홀라당 태워먹을 뻔한 것을 강주희가 아슬아슬하게 목덜미를 낚아채서 구해줬다.

아무래도 저 얘기 십수 년은 우려먹을 것 같다.

"방 씨피님 얼마 전에 맞선 보셨대요. 그런 얘기 하지 마세요."

"어떤 여자래? 전생에 업이 많으신가 보네. 야, 저 저승사자 뭐냐?"

강주희가 유병재 어깨를 마구 두드리는 바람에 차를 세웠다.

어두운 길을 남자가 터벅터벅 걷고 있었다. 호리호리한 몸에 검은 옷을 입고 있으니 딱 저승사자네.

"모델인데."

"길쭉하긴 하네요."

"아니, 걸음걸이가 모델이라고."

강주희가 그렇다면 그런 거다.

근데, 저 친구…….

전조등 라이트에 남자가 뒤돌았다.

장독대 옆에서 흐느끼던 그 배우였다.

.

.

.

"그래서? 바보같이 '예, 알겠습니다.' 하고 혼자서 끙끙 앓다가 집에 가는 길이라고?"

강주희의 표정이 자못 진지하다. 남자, 최서준은 그녀 앞에서 죄지은 사람처럼 머리를 푹 숙이고 있었다.

이런. 강주희는 저러면 더 화를 내는 사람인데.

우려와 달리 강주희는 최서준의 어깨를 툭 치고 말했다.

"고개 들어! 배우가 돈이 없지, 존심이 없냐?"

말투는 걸걸해도 그녀의 목소리는 따뜻했다.

최서준이 붕어처럼 입을 벙긋거렸다. 고인 눈물이 또르르 흘러

내린다.

나는 이마를 긁적이며 강주희를 쳐다봤다. 그녀는 지금 단단히 화가 나 있다.

망할, 대체 어떤 병신 같은 감독인 걸까.

면상이 문득 궁금해질 찰나에 강주희 눈빛이 서슬 퍼렇게 변했다.

"그 감독, 지금 어디 있어?"

*   *   *

"그 감독, 지금 어디 있어?"

"예?"

당황한 최서준은 머뭇거렸다. 하지만 강주희 앞에서 거짓은 절대 안 된다.

"대학로에… 사무실이 있습니다."

"들었지?"

"예, 들었습니다.

유병재가 바로 시동을 걸며 복창했다.

곤란하다. 정말 곤란하다.

민속촌에서 대학로까지 자동차로 1시간 30분이면 도착한다. 그 사이 나는 팀장, 부장에게 연달아 긴급 메시지를 보냈다.

"예, 부장님!"

걸려온 전화를 냉큼 받았는데, 내 얼굴 옆으로 검처럼 날카로운 손이 쓱 나왔다. 강주희의 깡마른 팔에 나도 모르게 침을 꿀꺽 삼키고 핸드폰을 건넸다.

"어머, 부장님. 나 지금 복귀하는 중이에요!"

—너 지금 어디야? 일 저질렀다며?

그렇게 얘기하면 내가 꼰지른 것 같잖은가.

아니나 다를까 강주희가 아랫입술을 꾹 깨물고 눈을 두 배로 키워 나를 노려본다. 망했다. 망했어.

"아무 일 없으니까, 끊을게요."

전화는 끊어지고 배터리는 분리됐다.

대학로에 도착하자마자 차에서 내리려는 그녀를 간신히 붙들었다.

"누나, 저희가 먼저 올라가서 얘기해 볼게요."

"됐어. 비켜."

"진짜 좀. 누나 올라가면 일 커집니다. 행여 다치기라도 하면 촬영 어떻게 하시려고요? CF는? 여러 사람 힘들어지는 거 아시잖아요!"

강주희의 하얀 목이 꿈틀 올라간다. 그녀의 손은 서둘러 핸드폰과 배터리를 재조립하고 내게 넘겼다.

"문제 생기면 전화해."

유병재와 나, 그리고 최서준이 차에서 내렸다.

강주희가 올라가면 어쩌면 일은 쉽게 풀릴 수도 있다.

막말로 미친 감독이 아닌 이상 강주희 같은 스타와 트러블이 생기는 것을 원할 리는 없을 테니까. 강주희가 맘만 먹으면 업계에서 매장당할지도 모른다.

"그래도 선배님이 심성은 착해요. 처음 보는 배우 일도 신경 쓰는 거 보면."

유병재가 뒤따라오며 속닥거렸다. 순진한 녀석.

"너는 저게 정의 구현을 실현하려는 걸로 보이냐?"

"그럼요?"

내 눈에는 제 스트레스 풀려는 것 같다.

강주희는 오늘 스트레스가 제대로 쌓였고 그 스트레스를 풀 곳이 필요한데, 떡하니 먹잇감이 등장한 거다.

나는 고개를 절레절레 흔들고 최서준을 앞세워 허름한 사무실에 들어갔다.

낡은 갈색 소파가 제일 먼저 눈에 들어왔고, 짜장면을 맛깔나게 먹고 있는 남자 셋과 여자 하나가 눈에 들어왔다.

"염춘재 감독님이 누구십니까?"

질문은 던졌지만, 딱 보니 알겠다. 주걱턱에 염소수염을 가진 남자가 안경 콧대를 들썩이며 우리를 쳐다봤다.

"최서준은 알겠는데, 둘은 누군가?"

"아, 이분들은……."

최서준이 입을 열기에 나는 한 발 앞으로 나서며 말했다.

"최서준 씨 매니접니다."

"뭐어? 최서준이 매니저가 있어?"

"여기 있네요."

"거참."

염춘재 감독이 짜장면 그릇을 내려놓고 냅킨을 주워 들었다. 그러더니 흰 냅킨이 꼬질꼬질해질 때까지 입술을 닦고 툭 내던졌다.

"근데 왜 온 거야, 매니저가?"

"감독님이 우리 최서준 씨 출연료를 떼먹어서 말입니다. 아, 죄송합니다. 기분 나쁘셨다면."

"이런 싸가지 없는 자식을 봤나!"

염춘재 감독은 이번에는 나무젓가락을 바닥에 내팽개쳤다.

바닥에 튕긴 젓가락 하나가 내 하얀 운동화에 닿았다. 젠장, 이거 새 신발인데.

"이런 어린놈의 새끼들! 니들이 사채업자야 뭐야? 오밤중에 찾아와서 어디 돈을 달라 마라야!"

"그럼 오밤중에 찾아오지 새벽에 찾아와요? 차비도 안 줘서 걸어왔는데. 발 아파 죽겠네."

"이 새끼들이 지금 장난하나."

"병재야, 우리 지금 장난하러 왔냐?"

"장난 아닙니다, 실장님."

"대답이 됐습니까?"

말장난은 이쯤에서 끝내자. 내일도 촬영이 있다. 내 배우 어서 집에 가서 자야 한다.

"최서준 씨, 출연료 얼마 받기로 했습니까?"

"40만 원 받기로 했습니다."

작다면 작고 크다면 큰 돈이다.

강주희에게는 헤어 숍 한 번 들러서 쓰는 돈이지만, 최서준에게는 며칠, 어쩌면 몇 주의 생활비일지도 모른다. 물론 나한테도 큰 돈이었다.

"40만 원 같은 소리 하고 있네. 연기도 더럽게 못해 가지고 필름

만 날리고 왔어! 안 그러냐?"

"예."

남자 둘이 고개를 끄덕인다. 여자는 눈치를 보며 단무지를 또각 또각 깨물고 있었다.

흠, 생각을 해보자. 만약에 유혈 사태가 벌어진다면 저 둘은 덩치가 있으니 유병재한테 맡기자. 나는 저 염소수염을 맡고.

교통정리를 하고 바로 말했다.

"그럼 최서준 씨 촬영한 필름 내놓으시죠. 연기도 못했다니 쓸모없을 것 같은데."

"큼!"

되새김질이라도 하나.

염춘재 감독은 끙끙 앓는 소리를 내더니 뻔뻔한 얼굴로 우리를 쳐다본다.

"못 쥐. 내 건데 왜 줘? 정 가져가고 싶으면 돈 내놔. 내 재능과 노력이 담긴 결심이 담긴 작품인데 어딜 감히 내놓으라 마라 야."

"재능과 인성은 비례하지 않나 봅니다."

"이런 싸가지 없는 새끼를 봤나! 야! 내가 네 아버지뻘이야!"

"우리 아버지 돌아가셨는데. 그 입에서 한 번만 더 아버지 어쩌고 얘기 나오면 당신 오늘 나한테 죽어."

나는 깡패가 아니다. 그냥 화가 났을 뿐이다.

"이 사람들이 여기가 어디라고 와서."

염춘재 감독 옆에서 앉아 있던 남자가 엉덩이를 일으킨다.

하지만 유병재가 내 옆으로 슥 붙자, 엉덩이가 다시 무거워진 것 같다.

나는 시계를 한번 보고 말했다.

"필름, 주지 마세요 그럼. 그거 가져서 뭐 합니까. 대신, 감독님 영화에서 최서준 씨 얼굴 단 1초라도 비치면 초상권 소송 진행할 겁니다. 또한 못 받은 출연료 역시 형사 고발과 민사 소송 진행하겠습니다."

"니들이 뭔데?"

"뭐긴 뭐야, 피해자지. 병재야, 경찰서에 전화해라, 칼 맞았다고."

나는 주머니에서 칼을 들었다. 화들짝 놀라는 염춘재를 보며 책상 의자를 빼서 앉은 다음에 허벅지를 콱 찔렀다. 곧 빨간 핏물이 바닥에 고이기 시작했다.

"씨, 씨펄! 니들 지금 뭐 하는 거야? 니들 미쳤어?"

"그러니까 40만 원 가져오라고."

놀란 것은 최서준도 마찬가지였다. 숨을 헐떡거린다.

"매니저님, 저 돈 안 받아도 돼요, 구급차, 구급차 불러요!"

"그 전화! 내려놔. 그리고… 다들 움직이지 마."

눈을 부라렸더니 여자가 전화를 내려놓았다. 유병재는 그사이 112를 누르고 염춘재 감독을 노려봤다.

"돈 가져오시죠."

"이 미친 새끼들. 김양아! 돈 꺼내 와!"

나는 씨익 웃으며 여자를 쳐다봤고, 여자는 바들바들 떨며 돈을 가져왔다.

"나 말고, 최서준 씨한테 줘요."

"예, 예!"

최서준이 닭똥 같은 눈물을 흘리며 나를 본다.

"제가 뭐라고, 으으."

"나 지금 최서준 씨 돈 받은 거 아닙니다."

"예?"

"나 지금, 최서준 씨 자존심 받아준 겁니다."

"매니저님… 저, 이 돈 못 써요."

"앞으로는 잘 챙겨요. 자존심은, 남이 안 챙겨주는 거니까."

최서준이 일그러진 얼굴로 끄억끄억 소리를 낸다.

"가, 가! 이제 가! 미친 새끼들! 40만 원에 자해 공갈을 해? 거지 같은 새끼들!"

염춘재 감독이 소리를 버럭버럭 지른다.

그런데, 최서준이 제 얼굴을 훔치고 나를 향해 말했다.

"병원비는 제가 꼭 갚겠습니다. 그리고 매니저님 자존심은, 제가 챙겨 드릴게요."

그러더니 최서준은 염춘재 감독에게 다가갔다.

흠칫 놀란 염춘재가 뒤로 물러선 순간 돈뭉치를 휙 뿌렸다. 만 원짜리 지폐가 사무실 이곳저곳에 떨어진다.

최서준은 어금니를 씹으며 말했다.

"내 눈에 띄지 마. 죽여 버릴라니까."

젠장……

순간의 저 미소가 내 눈에 확 들어와 버렸다.

최서준은 나를 부축해서 사무실을 나왔다. 유병재가 문을 쾅 닫았다.

계단을 내려와서 말했다.

"됐어요, 이제 걸어갈게."

"어떻게 걸으시려고요? 그 몸으로. 빨리 병원으로……."

"아, 이거."

나는 허벅지를 툭 치며 말했다.

"인공 피예요, 인공 피. 이건 가짜 칼."

"예?"

"저번에 소품팀한테 빌렸거든. 우리 가끔 이렇게 써먹어요. 이 바닥이 험해서, 흐흐."

유병재도 흐흐 웃는다.

그런데, 최서준은 웃지 않고 눈물을 또 흘린다. 바보네, 바보.

"바보같이 기껏 받은 돈을 왜 뿌려요. 자존심은 자존심이고 돈은 돈이지."

"고맙습니다. 정말 고맙습니다, 매니저님."

우는 최서준을 보며 나는 유병재에게 윙크를 하고 말했다.

"병재야, 팀장님께 전화 넣어라."

"뭐라고 보고할까요? 배우 하나 데리고 간다고 하면 될까요?"

"S급 원석이라고 전해줘라."

최서준이 벙찐 얼굴로 우리를 쳐다본다. 눈물 자국이 난 얼굴을 보며 나는 미소 지었다.

"우리 회사는 밥 안 굶기니까 계약하죠?"

"매니저님, 으어."

차에 타자 강주희가 턱짓하며 나를 쳐다본다.

나는 빨갛게 물든 무릎을 탁 치고 말했다.

"미션 컴플리트!"

*　　　　　*　　　　　*

현재.

호텔 프레스룸에서 배우 최서준의 기자회견이 열렸다.

할리우드 데뷔작을 촬영하기 위해서 다음 주에 미국으로 떠나는 것을 기념해 마련된 자리였다.

"최서준 씨! 할리우드 데뷔 축하드립니다."

기자의 축하 인사에 최서준은 마이크에 입술을 가까이 가져갔다.

"감사합니다."

"올해로 데뷔 10년이신데. 그동안 다양한 영화와 드라마에 출연하면서 믿고 보는 배우 최서준으로 자리매김하셨잖아요, 그렇지만 할리우드 데뷔는 처음. 새로운 도전을 하는 데 있어 두렵지 않으세요? 실패에 대한 두려움, 그런 걸 질문드리는 겁니다."

최서준은 잠시 생각에 잠겼다.

"처음이지만 두렵지 않습니다. 이미 저는 10년 전에 영화를 그만둘 뻔했으니까요. 삶은 정말 알 수 없더라고요. 그때는 제가 이렇게까지 성공하고, 성장하는 배우가 될 거라고는 생각지도 못했는데… 사실, 우연찮게도 그때 제 손을 잡아준 매니저님이 작년에 독립을 했습니다. 그분도 새로운 도전을 택한 거죠. 그래서 더, 이번 선택에 저는 두려움이 없습니다."

"최서준 씨의 손을 잡아준 매니저라고 하면… N탑을 얘기하는 걸까요?"

"힌트를 드리죠."

기자들이 귀를 쫑긋 세운다.

"이번 주 3인칭시점을 꼭 시청하시기 바랍니다."

"예?"

＊　　　　＊　　　　＊

—저는 탕수육을 다양한 방식으로 즐깁니다. 기본 소스, 간장, 머스터드 같은 소스를 활용하기도 합니다. 구운 마늘과 드셔도 좋습니다. 입안에 퍼지는 소스와 마늘의 향, 그리고 바삭함. 소스에 담가둔 탕수육은 부드럽고 촉촉하죠.

유병재의 얼굴 위로 탕수육 화면이 오버랩 되고, 유병재가 검지를 내밀고 카메라를 향해 조언한다.

—찍먹과 부먹을 고민하는 것은 하수입니다. 그 시간에 드세요!

스튜디오에 있는 패널들이 박수를 치고 좋아할 때, 직원들과 나는 낄낄 웃으면서 포털 사이트의 실시간 반응을 살폈다.

"저 매니저 제대로 돈 자인 듯. 탕수육의 철학에서 범상치 않음이 느껴져요. 윤소림보다 매니저가 하드 캐리 할 줄은 몰랐다. 그 와중에 윤소림 예쁜 거 실화냐? 흐흐."

나와 저승이도 배꼽 빠져서 숨을 헐떡인 지 오래다.

방송이 끝나고 나서도 반응은 폭발적이었다.

바로 뜬 방송 리뷰 기사 제목은 '3인칭시점, 윤소림 매니저의 음식 철학!'

강주희한테 기사를 첨부해서 문자를 보냈다.

[누님, 배달 앱은 우리 매니저 거 같습니다.]

흐흐 웃는데, 바로 문자가 도착했다.

[유병재 죽을 각오 하고 있으라고 해!]

*   *   *

lioke*** 2시간 전 [추천 812 비추 31]

최서준 기자회견 V앱 보다가 저처럼 링크된 분?

답글 33

소림아널*** 1시간 전 [추천 232 비추 37]

저 매니저 때문에 밤에 짜장면 시켰다. 근데, 중국집에서 나한테 묻더라. 무슨 일 났냐고. 주문 쏟아진다고. 실화냐?

답글 27

주식투*** 20분 전 [추천 82 비추 21]

매니저님 너무 재밌었어요! 짜장면은 참겠는데, 탕수육은 못 참겠더라고요. 다이어트 실패했어요, 책임져요!

답글 19

fath*** 15분 전 [추천 53 비추 13]

윤소림 캡처 뜨려고 대기했다가 유병재 매니저 캡처 떴다.

답글 8

"어이쿠."

유병재는 핸드폰을 보며 입꼬리를 실실 올렸다.

쏟아진 기사에 실린 방송 스틸컷에 제 모습이 선명했다.

"팀장님, 댁에서 뭐래요? 사모님도 좋아하시죠?"

유병재는 핸드폰을 내려놓고 메이크업을 고친 윤소림에게 대본을 건넸다.

"좋아하긴. 낯부끄럽다고 난리더라. 그러면서 또 다운은 왜 받아?"

"후후."

"뭐, 애들은 좋아하더라고."

"좋아하죠. 아빠가 티비에 나왔는데."

유병재는 피식 웃고 나서 윤소림을 뚫어지게 쳐다봤다.

"너는? 요즘도 아버지랑 사이가 소원해?"

"제가 애교 없는 큰딸이잖아요. 아버지도 별 얘기 없고."

윤소림의 미소가 힘을 잃었다.

"아버지도 내심 좋아하시는데 내색 안 하는 거야."

"그럴까요?"

"그럼. 내 딸이 TV 나오는데 싫어할 부모님이 어딨어?"

괜히 말을 꺼낸 걸까.

차가희가 옆에서 쏘아보길래 유병재는 딴청을 하며 다시 물었다.

"근데 배 안 고파?"

"괜찮아요. 아, 전에 들으니까 대표님이 강주희 선배님 매니저 시절에는 국수도 만들어주셨다면서요? 살 안 찌는 곤약으로."

"그거는 강제로 대령한 거였지. 대표님 그때 얘기할 때면 눈가에 눈물이 글썽글썽하신다."

"얘기 들어보니 돌쇠가 따로 없었더만. 하긴. 그때도 강주희는 톱스타였으니까. 대신에 보너스 많이 챙겨줬다던데요?"

메이크업 가방을 뒤적이던 차가희가 들은 얘기를 꺼냈더니, 유병재가 콧방귀를 뀐다.

"보너스는 무슨. 복권 사 와라, 담배 사 와라 심부름 시키고 남는 돈 너 가져라 하는 식이었지."

시답잖은 얘기에 웃고 나서 유병재는 차에서 내렸다.

하늘을 보니 화창하다.

"어디 가요?"

강주희 매니저가 보여서 손을 흔들고 물었다. 지난번 3인칭시점 촬영 이후 제법 친해졌다.

먹꾼은 먹꾼을 알아본다지 않는가.

"편의점 좀 갔다 오려고요. 혹시 뭐 필요한 거 있어요? 가는 김에 사다 줄게."

"뭐 딱히 없는데, 편의점은 왜요?"

강주희 매니저가 한숨을 쉬고 종이를 흔든다.

"로또 사 오래요. 꼭 지금 사야 한다고 고집이야."

"흐흐……."

낄낄 웃던 유병재가 갑자기 웃음을 뚝 멈췄다.

'가만있어 봐.'

웃을 일이 아니었다.

혹시 그래서였나.

강주희와 계약 얘기를 꺼내면서, 최고남이 그를 바라보는 시선이 무척이나 그윽했다.

매니저 인력을 증원한다지만, 강주희급에게 신입을 붙일 수는 없는 노릇.

그러니 강주희가 퓨처엔터로 오면 저 심부름 자신의 몫이 될 게 뻔했다.

'또?'

엿 됐다는 사실을 깨달은 유병재의 눈에, 촬영장을 종횡무진하고 있는 은별이가 보인다.

작은 마녀는 지금 유튜브에 올릴 영상을 촬영 중이었다.

이름하여, 은별이의 드라마 촬영장.

퓨처엔터의 두번째 장작이 지펴지기 시작했다.

*   *   *

"은별나라 식구들, 안녕!"

카메라 앞에서 은별이가 두 손을 모으고 소근거렸다.

"오늘은, 저희 500살 마녀의 촬영장을 소개시켜 드릴게요. 감독님한테 겨우 허락받았답니다!"

최한이 감독은 유튜브 영상에 올릴 촬영을 흔쾌히 허락했다. 실시간 라이브 방송을 해도 좋다는 얘기까지 했다.

그래서 오늘 방송은 라방이다.

방송을 켜기 무섭게 은별나라 식구들이 채팅방에 들어왔다.

채팅창이 제대로 보이지 않을 정도로 대화가 빠르게 올라가고 있었다.

유튜브 채널 〈은별나라 은별공주〉 구독자는 요 며칠 사이 급속하게 늘었다.

캐스팅 기사가 난 뒤로 하루 만에 3천 명이 붙더니 구독자 수가 순식간에 4만 명이 됐다.

그래서 요즘 은별이는 정말 마녀처럼 공중에 날아갈 듯한 기분이었다.

"여러분, 여기가 500살 마녀의 드라마 촬영장입니다!"

두 팔 벌리고 제자리에서 빙그르 돈 은별이를 따라서 VJ도 카메라를 돌렸다.

현장이 스태프들로 복작거렸다.

밥차에서도 벌써부터 구수한 냄새가 풍긴다.

"안녕하세요!"

"은별이 왔니?"

밥차 아줌마가 가까이 온 은별이에게 손을 흔들었다. 은별이도 작은 손을 정신없이 흔들었다.

"아줌마, 저 지금 유튜브 방송 중인데, 얼굴 나와도 돼요?"

"에그머니나!"

밥차 아줌마가 당황해서 제 얼굴을 서둘러 가렸다.

아쉽지만, 카메라는 반찬 통만 잡았다.

부추전, 소시지 야채볶음, 멸치, 닭봉에서 하얀 증기가 피어올랐다. 침이 꼴깍 넘어가는 비주얼에 채팅창이 난리가 났다.

@dkllsid 날씨도 꾸릿꾸릿한데 부추전에 막걸리 당긴다!

@나라_엄마 저도 밥차 가서 한 끼 먹으면 안 될까요? 밥 차리기 너무 싫어요 n.n

@급식이no11 소야 제대로 볶았네. 우리 학교 급식은 풀때긴데.

@독보적수사대 먹방도 부탁해요!

"오케이, 이따가 먹방 기대해 주세요!"

은별이는 사뿐사뿐 뛰어서 스태프들이 모여 있는 곳으로 향했다.

"어훙!"

하고 불시에 뛰어들자 스태프들이 너도나도 얼굴을 가리고 도망친다.

"언니, 언니!"

은별이가 도망치는 스태프들을 쫓아갈 때마다 바다에 나타난 상어에 놀란 해변객들처럼 아우성이다.

흡사 재난 현장 같았다.

그나마 굼뜬 카메라 감독이 은별이의 작은 손에 콱 물렸다.

"카메라 감독님!"

"어어?"

한 명이 희생양이 되자 도망치던 사람들은 이제 구경꾼이 됐다.

"우리 은별나라 언니, 오빠, 이모 삼촌들에게 인사 부탁드립니다!"

은별이가 작은 주먹을 마이크 대신 내밀었다.

카메라 감독이 까슬까슬한 턱수염을 문대며 VJ 쪽을 바라봤다.

"아, 카메라 감독 이문철입니다."

"여러분, 우리 카메라 감독님 잘생겼죠?"

이문철 감독이 큰 소리를 내고 자세를 고쳐 섰다. 그는 왼쪽보다 오른쪽 얼굴이 자신 있는 편이었다.

"감독님께 질문드리겠습니다. 감독님은 촬영장에서 누가 제일 예쁜 것 같아요?"

"그거야 당연히 은별이죠."

"히히! 백 점입니다!"

후한 점수를 주고 다른 스태프들을 잡으려고 주위를 둘러봤다. 그러자 카메라 스태프 한 명이 크게 외쳤다.

"은별아! 감독님 노래 시켜, 노래!"

"아!"

"감독님, 노래 잘하시잖아요! 전국 노래자랑도 나가셨으면서!"

구경꾼들의 짓궂은 장난에 이문철 감독이 발끈했다.

하지만 이미 늦었다. 은별이 눈이 먹이를 캐치한 사냥꾼처럼 날카로워진 뒤였다.

"뭐시라? 우리 카메라 감독님이 노래를 그렇게 잘한다고?"

"은별아, 살려줘라!"

은별이 마음이 약해진다.

그런데 이때.

"노래를 못하면, 장가를 못 가요, 아! 못난 사람……."

구경꾼들이 박수를 치면서 이문철 감독을 떠밀었다.

이문철 감독의 약점은 결혼이었다.

마흔이 넘어도 장가를 못 가는 아들에게 부모님은 거시기에 무슨 문제가 있냐며 타박하고, 누나들은 돌아가며 잔소리 전화로 그를 매일 압박했다.

"니들 나중에 두고 보자!"

"감독님 안 하셔도……"

"사랑했어요~!"

너무 몰아세우는 것 같아서 은별이가 말리려 했는데, 이문철 감독의 목청이 터졌다.

구수한 트로트에 구경꾼들이 박수로 장단을 맞춘다.

은별이도 앞에서 블루스 춤을 췄다.

한바탕 소란에 촬영장에 흥이 오를 대로 오르는 사이 눈치 빠른 최한이 감독이나 다른 파트 감독들은 꽁무니를 감췄다.

@나라_엄마 카메라 감독님 너무 멋있으세요! 데뷔했다고 해도 믿겠네.

@lojuly 당장 음반 냅시다!

@조르니3세 형님, 우리 누나 소개시켜 드리겠습니다!

"여러분, 우리 감독님에게 박수!"

채팅창에 박수갈채가 쏟아졌다.

이문철 감독과 하이 파이브를 하고 은별이가 다시 주위를 둘러 봤을 때는, 모두 도망친 뒤였다.

"이 치사한 자식들이!"

이문철 감독이 분통을 터뜨린다. 촬영 준비고 뭐고 없었다.

그는 은별이와 함께 스태프들을 잡으러 다녔다.

미술감독, 조명감독, 음향감독이 차례로 잡혔다.

현장 반장이라고 예외는 아니었다. 밥차 뒤에 숨었던 배우들도 잡혔다.

@lojuly 현장 분위기 실화입니까?

@조르니3세 스태프들 너무 웃겨서 배꼽 빠져요!

@급식이no11 아, 낄낄 웃다가 선생님한테 걸렸어요. b.b.(ㅠ.ㅠ)

@독보적수사대 감독님은 춤 시킵시다, 춤! 아, 그분은 결혼하셨나?

@ko_펀치강 주연배우 없나요? 윤소림하고, 박신후 얼굴 보고 싶어요!

"감독님, 여기 계셨군요."

세트장 거실에 그림자 두 개가 길게 늘어졌다. 큰 그림자는 이문철 감독, 작은 그림자는 은별이었다.

"은별아, 나는 좀 빼줘라!"

"최 감독, 치사하게 이럴 거야?"

이문철 감독은 이미 다 같이 죽기로 결심한 사람이었다.

* * *

타닥타닥.

재택근무 알바 중인 영심 씨는 오늘도 부지런히 인터넷 커뮤니티에 글을 작성한다.

광고나 홍보성 게시물들을 작성하고 업체에서 만들어준 이미지를 실어 유머 카테고리에 올린다.

조회수와 추천수가 많아지면서 핫 게시글에 오르면 건당 5만 원.

이렇게 작업한 글들은 각 커뮤니티를 돌면서 어느새 주류가 되고 트렌드가 된다.

특히 영심 씨는 글만 올리면 핫 게시글에 오를 정도로 어그로를 제대로 끌 줄 아는 사람이었다.

사실상 그녀의 열 손가락에서 트렌드가 만들어진다고 해도 과언이 아니었다.

하지만 게시글을 항상 일 때문에 작성하는 것은 아니었다.

때로는 자신의 실력을 시험해 보기 위해서, 때로는 자신이 좋아하는 아이돌그룹을 띄우기 위해서도 '핫게' 작업을 하곤 했다.

그런 영심 씨가 최근 관심을 가지는 스타는 유튜버 고은별.

〈은별나라 은별공주〉 채널을 운영하고 있는 어린 유튜버는 얼마 전 3인칭시점에 나와서 윤소림과 배드민턴을 쳤다.

어쩌나 귀엽던지. 그 모습에 홀려서 어느새 유튜브 채널에 있는 영상을 모두 섭렵한 그녀였다.

하지만 아직 구독자 수가 4만 언저리.

자신이 좋아하는 유튜버가 이것밖에 안 된다?

영심 씨로서는 용납할 수 없는 일이었다. 그래서 그녀는 깍지 낀 열 손가락을 뚜둑, 풀고 기계식키보드 위에 손을 얹었다.

「한국의 흔한 매니지먼트 대표님? 100미터가 9초?」

「현재 논란 중인 소속사의 어린 유튜버」

영심 씨는 순식간에 영상 두 개를 타깃으로 한 어그로성 게시글을 유머란에 올렸다. 오래전 가입해 두고 묵혀둔 아이디로 올렸기 때문에 흔적도 남지 않지만, 핫게에 오르는 것은 시간문제였다.

신우리 (1일 전)
오늘도 유튜브 알고리즘은 나를 이상한 곳으로 납치했다.

kim jo (1일 전)
매니저가 아니라 국가대표 달리기 선수 아닌가요?

rudo (1일 전)
개인 유튜버 아니죠? 퀄리티 장난 아니네. 외국어 자막도 있네?

.

.

.

"대표님, 반응이 심상치 않은데요? 구독자 수가 하루 만에 만 명이 늘었어요."

"이거 김 팀장이 작업한 거 아니야?"

한 연예 커뮤니티 사이트의 핫 게시글에 오른 두 개의 영상을 보면서 물어봤지만, 김나영 팀장은 고개를 가로저었다.

"그렇지 않아도 작업하려고 했는데, 마침 팬이 올렸나 봐요. 타이밍 좋게 말이죠."

"뭐, 누가 했든 무슨 상관이야."

나는 스페이스 키를 탁 치고 말했다.

"물 들어올 때 노 저어야지. 배드민턴 영상 올려!"

＊　　　　＊　　　　＊

"요즘 들어 단 게 당긴단 말이야. 늙었나."

방 국장은 초콜릿을 한 입 베어 물며 미간을 찌푸렸다.

모니터링 TV에 연예가소식 게스트로 출연한 박신후가 나오고 있었다.

캐스팅과 관련한 얘기부터 매니저와 함께하는 간단한 게임, 거기에 윤소림의 지난 영상까지 첨부해서 출연 코너를 꽉 채웠다.

"최고남 이 자식을 그냥."

"최고남도 촬영 준비하느라 정신없을 겁니다."

"지들이 뭐가 정신없어. 준비야 제작사하고 촬영팀이 하는 거지. 콜사인 맞춰 현장에 딱 도착하면 끝나는 거잖아?"

초콜릿을 아그작 씹는 방 국장.

"보기에야 그렇지, 얼마나 바쁘겠어요. 촬영 스케줄 맞춰서 준비해야지, 지금 한창 광고 들어오니까 그거 준비해야지, 드라마가 또 하루 이틀 만에 끝나는 것도 아니고."

"너 최고남한테 뭐 받아먹었냐?

방 국장의 삐딱해진 시선에 김 피디가 침을 꿀꺽 삼킨다.

"아니, 말이 그렇다는 거죠."

"에이, 입맛 떨어지네."

초콜릿 부스러기만 남은 은박지를 구겨 버린 방 국장이 리모콘을 꾹꾹 눌렀다.

"이 자식을 어떻게 해야 하나. 바쁘다면서 3인칭시점에는 출연해?"

아주 괘씸하기 짝이 없었다.

간쓸개 다 빼줄 것처럼 달라붙을 때는 언제고, 이제는 불어오는 바람 따라 멀리 도망가시겠다?

탁.

흥분해서 실수로 바둑을 잘못 놓은 방 국장이 슬그머니 손가락을 다시 뻗으려고 하자, 겁도 없이 김 피디가 손등을 막아선다.

고개를 찬찬히 가로젓는 김재하 피디.

"꼭 이겨야겠냐?"

고개를 찬찬히 끄덕이는 김재하 피디.

"에잇, 젠장."

"아, 진짜!"

바둑판을 흩트린 방 국장은 짧은 다리를 꼬고 유튜브를 틀었다. 바둑 방송이나 보려는데, 추천 영상이 눈에 들어왔다.

"이거 뭐야. 현재 논란 중인 소속사 대표와 유튜버의 배드민턴 실력?"

왠지 기분이 더러운데, 일단 영상을 틀었다.

─은별아!

─대표님!

눈에 익은 놈이 셔틀콕을 받아서 토스하자, 은별이가 톡 받아서 네트를 넘긴다.

그러자 반대편의 곰같이 생긴 유병재 녀석이 받아서 노랑머리 아가씨한테 넘기고, 노랑머리가 짧게 쳐서 쇼트 서브.

―어림없지!

최고남이 그걸 또 받아서 롱 서브를 날리자, 이번에는 유병재가 힘껏 점프해서 강한 서브를 날린다.

하지만 넘어지면서 겨우 막은 최고남.

몸의 중심을 잃은 유병재, 머리카락에 씹던 껌이 붙었는지 정신을 못 차리는 노랑머리, 그사이 은별이가 근사하게 폼을 그리며 네트를 넘긴 셔틀콕이 바닥에 떨어졌다.

최고남이 일어나 손바닥을 내밀었다. 그러자 은별이가 최고남에게 다가가서 작은 손을 탁!

"꼴값들 떠네."

＊　　　＊　　　＊

〈은별나라 은별공주〉의 구독자 수는 빠르게 늘어났다.

일주일 만에 10만을 넘겨 15만으로 치닫고 있었다.

유튜브는 10만 구독자 수를 달성하면 실버 버튼이라는 것을 신청할 수가 있는데, 너무 빨리 올라서 신청할 겨를도 없었다.

유병재에 이어 은별이까지 불타면서 회사에는 섭외 전화가 쏟아지고 있다.

[대박.]

왼쪽 눈을 감은 저승이가 들어온 대본과 제안서들을 살펴보며 혀를 내두른다.

[여기 있는 것들 다 빛나요.]

듣기 좋은 소리다.

"잘됐네."

일단 기지개를 쭉 켰다. 고개를 까닥까닥 흔들어서 뭉친 근육을 풀고 검색창을 띄웠다.

"이제, 마지막 장작을 피워야지"

[불태우자고요!]

나는 고개를 끄덕이면서 검색창에 우리 소속 배우의 이름을 쳤다.

윤소림?

.

.

.

「서울, pc방」

검색창에 이름을 넣고 엔터를 치자 바로 기사가 떴다.

불과 몇 달 전만 해도 초등학생 윤소림, 얼굴도 모르는 중견기업인이 떴는데, 지금은 윤소림의 사진과 프로필뿐 아니라 광고 영상까지 떴다.

—여러분, 지금 드라마 문제가 아니에요, 저 초콜릿 백 개 사서 등신대 당첨됐습니다! 교복 대박 예쁩니다!

ㄴ으아, 오늘처럼 나이 먹은 게 후회된 적이 없네요. 내 인생에 윤소림 같은 여고생은 없었다고!

└윤소림 동창은 진짜 좋았겠다. 등교했더니 같은 반에 여신? 이거 실화?

└실화입니다. 제가 윤소림 옆 반이었습니다. 저희 반 남학생들 1년 동안 지각 한 번 안 했습니다. 윤소림 책상은 늘 편의점이었습니다. 저도 가끔 커피우유 올려다 놓고 그랬습니다.

└학창 시절 축복받으셨구만!

중년의 남자는 벌써 한 시간째 PC방 구석에서 윤소림을 검색하고 있었다.

어떤 댓글에는 눈살을 찌푸리고, 어떤 댓글에는 저도 모르게 미소를 지으면서 댓글을 읽어 내려갔다.

눈이 침침해질 즈음 자리에서 일어난 그는 카운터에 맡겨놓은 핸드폰을 찾으러 갔다.

"저 아가씨, 아까 핸드폰 맡겨둔 것 좀 주실래요?"

"예, 잠시만요."

잠깐 기다리는데, 남자의 옆으로 고등학생들이 다가와 카운터에 대고 외친다.

"누나, 초콜릿 갖다 놨죠?"

"그래, 니들 때문에 갖다 놨다."

직원은 남학생들에게는 초콜릿을, 중년의 남자에게는 핸드폰을 건넸다.

초콜릿 포장지의 윤소림을 본 남학생들이 야단법석을 떤다.

"우와, 윤소림 진짜 예쁘다. 우리 학교에는 왜 이런 애가 없냐? 안 그래요, 누나? 이런 교복 입은 여학생 여기 온 적 있어요?"

"야, 그 나이 때는 다 예쁘거든?"

왁자지껄 떠들며 컴퓨터 앞에 앉는 학생들.

그 모습을 보던 중년의 남성이 머뭇거리다가 말했다.

"저게 맛있어요?"

"맛이야 있죠. 근데, 그것보다 광고 모델 때문에 요즘 난리잖아요. 예쁘다고. 추첨권도 들어 있어서 당첨되면 등신대랑 사인까지 받을 수 있고."

남자는 잠시 귀 기울이더니 초콜릿을 손에 쥐었다.

"나도 하나 주세요."

다시 자리로 돌아온 남자는 초콜릿을 한 입 베어 물었다.

너무 달아서 그의 입에는 맞지 않았다.

다시 마우스를 쥐려는데, 핸드폰이 요란하게 울린다.

[퓨처엔터 김나영 팀장님]

액정을 확인한 남자는 밝은 얼굴로 전화를 받았다.

"예, 팀장님."

―아버님, 피로회복제 광고 곧 나올 거예요. 궁금하실 것 같아서 전화드렸어요.

"어휴, 이것 참. 내가 피해 주는 건 아닌가 모르겠네요."

―괜찮아요, 아버님. 정말 잘하셨어요. 소림이가 누구 닮아서 그렇게 끼가 많나 했더니만, 아버지 빼닮았었네요.

"닮기는 지 엄마 닮았죠. 근데, 소림이가 싫어하지 않을까 걱정이네요."

―아니라니까요. 걱정하지 마세요. 소림이가 아버님 마음 모르겠어요? 표현을 안 해서 그렇지. 그럼, 정확한 광고 날짜와 시간 나

오면 다시 한번 문자 드릴게요.

"아, 팀장님."

—예, 말씀하세요.

"대표님한테… 고맙다고 좀 전해주세요."

—예! 꼭 전해 드리겠습니다.

시원시원하고 똑 부러지는 목소리였다.

*　　　　*　　　　*

"저 광고 언제 찍어요?"

윤소림이 눈을 말똥말똥 뜨고 물었다.

대사에 피로회복제 제품 노출 시간이 적혀 있었기 때문이다.

광고가 들어왔다는 얘기는 들었는데, 아직 촬영은 하지 않은 상황이었다.

"그거 이미 찍었어."

"예?"

"자료 화면으로 대체하기로 했거든. 너 연습생 시절 영상 말이야."

"연습생 시절 영상요?"

"세러데이에서 방영됐던 거 있잖아."

"아."

윤소림이 기억이 난 듯 앓는 소리를 했다.

1시간 찍고 1분 나갔던 다큐멘터리 방송.

"콘티가 어떻길래 자료 영상으로 광고를 만들지? 진짜 광고 들어온 거 맞아요? 저, 기 세워주려고 광고 들어왔다고 하신 거 아니죠?"

윤소림이 게슴츠레 뜨고 보자 유병재가 큰일 날 소리 한다며 혀를 찼다.

"나중에 정산도 해야 하는데, 그런 거짓말을 어떻게 하냐."

"그건 그런데."

"뭘 그건 그런데야. 잡생각 그만하고 촬영 집중해."

유병재가 박수를 짝 쳤다.

이어질 촬영은, 촬영장에 나타난 마녀를 보고 넋이 나가는 톱스타 우진우의 씬.

이번 씬에서 미술팀과 차가희는 세상에서 가장 아름다운 마녀를 만들기 위해서 수십 벌의 브랜드 의상과 헤어스타일을 두고 윤소림의 스타일링을 고민했다.

지금까지 500살 마녀에서 마녀의 드레스 코드와 헤어스타일은 오드리 햅번을 참고한 '햅번룩'이었다.

블랙 드레스, 업스타일 헤어, 보석을 두른 하얀 목.

여기에 김나영 팀장이 수집하고 애용하는 유명 브랜드 스카프들이 찬조 출연 했다.

하지만 이번에는 로미오와 줄리엣의 올리비아 핫세 의상과 헤어스타일을 참조했다.

중세 유럽풍의 뾰족한 구두에 붉은 드레스의 실루엣으로 물처럼 흐르는 듯한 부드러움과 강렬함, 특히나 윤소림의 하얀 피부와 대비되는 퍼스널 컬러의 진한 붉은 입술로 마녀의 강렬함과 존재감을 한층 살렸다.

"우와!"

윤소림이 대기실에서 나오자 스태프들 입이 함지박만 해졌다.

"진짜 예쁘다."

"이거 포커한은 비교 안 되잖아?"

"500살 마녀… 스태프라서 행복합니다."

공기마저도 숨죽이는 것 같았다.

윤소림이 움직이자 그제야 바람 한 점이 불어와 드레스를 흔들었다.

말 그대로 마녀였다.

눈은 이미 연기에 들어가 있었다.

남자 스태프들은 메두사의 눈이라도 마주한 것처럼 굳어버렸고, 여자 스태프들은 고혹적인 분위기에 매료돼 붕어처럼 입술만 벙긋거렸다.

"야, 너 당장 가서 박신후 눈 가리고 오라고 해."

최한이 감독이 급하게 조감독을 보냈다.

"눈을 가리고 오라고요?"

"예, 그렇게 하세요."

조감독이 딱딱하게 말하고 뒤돌자, 박신후 매니저는 입술을 잘끈 씹었다.

"염병, 아주 지시를 하고 자빠졌네."

"형."

박신후가 매니저를 말렸다. 까라면 까야지 별수 있나.

대표님의 헛짓거리로 인해서 지금 그가 찬밥 더운밥 따질 때가 아니었다.

결국 긴 수건을 찾아서 눈을 가리고 차에서 내렸다.

매니저는 혹여 배우가 넘어질세라 조심스럽게 촬영장으로 이동했다.

"뭐가 저렇게 시끄러워."

촬영장 분위기가 심상치가 않다.

"선녀라도 내려왔나."

매니저는 구시렁거리며 박신후를 이끌고 웅성거리는 스태프들 사이를 지나갔다.

"감독님, 저희⋯⋯."

방긋 웃으며 도착했음을 보고하려던 매니저는 입을 벌린 채로 그 자리에 서버렸다.

"형?"

박신후가 그를 불렀지만, 대답이 없다.

"형, 왜 그래?"

답답해진 박신후가 눈을 가린 수건에 손을 대자 최한이 감독의 고함이 들렸다.

"박신후 매니저 정신 안 차려?"

수건에 닿은 손을 서둘러 떼자, 매니저가 정신을 차렸는지 다시 그를 이끌었다.

최한이 감독의 디렉션이 이어졌다.

"박신후, 잘 들어. 지금 니가 서 있는 위치, 이 자세에서 카메라 돌 거야. 너는 대사 치고, 앞에 있는 스태프들이 놀라는 표정을 지으면 그때 천천히 뒤돌아서 마녀를 보고 너도 놀라는 거야. 알겠지?"

"예."

박신후가 고개를 끄덕인다.

최 감독은 윤소림을 박신후와 조금 떨어진 곳에 세웠다.

둘 사이의 중간 지점에는 반사판을 든 스태프들과 선풍기를 든 스태프들이 대기했다.

마녀의 머리카락과 드레스 자락을 흩날리기 위해서였다.

물론 나눠 갈 생각이지만, 박신후가 놀라는 장면은 한 번에 잡아야 한다.

동선에 선 배우들, 준비된 스태프들.

"액션!"

.

.

.

톱스타 우진우는 상대 배우를 보며 가슴을 두드렸다.

"나, 우진우야! 만인의 연인 우진우라고!"

"진우 씨, 그냥 가. 나는 이제 진우 씨한테 미련 없으니까."

"그게 말이 돼? 너 지금 속마음 속이고 있는 거야! 어떻게 이 완벽한 외모에 미련이 없을 수가 있어? 후후, 그 말을 나보고 믿으라고?"

"진우 씨는 항상 그게 문제였어. 너무 잘생긴 거!"

"뭐어?"

"진우 씨와 눈이 마주치면, 웃으면, 그냥 손끝만 스쳐도 여자들이 반하잖아? 난 이제 너무 지쳤어. 그러니 날 놔줘. 제발."

"그런 이유였어? 하아아, 그건 나도 어떻게 할 수가 없는 건데……."

톱스타 우진우가 미간을 꾹 누른다.

이쯤에서 오케이 사인이 떨어져야 하는데, 조용하다.

미간에서 손을 떼고 눈을 슬며시 뜨는데, 스태프들이 조용하다.

"감독님?"

감독은 메가폰마저 바닥에 떨구고 멍한 얼굴로 서 있었다.

스태프들도 맛탱이가 간 얼굴들이었다.

급기야 붐마이크가 우진우의 어깨에 툭 떨어졌다.

"아, 뭐야?"

놀란 우진우가 뒤를 휙 돌아봤다.

그 순간이었다.

*　　　　*　　　　*

"박신후가 맛이 가?"

"연기가 아니라 진짜 소림이한테 정신이 훅 나간 것 같더라니까요."

차가희가 메이크업 가방을 퉁 내려놓으며 낄낄 웃는다.

궁금하네.

"우리 소림이가 그렇게 예뻤단 말이야?"

"방송으로 보세요. 대표님도 빡 가는 거 아니야?"

"빡은 무슨, 내가 차 팀장 생각하면 빡이 돌아. 왜 자꾸 내 사무실에서 밤에 기어와 자는 거야?"

"아니 그게, 술 취하면 저도 모르게 거기 누워 있더라고요. 뭐랄까. 기운이 좋다고 할까?"

[아저씨, 저 저 누나 싫어요. 날 보는 것 같다니까요? 막 허공에 대고 손으로 뭘 주무른다니까요?]

'하긴, 니가 차가희 타입이긴 한 것 같다.'

저승이가 소름이 돋는다며 몸을 부르르 떤다.

그사이 직원들은 TV 앞에 모였다. 막내들은 맥주를 내려놓고, 김나영 팀장은 노트북 앞에서 쪼그리고 앉아 있다.

나는 스케줄표를 바라본다.

청승맞지만, 나는 마커 펜을 쥐고 '500살 마녀 첫 촬영!'이라고 누군가 힘차게 적었을 글귀 옆에 조그맣게 몇 자를 더 새겨 넣었다.

[우리 마녀들 화이팅!]

미소를 빙긋 짓는데, 김나영 팀장이 손뼉을 쳤다.

"유 팀장님, 소림이 데려오세요!"

영문도 모른 채 차에서 계속 기다리던 윤소림이 사무실에 올라왔다.

"자, 그럼 소림이 두 번째 CF 피로회복제 광고 볼게요. 전파 타는 건 500살 마녀 첫방 하고 나서 탈 거고요, 이건 대행사에서 최종 편집본 받은 겁니다. 소림아, 준비됐지?"

윤소림도 턱을 괴고 TV를 바라본다.

김나영 팀장이 노트북을 조작하자, 잠시 뒤 TV 화면에서 광고 영상이 재생됐다.

익히 알고 있듯이 세러데이가 촬영한 자료 화면이 BGM과 함께 이어졌다.

하지만 예상과 다른 잔잔한 BGM에 윤소림이 눈썹이 기울었다.

그리고 이어진 나레이션에 윤소림의 눈가에 눈물이 고였다.

─이 아이는 무릎 수술을 하고도 꿈을 포기하지 않았습니다.

─수차례 데뷔에 실패해서 좌절했을 때도 이 아이는 다시 연습실에서 춤을 췄습니다.

─그만두라고 혼을 내도, 설득을 해도 이 아이는 꿈을 포기하지 않았습니다. 그리고 마침내 꿈을 이뤘습니다.

─저는 윤소림이 아버집니다. 미안하고, 고맙고, 사랑한다… 내 딸.

박카수.

*   *   *

"매니저님, 방송 잘 봤어요!"

"하하."

유병재는 민망함을 어색한 웃음으로 때웠다.

〈3인칭시점〉 방송 이후로 알아보는 사람들이 많아졌다.

특히나 촬영장에 오면 인기가 대단했다. 식사 시간에는 수저를 들기 힘들 정도로 관심이 쏟아졌다.

기사도 간간이 계속 나오고.

살다 살다 제 이름을 인터넷 검색창에 쳐보는 날이 올 줄이야.

"병재 씨, 이번 주에도 나오는 거야?"

"또 나오긴요. 강주희 선배님 편에 잠깐 나왔던 거라서요."

"윤소림 편은 안 찍나?"

그러잖아도 요청이 오긴 했지만 500살 마녀가 우선이라서 정중히 거절했다.

"병재 씨, 신사동 쪽에 맛집 좀 알려줘. 나 거기 갈 일이 있는데."

"방송 못 보셨어요? 매니저님이 아무한테나 맛집 리스트 알려주지 않는다잖아요. 대기시간 길어진다고."

"우리가 아무냐? 그러지 말고 좀 알려줘."

"신사동 쪽이면 파스타 맛있게 하는 집이 있긴 한데⋯ 아휴, 안 돼요. 거기 가뜩이나 사람들 많은데 대기 시간 길어져서."

허허 웃던 유병재가 정색하며 손사래를 치자, 스태프들이 어깨를 요리조리 흔들며 안달했다.

"좀 알려줘!"

"안 됩니다."

단호히 뒤돌아선 유병재에게 원망이 쏟아질 때, 멀찌감치 떨어져서 귀를 쫑긋 세우고 있던 노총각 이문철 감독이 다가왔다.

"거기가 어디야? 파스타."

"감독님까지 왜 그러세요?"

"나 이번에 맞선 본다. 장가 가자."

비장한 눈빛.

차마 외면할 수 없어서 유병재는 침음을 흘리다가 마지못해 맛집 리스트를 오픈했다.

"거기가 어디냐 하면⋯⋯."

이문철 감독이 올빼미처럼 눈을 부릅뜨고 귀 기울이는 때였다.

"응? 저 사람 박신후 소속사 본부장 아니에요?"

고사 때 본 박신후 소속사 본부장과 박신후 매니저가 무거운 얼굴로 대저택 세트장으로 들어가고 있었다.

그들이 달려온 이유는 분량 때문.

7회 차 촬영고까지 나온 마당에 박신후의 존재감이 뚜렷하지가 않았다.

나아질 거라는 생각에 지켜봤지만 달라지지 않아서 결국 본부장이 무거운 걸음을 움직였다.

"안녕하세요, 감독님!"

믹스커피 한 잔에 공복을 해결하던 최한이 감독은 본부장을 보자마자 눈살을 찌푸렸다.

"아이고, 결국 오셨네. 말씀 드렸잖아요. 작가님께서도 생각이 있으시겠죠. 우리 드라마 에피소드 형식인거 알잖아요?"

마녀가 지구에 온 이유는 나쁜 마녀를 잡기 위해서다.

마녀의 술법에 꼭두각시가 된 사람, 피해 입은 사람, 억울한 일을 당한 사람들의 사연을 해결해 주면서 나쁜 마녀를 추적하고 있고, 나쁜 마녀는 우진우의 주위를 맴돌면서 마녀를 노리고 있다.

그 과정이 에피소드 형식으로 진행되는데, 에피소드가 진행되는 과정에서 윤소림과 박신후가 서로의 마음을 알고 사랑을 완성해 나가는 전개였다.

"그래도 그렇지, 7화면 터닝 포인트 들어가는 거잖아요. 그런데도 신후가 밋밋하니까 하는 말이죠."

본부장이 까만 턱을 내밀며 불만을 토로했다.

"판타지잖아요. 처음에는 마녀의 능력이 돋보일 수밖에 없어요. 8화부터는 역전될 겁니다. 그리고 아직 3회차 촬영도 안 들어갔어요. 중간에 수정고 나올 수도 있는 거고."

"수정고가 안 나오면요? 이대로 가는 거잖습니까?"

최한이 감독은 이런 대화가 짜증이 났다.

작가나 민 대표를 찾아가지 않고 현장에 찾아와서 얘기하는 것은 에둘러서 불만을 표하기 위한 건데, 이래저래 만만하다는 얘기니 기분이 좋을리가 없었다.

이제 감독이 왕이 되던 시기는 저물었다.

작가와 투자자가 왕인 시대다.

"작가님에게 말 좀 해주세요. 신후 포커스 좀 잡자고."

자신을 비둘기 취급하는 본부장의 모습에 최한이 감독의 얼굴이 딱딱하게 굳었다. 결국 쓴소리가 튀어나온다.

"우리 드라마 원래 한채희가 메인인 거 몰랐어요? 당연히 드라마 전개도 여주 위주였고 처음부터. 그거 알고 들어온 거잖아요? 한채희한테 묻어가시려고. 왜 이제 와 이러는지 이해가 안 가네."

본부장의 눈살이 찌푸려진다. 올라갈 듯 말 듯 삐딱해진 입술에서 헛바람이 나온다. 언제 적 한채희를 얘기하냐는 것처럼.

"감독님, 말씀 잘하셨어요. 한채희한테 묻어가려고 했죠. 근데, 한채희 갔잖아요. 사실 갔을 때 우리 하차할 수 있었습니다. 근데 사정 생각해서 남은 거 아닙니까. 감독님, 잘 생각하셔야 할 거예요. 지금 이 드라마 볼 시청자가 누구겠어요? 이런 얘기 까지는 그렇지만, 윤소림보다는 박신후 팬들의 충성도가 더 높 죠."

틀린 얘기는 아니었다.

아직은 원 히트인 윤소림보다는 박신후 코어 팬들이 훨씬 많은 게 사실이었다.

한채희가 빠진 지금, 박신후가 이 드라마의 메인인 것도 사실이 고.

하지만 그 사실들을 왜 여기서 따지냐 이 말이다.

최한이 감독이 한숨을 내쉬었다. 비가 내리기 시작했는지 세트 장 유리창에 빗방울이 튀기 시작했다.

"난 모르겠으니까, 분량 문제 여기서 따지지 마시고 작가님 찾 아가세요."

"따지는 게 아니라, 얘기를 하는 겁니다."

"지금 장난하세요? 이게 따지는 거지, 뭘 얘기를 해요?"

최한이 감독은 두 사람을 휙 지나쳤다. 마침 윤소림과 박신후 가 촬영 준비를 마치고 세트장에 들어왔다.

"감독님, 무슨 일이세요? 형, 여기서 뭐 해?"

박신후가 아무것도 모르는 것처럼 고개를 두리번거렸다.

최한이 감독은 싸늘하게 식은 얼굴로 말했다.

"신후 씨, 불만 있으면 매니저 거치지 말고 직접 얘기합시다."

"예?"

최한이 감독은 엉망인 기분을 달래려 담배 한 대를 태우고 나 서 다시 촬영을 시작했다.

그나마 윤소림이 밝은 모습으로 텐션을 올려줘서 촬영은 문제없이 끝마칠 수 있었지만, 촬영 내내 박신후는 가시방석이었다.

"형, 미쳤어?"

　촬영을 마치고 나오자마자 박신후는 매니저를 향해 소리부터 질렀다.

　현장 분위기가 아주 엉망이었다.

　최한이 감독은 윤소림에게는 활짝 웃고, 그에게는 냉랭했다.

　다른 스태프들이라고 다르지 않았다.

　선배 배우들도 못마땅한 표정이 역력했다.

"왜 쓸데없는 얘기를 해서 분위기를 엉망으로 만들어?"

"나도 본부장님 말렸는데… 근데, 이거 다 너 잘되라고 이러는 거야."

"그냥 가만히 있으라고! 어차피 주연 롤인데 뭐가 급해서 감독님을 찾아와? 아까 못 봤어? 촬영장 분위기 얼어붙은 거?"

　박신후가 단단히 화가 나자, 매니저도 뒤늦게 꼬랑지를 내렸다.

"아니, 본부장님이 갑자기 찾아온 걸 내가 뭐 어떻게 하냐. 이 정도 어필은 해줘야 한다고, 뒤늦게 수습하려면 늦는다고 말이야."

"하… 그래도 다신 이러지 마. 알았지?"

　확답을 받으려고 물었지만, 매니저는 입술을 빨아들였다.

　순간 불길해져서 박신후가 다시 물었다.

"또 뭐 있는 거야?"

"대표님… 지금 작가님 만나고 있을 거야."

"형!"

                    *   *   *

"여긴 어떻게 오셨어요?"

박세영 작가는 미간을 찌푸린 채 찾아온 손님을 바라봤다.

"작가님 고생하시는데, 못 본 척할 수가 있나요."

주선희 대표가 바리바리 싸 들고 온 선물을 한쪽에 내려놓으며 눈웃음을 보였다.

"성북동에 계신 줄 알고 갔다가 헛걸음만 했네요."

"요즘에는 작업실에서만 살고 있네요."

"그러셨구나."

주선희 대표가 몸을 배배 꼰다. 뭐 할 말이라도 있는 걸까.

"근데, 뭐 하실 얘기 있으세요?"

"작가님, 우리 신후 오디션 때 보셨죠? 대본 리딩 때도 보셨고. 신후 연기 잘합니다. 이미 검증받은 배우잖아요? 중국 팬 입맛도 사로잡았고."

"그래서요?"

"그에 비해 윤소림은 단막극 하나 겨우 뗐고, 연속극은 처음이잖아요. 경험치가 우리 신후랑은 하늘과 땅 차이입니다. 뭐 상황이……."

"상황이요?"

박 작가 눈이 찌푸려졌다.

"그러니까 제 말은, 이것저것 고민하시고 캐스팅하셨겠지만 자리에 앉혀놓는 거랑 드라마의 운명을 맡기는 거는 차원이 다른 얘기다 이거죠."

"말씀하시는 요지가 뭐예요?"

"신후한테 힘 좀 주십사 하는 거죠. 뭐, 이런 얘기 안 해도 알아서 하시겠지만."

결국 또 그 얘기였다.

박 작가는 낮은 콧바람을 쉬고는 잠시 침묵했다.

사실, 이런 상황을 예견한 사람이 있었다.

윤소림이 계약서에 도장을 찍은 날, 최고남이 그런 얘기를 했었다.

'작가님, 그냥 가세요.'

'뭐?'

'혹시 대본 고칠 생각이시면 그냥 가시라고요.'

'그게 무슨 말이야? 윤소림한테 한채희 분량 그대로 넘기라고? 욕심 많다.'

'물론 상황이 이렇게 돼서 대본 수정이 불가피하겠죠. 하지만 제 말은, 굳이 완성된 뼈대까지 뜯어서 재조립하려고는 하지 마시라고요, 힘들게.'

그리고 이런 말도 했다.

'아마 박신후 쪽에서 분량 문제 거론할 겁니다. 한채희가 빠진 지금, 제대로 기회 잡은 거니 남주 위주로 가길 원할 겁니다. 그런데, 걔가 드라마를 끝까지 끌고 갈 수 있겠어요? 박신후 연기 괜찮지만 탁월한 건 아니에요. 뒤로 갈수록 힘 딸립니다. 아, 윤소림이 끌고 갈 수 있다는 얘기도 아닙니다. 제 말은 드라마를 끝고 가는 것은 온전히 작가님이라는 얘기죠.'

너무도 진지했고, 한 톨도 흘려들을 수 없는 얘기.

박 작가는 그때 기억을 되짚으며 주 대표를 바라봤다.

관상은 모르지만, 글쟁이라서 사람 얼굴은 많이 봤다.

중년의 여자가 욕심이 덕지덕지 붙어 링 귀걸이 흔들며 입을 놀리는 것이 꼭 바람 잘 날 없는 이 여자의 운명 같았다.

"작가님, 이 드라마 우리 신후가 잘 끌고 갈게요. 기꺼이 조랑말이 될 겁니다."

주 대표는 그녀를 향해 환한 미소를 보였다. 하얀 건치에 흘러내린 빨간 립스틱이 보인다. 그 미소가 어찌나 천박해 보이는지. 누구와는 천지 차이다.

'믿으세요. 작가님이 쌓아온 이야기를.'

최고남의 마지막 말이 박 작가의 출렁였던 감정을 가라앉힌다.

"저기요, 주 대표님."

"예?"

"내가 박신후 연기 보고 뽑은 줄 아세요?"

주 대표 눈썹이 바르르 흔들린다. 마스카라 부스럼이 떨어질 것 같았다.

"한채희가 원했기 때문에 뽑은 거예요. 걔 알잖아? 외모 반반하고, 자기한테 도움될 만한 급으로 뽑아서 자기가 돋보이려는 거."

주 대표의 눈빛이 금이 간 듯 어긋났다.

"작가님, 신후가 한채희만큼은 아니더라도, 지금 20대 남자 배우 중에 신후만 한 애 없어요. 그리고 사실 우리도 지금 촬영 밀리면서 스케줄 꼬였고요. 손해가 이만저만이 아닙니다. 거기다 한채희는 이미 나갔고."

"그래서? 하차하시려고요?"

툭 던진 말에 주 대표 안색이 변했다.

"무슨 또 그렇게까지 말씀하세요. 조금만 잘 부탁드린다는 말이죠."

"박신후한테 가서 전하세요. 시키는 것만 하라고. 안 그러면 주연인지 서븐지 정체성에 혼란이 오게 될지도 모른다고."

꿈틀거리는 주 대표의 턱 주름.

박 작가는 일어나서 주 대표가 가져온 선물 꾸러미를 뒤적거렸다.

한약부터 만년필에 심지어 돈 봉투까지.

그 안에서 박 작가는 하나만 꺼내고 주 대표에게 도로 건넸다.

"이것들 가져가시고요, 다신 분량 문제 거론하지 마세요. 이게 무슨 짓이세요. 아마추어같이."

"작가님?"

"더 얘기하실 거예요?"

당황하는 주 대표 앞에서 박세영 작가는 좀 전에 꺼낸 피로회복제를 손에 쥐었다.

딸칵, 뚜껑을 깐 다음 미소와 함께 말했다.

"그럼, 잘 먹고 힘낼게요."

*　　　　　*　　　　　*

나는 찌는 더위를 피해서 카페에 숨어들었다.

아이스커피를 쪽쪽 빨아들이며 은별이의 유튜브 라방을 보는 중이었다.

우리 은별이 왜 이렇게 귀엽나 싶어 넋 놓고 보는 중에 갑자기 박신후 매니저와 소속사 본부장이 튀어나오더니 헛소리를 지껄이기 시작했다.

불청객들 때문에 라방이 급하게 종료되면서 분량이 어쩌고 하는 소리까지만 들을 수 있었지만, 한 시간 뒤에 유병재에게서 정확한 워딩과 현장 분위기를 전해 들었다.

일단, 가만히 있으라고 했다.

미운털 흩날리고 있는 곳에 뛰어들어서 괜히 찔릴 필요 없으니까.

이 정도 가지고 대본 흐름을 수정할 정도로 박세영 작가 멘탈이 약한 것도 아니다.

주선희 대표, 욕심이 하늘을 찌르는 여자다.

어떻게든 다 쓰러져 가는 배 일으켜 세우려고 제작진과 배우들이 힘을 합치고 있건만, 혼자만 제 잇속 다 챙기려고 혈안이라니.

[주선희 대표… 아이고, 아저씨하고 인연이 좀 있네요?]

저승이가 다리를 꼰 채 마주 앉아 명부를 뒤적거린다.

"야, 그거 개인정보 아니냐?"

문득 억울한 마음이 들어서 물었다. 저기에 내 사생활 다 적힌 거 아니야.

[명부는 요약본이나 다름없어서 별거 없어요.]

"아닌데? 너 가끔 그거 보면서 낄낄 웃던데?"

저승이가 어이없다는 듯이 웃는다.

[이 대한민국 망자들은 그놈의 의심이 문제야. 삼도천 건널 때도 그래. 삼도천 건너면 진짜 죽을까 봐 망자들 벌벌 떨거든요? 어차피 죽어서 삼도천 앞까지 온 건데 말이야, 흐흐.]

『내 S급 연예인』 3권에 계속…